Au cœur de la tempête

Un si brûlant désir

SARA ORWIG

Au cœur de la tempête

Traduction française de
JOËL MALLET

PASSIONS

HARLEQUIN

Collection : PASSIONS

Titre original :
IN BED WITH THE RANCHER

HARPERCOLLINS FRANCE
83-85, boulevard Vincent-Auriol, 75646 PARIS CEDEX 13
Service Lectrices — Tél. : 01 45 82 47 47 - www.harlequin.fr
ISBN 978-2-2804-4909-0 — ISSN 1950-2761

Composé et édité par HarperCollins France. Achevé d'imprimer en juin 2021.
par CPI Black Print - Barcelone - Espagne
Dépôt légal : juillet 2021.

FSC www.fsc.org
MIXTE
Papier issu de sources responsables
FSC® C159065

Pour limiter l'empreinte environnementale de ses livres, HarperCollins France s'engage à n'utiliser que du papier fabriqué à partir de bois provenant de forêts gérées durablement et de manière responsable.

- 1 -

Le long des petites routes du Texas, Wade Sterling espérait échapper à la tempête.

Il pêchait dans le golfe du Mexique quand la météo avait décidé de couper court à son excursion. De violents orages approchaient la côte à toute vitesse. Il avait donc regagné le port de Corpus Christi et avait filé. Il lui restait encore un bout de chemin avant de pouvoir s'engager sur l'autoroute 45 en direction de Dallas.

Il avait prévenu sa mère qu'il allait bien et rentrerait dans quelques jours, voire une semaine. Il avait pris pour habitude d'en rajouter afin de ne pas l'inquiéter ; la pluie allait peut-être bloquer les routes, après tout.

On annonçait des inondations à la radio. Pour se changer les idées, il pensa au travail qui l'attendait chez lui. Avant de regagner ses terres, le ranch Bar S, il voulait passer à son appartement puis à son bureau pour vérifier des contrats de propriété et régler d'autres affaires.

Avec ses cousins, Cal Brand, Jake Reed et Luke Grayson, ils avaient investi dans la reconstruction d'une arène de rodéo ravagée par un incendie, à Fort Worth. Comme la ville espérait une grande réouverture, ils devaient s'accorder sur une date.

Une pointe de tristesse le transperça en pensant à Cal. Propriétaire de ranch comme les trois autres, il avait néanmoins rêvé d'une vie plus mouvementée. Il avait donc œuvré comme agent infiltré pour le gouvernement. Il avait affirmé vouloir servir encore deux ans avant de couler des jours paisibles sur ses terres. Lorsque Wade l'avait contacté au sujet de l'arène, Cal avait donné bien plus que nécessaire, très enthousiaste, persuadé de voir les constructeurs utiliser cet argent à bon escient. Deux mois plus tard, ses proches apprenaient la terrible nouvelle : Cal était mort au cours d'un accident dans l'océan Atlantique. Wade écarta ces mauvais souvenirs. Son cousin lui manquait, notamment son humour, ses anecdotes croustillantes et son talent avec les chevaux.

Luke avait lui aussi connu des jours plus heureux. Deux ans plus tôt, sa femme et son petit garçon avaient péri dans un accident de voiture. Depuis, il avait changé. Wade partageait sa peine, se demandant si Luke redeviendrait le rayon de soleil qu'il était autrefois.

Un lourd grondement de tonnerre retentit. Wade n'allait pas semer la tempête. Ses pensées se tournèrent de nouveau vers le confort de son appartement. Puis, il songea à Olivia ; il devait rompre avec elle.

Malgré sa beauté et sa vivacité d'esprit, elle envisageait de plus en plus la vie de famille et ne s'en cachait plus. Lui ne voulait pas se marier… Jamais. La simple idée d'un passage à la mairie le fit frissonner. Il préférait éviter d'avoir un enfant qui ressemblerait à son frère jumeau, identique d'apparence, mais pas de caractère. Absolument pas. Wynn n'avait jamais été que source de problèmes d'aussi loin qu'il s'en souvînt.

Ses derniers exploits remontaient à un mois. Wade était passé chez leurs parents. Comme il n'y avait personne, il avait répondu quand le téléphone avait sonné, pensant à un appel professionnel. À peine avait-il décroché et tenté de dire « résidence Sterling » qu'une femme hystérique l'avait coupé.

— Wynn, c'est Violet, avait-elle dit d'un accent nasillard du Sud.

— Il y a erreur sur la personne…, avait-il essayé avant de se faire interrompre une fois de plus.

— Wynn, ne me prends pas pour une imbécile, avait-elle insisté d'un ton désespéré en parlant toujours plus fort et plus vite. J'ai reconnu ta voix. Écoute-moi bien. Tu as changé de numéro et je t'ai cherché partout. N'essaye même pas de me raccrocher au nez. Nous avions un accord. Je n'ai pas reçu l'argent, ce mois-ci. J'en ai besoin, alors ne me lâche pas. Je respecterai ma part du marché, mais tu ferais bien de ne pas me provoquer. J'ai évité Dallas, et personne ne sait pour notre enfant. Si tu veux que ça dure, envoie-moi ce que tu me dois.

Wade en avait oublié de lui préciser qui il était, trop abasourdi.

— La poste a dû avoir du retard, Violet, s'était-il contenté de répondre avant de raccrocher.

Il avait agi comme son frère l'aurait fait. Même si elle apprenait qu'ils étaient jumeaux, elle venait de révéler le secret de Wynn. Elle ne lui aurait donc pas parlé de cette conversation… Bon sang, Wynn avait un enfant.

Encore sous le choc, Wade s'était imaginé son frère s'échiner à cacher la mère et le petit. Il avait toujours eu un goût pour les belles femmes élégantes, cependant il ne s'était jamais soucié de savoir si elles travaillaient dans les pires clubs de strip-tease de la ville ou si elles appartenaient à la bonne société texane. D'ailleurs, il les présentait rarement à la famille. Pour une fois, il tentait plus ou moins d'assumer ses actes.

Wade songea à ses parents, à ce bébé qu'ils ne connaîtraient jamais. Peut-être était-ce pour le mieux. Son frère devait avoir ses raisons, et il ne le jugeait pas, mais l'idée de ne jamais rencontrer cet enfant lui pinçait le cœur.

Il savait que le jour où Wynn déciderait de se marier, ce serait au bras d'une beauté époustouflante issue d'une dynastie sans pareille. Une femme forte, intelligente, comme Olivia. Elle aurait pu le canaliser.

Pour l'heure, Wade garderait le secret. Il n'imaginait pas son frère, encore si immature, élever un enfant. Wynn n'avait même pas dû se donner la peine d'aller voir ce petit.

Cela ramena Wade à sa situation personnelle. Même s'il rechignait à fonder une famille, il aurait voulu jouer un rôle dans la vie de ses enfants. Il ressentit un léger mal-être, se demandant ce qu'il ratait en refusant de se marier. Alors il se prit à rire tout seul. Il fallait déjà trouver une femme avec qui partager tout cela, et Olivia ne jouerait pas ce rôle.

Les yeux rivés sur l'asphalte, il écrasa l'accélérateur. À défaut de fuir ses tracas, il espérait au moins échapper à la tempête. Il se rappela alors un autre problème, plus inquiétant. Quelques mois auparavant, Cotton Daniels, gérant de son ranch, lui avait appris un événement des plus louches. Un de ses employés touchait régulièrement de l'argent d'un inconnu sur la propriété.

Wade se demandait sans cesse qui pouvait payer un de ses cow-boys, et pourquoi, sans pouvoir s'empêcher de soupçonner Wynn. Il savait depuis longtemps qu'en cas de problème, son jumeau en était souvent la cause.

Depuis tout petit, Wade n'avait jamais compris pourquoi son frère sombrait dans la colère et la jalousie s'ils n'obtenaient pas exactement la même chose tous les deux. Wynn était pourtant le chouchou de leur mère parmi ses quatre enfants ; elle devait bien incarner la seule personne digne de son amour et d'un minimum d'efforts selon lui.

Wade soupira. De retour à Dallas, il devrait s'occuper de tout cela, notamment cette histoire d'argent et ce bébé mystérieux. Il allait pousser Wynn à avouer sa paternité et n'hésiterait pas à le brusquer pour savoir s'il était impliqué auprès de ses employés. En attendant, il avait autorisé Cotton à renvoyer n'importe qui s'il le jugeait nécessaire, il lui vouait une confiance aveugle.

Un coup de tonnerre ramena Wade à la réalité. Les grondements se rapprochaient. Sur la gauche de la route cahoteuse cernée de mesquites, un ruisseau coulait au fond d'une ravine. Ce maigre cours d'eau pouvait vite se changer en torrent et inonder les environs. Autant éviter de se retrouver piégé au milieu d'une région perdue.

Il n'avait croisé aucun autre véhicule depuis la côte. Ainsi préféra-t-il accélérer encore, la circulation ne posant pas problème. Il atteindrait peut-être une ville à temps. Quelques minutes plus tard, de grosses gouttes se mirent à marteler le pare-brise avant de se muer en une pluie diluvienne réduisant la visibilité à néant.

En observant les giclées d'eau derrière son pick-up dans le rétroviseur, il crut apercevoir des appels de phares. Impossible d'en être certain dans un tel déluge. Puis, il s'engagea trop vite dans une courbe où l'attendait un véritable océan. Comme la chaussée s'enfonçait dans les eaux, il tenta de freiner, en vain. Il sentit la voiture glisser dans la marée et sortir de la route, emportée par le courant.

Wade se débarrassa de sa veste en panique. S'il devait nager pour atteindre la terre ferme, il préférait ne pas être alourdi.

Sous les coups de tonnerre et les premières gouttes de pluie, Ava Carter discerna un pick-up au loin. Elle ne vit bientôt plus rien hormis les feux arrière. Intriguée, elle appuya sur l'accélérateur pour réduire la distance. Elle croisait peu de monde dans cette région reculée, son havre de paix loin de Dallas. Elle revenait de Persimmon, la ville la plus proche, et aspirait à arriver chez elle avant le gros temps.

Après les alertes de pluies torrentielles au supermarché, elle avait attrapé le maximum d'articles possible puis avait pris la route.

Elle ne s'était pas attendue à trouver un autre automobiliste sur le chemin. Si cette personne ne connaissait pas les environs, alors elle devrait faire demi-tour immédiatement si elle voulait ne pas se retrouver coincée.

Elle espérait pouvoir avertir le chauffeur, mais cela s'avérait difficile.

Lorsque la pluie s'intensifia encore, Ava ne distingua plus les phares du pick-up. Elle klaxonna plusieurs fois, même si l'orage et les trombes d'eau assourdissaient probablement tout. En quelques secondes à peine, il était déjà trop tard ; le véhicule disparut dans un virage. Un éclair fendit alors les cieux, et Ava vit la voiture se faire emporter par le courant. Un homme sauta puis dévala la pente tandis que son pick-up percutait un arbre et continuait sa course, pris dans les éléments déchaînés.

Inquiète pour l'inconnu, Ava ne pouvait pas l'abandonner à son sort dans une tempête sur le point d'empirer. Elle se rangea sur le bas-côté, feux de détresse allumés sans doute en vain. Comment aurait-elle pu passer son chemin ?

Elle se coiffa d'un chapeau Resistol, enfila un ciré et prit une grande inspiration avant de se ruer vers le bord de la route pour chercher l'homme. Comme elle ne voyait presque rien, elle entreprit de descendre la pente raide de plus en plus boueuse et glissante là où la végétation peinait à pousser. Elle le trouva allongé par terre, sauvé par les branches basses d'un cèdre.

Trempée, frigorifiée, elle continua avec prudence. Une fois près de lui, elle s'aperçut qu'il ne bougeait pas. Sans trop savoir quoi faire, elle se baissa. Heureusement, il revint à lui.

— Ah, Dieu merci, vous n'êtes pas inconscient, soupira-t-elle.

Une grosse bosse lui marquait le front au-dessus du sourcil. La peau jaunissait déjà. Du sang dilué par la pluie coulait à profusion d'une entaille profonde à son épaule. Il ne portait qu'une chemise déchirée, un pantalon et des bottes.

Sous ces eaux harassantes, un arbre finit par tomber non loin, emportant dans son sillage des arbustes, ses racines offertes au ciel, comme un rappel qu'Ava devait se dépêcher.

— Nous devons remonter jusqu'à ma voiture, cria-t-elle en prenant le poignet de l'homme.

Son pouls semblait stable. Elle écarta alors une des mèches noires du visage de l'inconnu. Quand elle lui effleura la joue, il ouvrit les paupières pour la fixer de ses yeux marron. Elle se retrouva captive, comme s'il l'avait prise entre ses bras. Malgré la fureur céleste, l'univers se referma sur cet instant où seuls eux deux comptaient.

Cette réaction la troubla, elle n'aurait rien dû sentir d'autre que la pluie froide. Depuis sa rupture avec Judd Porter peu avant leur mariage, les hommes l'avaient laissée de marbre. Elle s'était même mise à ignorer certains de ses amis. Une simple présence masculine éveillait trop de souvenirs douloureux. Mais alors pourquoi ce parfait inconnu la fascinait-il tant et lui nouait le ventre, là en plein déluge ?

Un éclair et le roulement du tonnerre la sortirent de sa torpeur. Chaque seconde passée ici allait empirer leur situation.

Comme s'il avait senti le danger lui aussi, il se releva. Quel soulagement, il pouvait se déplacer.

— Vous avez mal au dos ?

— Non, ça va, répondit-il en grimaçant et en haussant les épaules. Par contre, j'ai une migraine de tous les diables.

— Nous devons y aller avant d'être pris dans le courant. Si je vous aide, pourrez-vous atteindre la route ?

— Oui, assura-t-il sans hésiter.

— Je n'habite pas loin. La ville est inaccessible. Et avec cet orage et les arbres effondrés, une ambulance n'arriverait pas avant une heure, dans la mesure où elle parviendrait à passer. De toute façon, il ne doit pas y avoir de réseau.

Il l'observait avec une telle intensité en l'écoutant que ces étranges picotements la reprirent.

— Autant aller chez vous, alors, si vous connaissez un chemin.

— Oui, ce n'est pas l'idéal, mais ça ira.

— C'est parti, conclut-il en se relevant sans peine.

Elle vit alors qu'il semblait en bonne condition physique, grand, les épaules larges, et plutôt bel homme.

— Je vais vous soutenir, dit-elle en se plaçant à ses côtés.

— Ça va aller, lui indiqua-t-il sans surprise.

Sa chemise déchirée laissait paraître sa plaie, le tissu trempé se collait à son torse et ses bras musclés.

— Nous reviendrons chercher votre pick-up plus tard.

— Ce n'est pas le plus urgent pour l'instant.

— C'est vrai. Allez, regagnons la route avant qu'un glissement de terrain ne nous emporte.

Ils mirent un certain temps à remonter. Ils dérapaient et perdaient l'équilibre sans cesse dans la gadoue.

Tout à coup, le craquement d'un arbre brisé retentit. Un chêne s'abattit près d'eux. L'inconnu la tira alors hors de portée des petites branches. Le tronc fendu s'écrasa au sol, provoquant une impressionnante coulée de boue.

Ava dérapa, mais l'homme la rattrapa.

— Merci, dit-elle, une main sur son chapeau en levant les yeux sur lui.

Alors qu'ils retrouvaient un peu d'équilibre, il se hissa à l'aide d'un arbuste tout en maintenant Ava contre lui. Elle le dévisagea, à peine consciente des violentes bourrasques et de la pluie glaciale. Même blessé, il semblait fort, son corps la réchauffant là où leurs hanches se touchaient.

Le regard ancré au sien, une nouvelle étincelle annihila le chaos ambiant. Il ne restait plus rien hormis ce bras puissant autour de sa taille, cette chaleur irrésistible. Et, quand elle le vit plisser les paupières de façon presque imperceptible, elle sut qu'il partageait son trouble. Elle plaça cet instinct primaire sous le coup du danger. Et soudain, un autre arbre s'effondra en un grincement assourdissant.

— Ne restons pas là, cria-t-elle dans un effort volontaire de briser le charme.

Il lui serra un peu plus la taille et, s'aidant chacun de la végétation, ils parvinrent à regagner la route.

— Attendez-moi, lui ordonna-t-elle en désignant sa voiture. Je reviens.

Il se contenta de secouer la tête avant de la prendre par le bras pour foncer vers le véhicule. Une fois à l'abri, Ava attrapa un kit de premiers secours derrière son siège et lui tendit de la gaze.

— Maintenez ça contre votre épaule. Vous saignez encore.

Il s'exécuta. Au même moment, il se tourna pour prendre le chapeau d'Ava et le jeter à l'arrière avant de la dévisager. Elle en oublia de nouveau la pluie, le froid, obnubilée par cet homme et sa façon de lui couper le souffle.

— Quand j'ai ouvert les yeux, je vous ai pris pour un ange, mais je ne crois pas que les anges portent des chapeaux de cow-boy.

Cette voix grave, le peu d'espace entre eux, Ava sentit son cœur battre la chamade. L'homme avait écarté ses cheveux noirs raides de son visage, mais quelques mèches rebelles lui retombaient déjà sur le front. Ava fut traversée d'une nouvelle attirance incontrôlable. D'où provenait cette intense chaleur pour un inconnu, dans ces circonstances si exécrables ?

Elle se força à briser leur échange afin de revenir

à la réalité de leur situation, toujours plus périlleuse de minute en minute.

Elle se racla la gorge et chercha son téléphone.

— Je vais essayer de me renseigner sur l'état des routes, précisa-t-elle d'une voix chevrotante malgré elle.

Elle observa l'écran quelques secondes puis laissa tomber face à l'absence de réseau.

— J'habite un grand chalet, bien approvisionné et confortable, reprit-elle en démarrant pour faire demi-tour. C'est à une dizaine de kilomètres dans l'autre sens. À ce train-là, nous risquons de devoir rester enfermés quelques jours. Et, comme vous le voyez, la réception n'est pas bonne. Je n'ai même pas de télévision là-bas. Enfin, bref, je connais un chemin réservé aux propriétaires de ranch. Le seul souci, c'est qu'il y a des graviers et qu'il faut passer un pont.

— Les graviers ne devraient pas poser problème. Je crois avoir croisé une route interdite d'accès.

— Ça devait être ça, dit-elle avant de regarder pourquoi il s'agitait et fouillait ses poches. Qu'y a-t-il ?

— J'ai perdu mon portefeuille, lui apprit-il. Il a dû tomber quand j'ai dévalé la pente. Mais ce n'est pas le moment d'y retourner.

— Non, effectivement.

— Je me demande où va atterrir mon pick-up.

— Allez savoir, commenta-t-elle en se concentrant sur la route régulièrement illuminée par de grands éclairs. Nous devons atteindre mon chalet avant de nous retrouver coupés de tout abri. La région est presque déserte.

— J'avais remarqué.

— Nous sommes à environ cinq minutes du chemin. Après, il faudra rouler encore plus lentement, surtout pour passer le pont.

Elle se rembrunit à cette idée.

— Si nous n'y arrivons pas, nous ne pourrons pas revenir à Persimmon. Le vieux pont doit déjà être submergé. Enfin, pas d'inquiétude, mon chalet se trouve sur les hauteurs, je n'ai jamais eu d'inondations, mais un de mes voisins vit assez près du ruisseau. Je ne serais pas tranquille à sa place... Mais je parle, je parle et j'en oublie que vous êtes blessé. Comment vous sentez-vous ?

— Mon cœur bat à tout rompre, j'ai mal à l'épaule et je suis trempé. À part ça, ça peut aller. Merci de vous être arrêtée.

— Aucun problème.

Il se tut. Peut-être était-il trop fatigué pour tenir une conversation.

— Vous pourriez avoir une commotion cérébrale, on ne sait jamais. Essayez de ne pas vous endormir.

— Aucun souci de ce point de vue, répondit-il sèchement.

Ava se demanda alors s'il avait si mal que cela. La perte de ses papiers et sa voiture le tracassaient peut-être aussi. Le véhicule avait dû finir sa course quelque part en aval, inondé ou écrasé contre des rochers.

— Et j'ai égaré mon téléphone.

— Il ne vous servirait à rien de toute façon.

Ils gardèrent le silence un moment puis elle reprit la parole.

— J'ai oublié de me présenter. Ava Carter.

— Ravie de vous rencontrer, Ava Carter, affirma-t-il, morose.

Ils continuèrent ainsi sans un mot de plus. Pourquoi ne lui disait-il pas son nom ? Elle l'observa du coin de l'œil. Face à son air si sombre, elle arrêta la voiture pour se tourner vers lui.

— Qu'est-ce qui ne va pas ?

— Vous ne me connaissez même pas et vous arrivez à deviner que ça ne va pas…

— Oui, ça se voit, acquiesça-t-elle. Devrais-je m'inquiéter de savoir qui vous êtes ?

— Eh bien, oui et non, répondit-il, hésitant, en secouant la tête. Je ne pense pas, mais, en vérité, le problème c'est que… Je ne connais pas mon nom. Je ne me rappelle ni qui je suis ni d'où je viens.

- 2 -

Elle le dévisagea.

— Il faudrait peut-être vous emmener à l'hôpital. Laissez-moi voir si j'arrive à appeler quelqu'un.

Elle abandonna vite cette idée.

— Non, toujours rien, c'est inutile.

Elle ignorait quoi faire. Un médecin aurait su l'aider, mais encore fallait-il en trouver un. Des trombes d'eau portées par un vent violent martelaient le véhicule.

— Les routes sont déjà fermées, je pense. Et même si nous pouvions y aller, il n'y a pas d'hôpital à Persimmon.

— Y a-t-il un médecin, là-bas ?

— Un vétérinaire qui traite aussi les habitants, mais ma voisine est infirmière. Je crois que c'est encore la meilleure solution.

— Sans doute. Allons chez vous… Sauf si vous n'êtes pas rassurée. Je ne pense pas être dangereux.

Elle se plongea au plus profond de ses yeux sombres. Sans vraiment comprendre, elle savait qu'elle pouvait lui faire confiance. Elle espérait ne pas se tromper. Encore une fois, elle n'avait pas vraiment le choix. Elle n'allait pas l'abandonner à son sort dans la tempête.

Elle laissa errer son regard sur cet inconnu. Une montre de luxe, des bottes de bonne facture malgré la boue, une ceinture faite main. Néanmoins, les signes extérieurs de richesse n'attestaient pas du caractère des gens.

— Je ne pense pas non plus, répliqua-t-elle dans un sourire. Mais j'avoue ne pas saisir pourquoi je vous crois. Je ressens une sorte de… lien avec vous, voilà tout. Savez-vous où nous sommes ?

— Au Texas d'après votre plaque d'immatriculation. Ça ne nous avancera pas à grand-chose.

— C'est vrai, mais vous avez répondu franchement. Vous rappelez-vous où vous habitez ?

Il fronça les sourcils puis secoua la tête.

— Non, je ne me souviens de rien à part quelques images floues. Mais je les ai peut-être vues à la télévision, tout simplement. Je suis perdu. Je ne sais plus qui sont mes parents, mes amis. J'ignore même si je suis marié.

— Partons du principe que vous avez une famille, des parents et des frères et sœurs.

— Je ne porte pas d'alliance, continua-t-il en vérifiant sa main avant de se tourner vers Ava. Si mon téléphone et mes papiers sont restés dans la voiture, qui sait quand on les retrouvera… ou qui. Mais, s'ils sont tombés dans la boue, autant les oublier.

Il paraissait hébété et abattu, complètement désemparé. Elle voulut lui remonter le moral.

— Nous verrons ça plus tard. Discutons un peu, en attendant.

Il se contenta d'une moue dubitative pour seule réponse.

— Vous vous êtes cogné la tête, vous devez rester éveillé. Et le meilleur moyen, c'est de vous faire parler.

— Alors vous devrez participer à la conversation vous aussi. Possédez-vous un ranch ? Votre famille, peut-être…

— Oui et non. Je suis ergothérapeute et dirige une agence de soins à domicile, à Dallas. C'est un travail harassant, et je dois m'aérer l'esprit de temps en temps. Heureusement, je peux laisser mes affaires entre les mains d'une personne de confiance. J'étais aussi propriétaire du ranch de feu mon grand-père, mais je l'ai revendu à Gerald Roan. Il s'y est installé avec sa femme, Molly, l'infirmière dont je vous ai parlé. J'ai seulement gardé cinq ares pour mon chalet. J'ai trois chevaux et quelques bêtes dont Gerald s'occupe. Il me fallait un accès à de grands espaces pour me balader à cheval. Ah, voilà le chemin privé.

Elle s'engagea sur le sentier très lentement. On distinguait à peine la voie cabossée sous la pluie battante.

— C'est un petit détour, mais il n'y a qu'un seul ruisseau à franchir et le pont est assez solide. Je ne l'ai vu qu'une fois sous les eaux, mais cette tempête est assez exceptionnelle.

Pendant qu'elle se concentrait sur la route, il gardait le silence. L'heure tournait. Ava voulait rentrer avant la nuit. Avec des nuages aussi lourds, on n'y voyait déjà presque plus. Quelques minutes plus tard, elle s'arrêta pour réessayer de passer un appel.

— Cette grande étendue ouverte est le point le plus haut des environs. J'ai du réseau parfois. J'aimerais contacter Gerald. Il vit dans une maison à trois étages sur une colline, ça le rend assez joignable en général. En tout cas plus que moi.

Comme elle ne parvint toujours pas à appeler son voisin, elle lui envoya un message.

— Je vais aussi écrire au shérif pour lui expliquer votre situation. Il pourra vérifier la base de données des personnes portées disparues.

Une minute plus tard, elle jura, l'air dépité.

— Je n'arrive pas à le joindre. Je ne comprends pas, Gerald a reçu mon SMS.

Tout à coup, l'idée de ramener un inconnu amnésique chez elle la rendit nerveuse. Pire encore, si le pont s'avérait inaccessible, ils resteraient coincés dehors toute la nuit. Elle préférait ne pas envisager cela.

Puis, Gerald répondit. Il lui demanda plus de détails à propos de cette histoire. Ava lui expliqua tout, et il lui proposa de passer la voir. Elle le remercia, à la fois gênée de l'inciter à sortir par ce temps et rassurée de ne pas se retrouver entièrement seule. Elle redémarra la voiture.

— Alors ? Qu'a dit votre voisin ?

— Il va venir vérifier que tout va bien.

Elle lui adressa un bref regard. Il lui souriait. Cela suffit à la faire chavirer. Ce n'était pas le moment. Avec son cœur brisé, elle ne voulait céder aux charmes d'aucun homme, encore moins d'un amnésique.

— Ce serait plus pratique si j'adoptais un nom d'emprunt, ne serait-ce que pour me présenter ou discuter.

— Oui, c'est vrai. Je vous laisse choisir.

— Bill Smith, continua-t-il après une courte réflexion. C'est simple, pas si mal. Ce serait drôle si je m'appelais comme ça en fin de compte.

Il sourit de nouveau à cette idée, et Ava sentit son sang s'agiter encore une fois, s'efforçant d'ignorer son trouble bon gré mal gré.

— D'accord, Bill, c'est un bon choix, acquiesça-t-elle en se concentrant sur la descente devant eux. Dorénavant, autant oublier les SMS. J'essayerai au cas où, mais à partir de ce point je suis coupée du reste du monde. Mes seuls contacts sont Gerald, sa famille et ses employés. Certains d'entre eux travaillent pour moi aussi.

Sa volonté de le garder éveillé se rangea au fond de son esprit au moment où ils approchèrent du ruisseau. Elle prit une grande inspiration et ralentit.

— Blue Creek, fit-elle en voyant des vagues déferler sur le chemin. Impressionnant. D'habitude, on a de l'eau jusqu'aux chevilles, mais le torrent ne va pas tarder à submerger le pont. Heureusement qu'il est solide, il va falloir forcer le passage.

— S'il est vraiment si robuste que ça, nous ne devrions pas avoir de soucis, la rassura-t-il en détachant sa ceinture. Faites comme moi. Mieux vaut ne pas rester coincé dans la voiture si le pont s'effondre.

Elle suivit son conseil avant d'avancer avec prudence, priant pour que tout se passât sans problème.

— Tout va bien, affirma Bill. Ça ne tremble pas, c'est bon signe. Encore un peu. Voilà. On y est !

Il se tourna vers elle d'un air radieux pour la féliciter.

— Bien joué, Ava !

La jeune femme frissonna des pieds à la tête. Elle se retrouva alors tiraillée entre cette attirance incontrôlable et son besoin de refréner ces pulsions. Ces sentiments lui semblaient tellement plus dangereux que la tempête déchaînée ou les inondations, ce qu'elle trouva ridicule, mais non moins vrai.

Elle roula encore quelques mètres avant de marquer une pause pour rattacher sa ceinture.

— C'était le point de non-retour. La bonne nouvelle, c'est que nous ne sommes plus loin, et qu'il n'y a plus de rivière à franchir. La mauvaise, c'est que si vos proches vous cherchent et que les journaux annoncent votre disparition, nous ne le saurons qu'à la fin de l'orage.

— Nous n'y pouvons rien pour l'instant.

— Oui. En plus des risques de tornade, Gerald a dit que la tempête allait redoubler d'intensité.

Comme pour mieux souligner ses paroles, un éclair s'abattit sur un arbre et le fendit entièrement en deux. Le tronc déchiré s'écrasa au sol. Ava préféra ne plus perdre de temps, ils devaient se mettre à l'abri.

Ils continuèrent en silence jusqu'à une allée pavée. Lorsqu'elle s'arrêta devant un imposant portail en fer sombre, le passage s'ouvrit. Ava observa Bill de nouveau.

— Vous aurez un œil au beurre noir, mais votre bosse commence à s'estomper.

— Tant mieux.

— Bien, nous sommes arrivés.

— On dirait bien, s'exclama-t-il gaiement avant

de redevenir plus sérieux tout à coup. Vous m'avez sauvé la vie, vous savez.

Cette remarque la prit de court.

— Vous auriez survécu sans moi. Vous avez l'air plutôt costaud, vous avez remonté la pente sans trop de problèmes.

— Je suis quand même content que vous ayez fait un détour au lieu de me laisser dehors, ajouta-t-il en se penchant pour lire un écriteau. Ranch AC.

— Ce n'en est plus vraiment un depuis que j'ai vendu. J'ai gardé ce panneau en souvenir. Gerald ne s'en est pas formalisé, il a baptisé le sien Ranch Roan.

Sous la pluie battante, le tonnerre semblait s'éloigner. Ils remontèrent la route sinueuse ceinturée de mesquites inclinés à cause du vent puis franchirent un terrain dégagé. Derrière un virage, ils gravirent une légère colline où Ava agita la main pour désigner sa maison.

— On ne distingue pas grand-chose, mais voilà mon chalet. J'ai assez de place pour les invités.

— Je vois tout sauf une petite cabane de bois, s'étonna-t-il, amusé. Combien de chambres y a-t-il ?

— Six, dont trois suites, et sept salles de bains. Je n'ai plus de famille, mais mes amis aiment bien venir se détendre ici en ma compagnie. J'ai aussi installé une salle de sport. Je vous ferai visiter.

— Et vous entretenez cette grande maison toute seule, aussi loin de la ville ?

— Par tous les saints, non, s'écria-t-elle en secouant la tête. Heureusement, les employés de Gerald m'aident aussi.

— C’est très beau, mais appeler ça un chalet, c’est un peu de la publicité mensongère.

— C’est vrai, admit-elle en souriant. Mais j’aime beaucoup les environs. J’ai toujours rêvé de me marier et d’avoir cinq ou six enfants pour combler le vide entre ces murs.

— Je n’en sais rien du tout, cependant je ne crois pas être déjà sorti avec une femme qui partage vos ambitions, rétorqua-t-il, rieur.

— Vous aurez peut-être des surprises quand vous retrouverez la mémoire. Une chose est sûre, vous n’êtes sans doute jamais sorti avec quelqu’un sans famille.

— C’est-à-dire ?

— Je n’ai plus aucun proche, répondit-elle d’un haussement d’épaules. Ma mère et ma sœur sont mortes du cancer. Mon père nous a quittées et a refait sa vie ailleurs. Mes grands-parents sont décédés eux aussi. En gros, je suis seule.

Comme elle sentit la tristesse prendre le pas sur la bonne humeur de son hôte, elle s’empressa d’ajouter :

— Mais je m’y suis habituée. Mon travail et mes amis ne me laissent pas le temps de ressasser le passé.

— Vous êtes ergothérapeute et gérez une compagnie de soins à domicile, c’est ça ? Vous ne devez pas avoir une minute à vous.

— Non, et tant mieux. Vous savez, à Dallas, je vis dans une maison bien plus modeste. Ici, c’est l’endroit de mes rêves. Je n’ai même pas le téléphone ou le wi-fi. Rien que le silence, la tranquillité. J’y ai passé de très bons moments avec ma mère et ma sœur aussi.

— J'aimerais bien me rappeler si je suis fils unique ou non.

— Comme ma sœur avait dix ans de plus que moi, elle n'a pas toujours été très présente. Mais la famille, c'est magnifique, et j'adore les enfants. J'envisage de suivre des cours du soir ou en ligne pour devenir enseignante. J'ai une maîtrise, je ne devrais pas avoir trop de mal à travailler dans le secondaire. J'hésite entre ça et du bénévolat auprès des plus jeunes. Mais pour le moment j'aide déjà les autres, alors je ne suis pas encore prête à changer de métier. J'aime trop ce que je fais.

Comme il l'écoutait, l'air pensif, elle se demanda à quoi il songeait.

— Aider les autres… c'est admirable, finit-il par dire en se détournant. Je ne me rappelle même pas ce que je fais dans la vie.

— Ça vous reviendra.

— Je me doute que vous seriez plus à l'aise en sachant qui je suis. La politesse et la gratitude ne sont pas forcément gages d'honnêteté. Et vous vivez si loin de tout…

— Je ne suis pas si seule, le coupa-t-elle. Il y a Gerald et sa femme, les cow-boys du ranch et leurs familles. Et la plupart du temps, une dame appelée Samantha me fait la cuisine, mais elle rend visite à sa fille qui vient d'accoucher. Une autre femme, Margo, s'occupe du ménage. Et Jonah entretient le terrain avec son équipe pour les Roan et moi. Margo reviendra la semaine prochaine, elle était là aujourd'hui… Ah, d'ailleurs, nous sommes le premier lundi d'octobre.

— Je vous avoue que ça ne m'aide pas, je ne sais plus où j'allais ni d'où je venais, soupira-t-il, frustré en se passant une main dans les cheveux. Changeons de sujet. Votre père s'est remarié. Vous êtes encore en contact ?

— Non, pas du tout. Il a quitté ma mère quand j'avais quatorze ans pour aller s'installer en Californie avec sa nouvelle femme. Il a coupé les ponts et ne prend pas non plus de nouvelles.

Même si elle regrettait de ne pas mieux s'entendre avec son père, Ava ne se morfondait pas. Elle se raccrochait aux bons souvenirs d'une époque révolue. Au moins, elle n'avait pas tout perdu de son passé.

Ils atteignirent enfin la maison. Elle contourna le bâtiment pour se garer près d'une porte cochère.

— Et voilà, s'exclama-t-elle d'une voix enjouée en coupant le moteur.

Elle se tourna pour observer sa réaction face au chalet, mais, au lieu de cela, il la fixait. Elle se rendit de nouveau compte du charme de cet homme. Sans rien savoir de lui, elle s'apprêtait à l'héberger, à passer la nuit seule avec lui. Son ventre se noua alors, mais pas de peur.

Brisant le sort dont elle se retrouvait prisonnière, un pick-up rouge vif se rangea soudain à côté d'eux. Gerald et Molly. Ava leur sourit.

— Bill, voici les Roan. Ils ont dû laisser les enfants avec la grand-mère de Gerald, elle habite près de chez eux.

— C'est assez étrange de rencontrer quelqu'un

quand on ne sait pas qui on est, fit-il remarquer en sortant du véhicule.

Même s'ils se trouvaient à l'abri de la pluie, le vent propulsait des gouttes par la porte cochère. Ava invita donc tout le monde à la suivre à l'intérieur de la maison. Les Roan passèrent le seuil en vitesse, les bras chargés de cartons et de plats qu'ils posèrent sur le sol en granito le temps d'enlever leurs manteaux.

Dans le couloir assombri, Ava tenta d'allumer, mais rien ne se produisit.

— Bon, il n'y a plus de courant, constata-t-elle en attrapant une lampe torche sur une étagère. Je vais vérifier les fusibles après avoir fait les présentations.

Elle retira son ciré pour le suspendre à un crochet. Elle sentit alors le regard intéressé de l'inconnu et prit conscience de ses longs cheveux blonds emmêlés, son petit pull bleu et son jean. Comme il la dévorait de pied en cap, elle rougit, captive de ses yeux.

Heureusement, Molly parlait du dîner et Gerald semblait trop occupé à ramasser ce qu'ils avaient apporté pour s'en apercevoir.

— Nous avons décidé de l'appeler Bill Smith en attendant, leur apprit Ava en donnant une petite lampe de poche à chacun. Bill, voici Gerald.

Gerald, presque aussi grand que l'inconnu, jongla avec deux boîtes afin de les maintenir en équilibre et lui serrer la main.

— Et ma femme, Molly, ajouta-t-il en se tournant vers sa moitié qui portait une pile de saladiers fermés.

Cette petite brune ne se séparait jamais de sa bienveillance. Ava n'aurait pu souhaiter meilleurs voisins.

— Merci d'être venus, dit Bill.

— Aucun problème, affirma Gerald en agitant la main dans ses cheveux humides. Tenez, je vous ai apporté des vêtements secs que vous pouvez garder. Je me suis dit que ça ne vous ferait pas de mal.

— Merci, répondit Bill en acceptant le carton pour le poser près du seuil. C'est gentil, je n'ai rien d'autre que ça et cette chemise déchirée.

— Bill, dit Ava. Vous devriez laisser Molly jeter un œil à votre épaule.

— J'ai toujours ça pour les urgences, intervint l'infirmière en agitant une sacoche pendue à son bras sous les saladiers. Je vais m'occuper de vous. Ne vous inquiétez pas, j'ai l'habitude avec nos deux enfants.

— C'est gentil, dit Bill en lui faisant un signe de tête avant de gratifier Ava d'un nouveau sourire ravageur.

Elle espérait que son trouble pour cet inconnu ne transparaissait pas trop devant ses voisins.

— Nous vous avons apporté de quoi manger aussi, poursuivit Molly. Il nous restait du poisson frit de ce midi. Je vais le mettre au réfrigérateur.

— Merci beaucoup. Ça sent tellement bon. C'est vrai que je n'ai pas du tout pensé au dîner ni à vous demander si vous aviez mangé aujourd'hui, déclara-t-elle à l'inconnu sans parvenir à l'appeler Bill. Bien, je vais vérifier le panneau électrique, nous y verrons plus clair.

— Je vais t'aider, proposa Gerald.

Une fois le courant rétabli, ils se retrouvèrent tous dans la cuisine.

— Tout est au frais, leur indiqua Molly.

— J'aimerais rincer toute cette boue avant que vous n'auscultiez mon épaule, expliqua l'inconnu à Ava. Je ne rêve que d'une douche si ça ne vous dérange pas. Je ne serai pas long.

— Allez-y, affirma Molly d'une voix douce. Quand vous aurez terminé, je m'occuperai de cette coupure.

— Bien, Gerald et Molly, installez-vous bien au chaud dans le salon, dit Ava. Je vais montrer la salle de bains à Bill. Suivez-moi.

— Avec plaisir. Je me sens comme un vulgaire tas de boue, de brindilles et de feuilles.

Comme Gerald le dévisageait, Bill se tourna alors vers lui.

— Est-ce qu'il y a un problème ?

— Non, non, fit Gerald. Désolé, mais j'ai l'impression de vous avoir déjà croisé.

— Bonne nouvelle, s'exclama Bill d'un air soulagé. Ça pourrait m'aider à me rappeler qui je suis. Peu importe ce que vous m'apprendrez, je vous assure que ne rien savoir sur sa propre vie est un véritable calvaire. J'aurais dû faire plus attention à mon portefeuille.

— Je ne veux pas vous donner de faux espoirs, mais je vais essayer de me rappeler.

— Merci, répondit Bill en prenant le carton de vêtements pour suivre Ava dans le couloir.

— Bon sang, j'espère que ça lui reviendra, même s'il m'a vu sur un avis de recherche, plaisanta-t-il.

— Gerald ne vit que pour son ranch. Et d'après

votre tenue, vous devez posséder des terres, vous aussi. Vous avez dû vous croiser par ce biais-là. Vous avez une marque de bronzage sur le front, c'est un signe que vous passez du temps dehors et portez un chapeau.

Ava s'arrêta pour lui prendre la main et observer sa paume. En passant les doigts sur ses phalanges, elle remarqua deux choses : sa peau cornée et sa réaction. Elle le relâcha sur-le-champ puis continua d'avancer.

— Qui que vous soyez, vous avez des mains de travailleur, comme beaucoup de propriétaires de ranch.

Elle s'efforçait de feindre la nonchalance malgré ses sentiments si évidents. Si ce geste s'était voulu tout à fait innocent, dès l'instant où leurs doigts s'étaient touchés, son corps tout entier s'était mis à frémir. Elle n'aurait jamais dû se montrer si familière, pour leur bien à tous les deux.

— Voudriez-vous me reprendre la main pour voir si ça vous évoque autre chose ? demanda-t-il alors d'une voix plus rauque.

Surprise, elle dut se retourner pour voir son air malicieux. Il flirtait avec elle. Ressentait-il la même étincelle en sa présence ? Elle secoua la tête en souriant.

— Je crois qu'il vaudrait mieux ne pas trop jouer alors que vous ne savez même pas qui vous êtes.

— J'ai tout de même compris certaines choses à mon sujet quand vous m'avez secouru, répliqua-t-il d'un ton assez équivoque pour l'électriser.

— Vous êtes blessé, amnésique, entouré de parfaits inconnus… et vous trouvez le moyen de flirter. C'est signe que vous gardez le moral.

— Je crois que c'est grâce à vous. En toute franchise, vous êtes la meilleure chose qui me soit arrivée.

— Oui, eh bien, calmez-vous tant qu'on n'en saura pas plus.

— Tout ça valait le coup, je vous ai rencontrée. Enfin, plus ou moins, j'aimerais tout de même recouvrer la mémoire.

— Du calme, cow-boy ! lança-t-elle en entrant dans une pièce bleue et brune. Je suis de plus en plus convaincue que vous travaillez dans un ranch. Bien, cette chambre est libre. En cas de problème vous me trouverez au bout du couloir. Il y a de quoi vous laver dans la salle de bains, des serviettes propres et des pyjamas de deux tailles différentes, normalement. Gerald a bien fait de vous apporter des vêtements… Je vais quand même vérifier qu'il y a du savon.

— Ne vous embêtez pas. Occupez-vous de vos amis, je suis sûr qu'il y a tout ce qu'il faut. Vous avez l'air mieux approvisionnée qu'un supermarché. Enfin, si je me rappelle bien ce que c'est.

Sans lui laisser le temps de s'éloigner, il lui effleura le bras. Ce simple contact suffit à ébranler son univers. Le souffle court, Ava saisit l'étincelle ardente dans le regard de son hôte. Il partageait son trouble ; il passa de la surprise à quelque chose de plus intense, et le sang d'Ava bouillonna.

Elle aurait dû dire quelque chose, s'en aller, réagir. Rien. Elle resta prisonnière de cette main, de ces yeux, de cet instant dépourvu de toute innocence tout à coup.

— N'hésitez pas si vous avez besoin d'aide. Moi,

c'est Ava, si jamais vous avez oublié, lui rappela-t-elle d'une voix réduite à un murmure.

— Je ne me souviens pas de mon nom, mais je vous assure que je ne saurais oublier le vôtre, Ava, répondit-il de ce même air ravageur.

Quand il la lâcha, elle dut se forcer à s'en aller. Elle referma la porte en vitesse et resta plantée dans le couloir pour reprendre sa respiration. Aucun homme n'avait jamais éveillé cela en elle. Absolument aucun. Comment un geste si anodin pouvait-il s'avérer si sensuel ? D'autant plus quand il venait d'un inconnu couvert de boue…

Elle était sidérée. Sa rupture avec Judd l'avait assurément détruite au point de ne jamais guérir. Le simple fait de repenser à la façon dont il l'avait quittée la faisait encore souffrir. Non, elle ne pouvait se permettre de nouvelles peines.

Mais alors, pourquoi ?

Bill aussi avait paru surpris. Ava restait convaincue que lui non plus ne s'y était pas attendu.

L'écartant de son esprit, elle s'empressa de rejoindre ses voisins. Elle n'aurait pu assez remercier Molly d'avoir apporté son kit de premiers secours. Ava était soulagée de ne pas avoir à recoudre son invité surprise. Son cœur s'emballait à la simple pensée de devoir s'occuper de son bras, son épaule ou toute autre partie de son anatomie. Elle remit de l'ordre dans ses idées avant d'entrer dans le salon.

— Vous êtes des amours de braver la tempête pour venir le voir et d'avoir apporté à manger, des vêtements et de quoi le soigner. Merci beaucoup.

— Ce n'est rien, affirma Molly.

— J'étais un peu inquiet, en fait, avoua Gerald. Mais je suis sûr que je le connais.

— Bonne nouvelle. Il ne se rappelle strictement rien.

Elle marqua une pause pour observer la pluie toujours aussi intense.

— J'espère que vos enfants n'ont pas peur. Le vent souffle fort et la tempête n'a pas l'air de s'apaiser.

Au même moment, un éclair déchira le ciel, suivi d'un grondement et du sifflement des bourrasques autour de la maison.

— Les petits s'en moquent, la rassura Gerald. Ils adorent lire et savent s'occuper. Ils doivent être en train de jouer, de bouquiner ou de veiller sur ma grand-mère. C'est elle qui doit être morte de peur.

Un nouveau coup de tonnerre annonça les cliquetis de la grêle. Ava et ses amis se turent un moment. Gerald sortit un instant puis revint.

— Regardez-moi la taille de ce grêlon, s'exclama-t-il en s'approchant des filles. J'en ai rarement vu d'aussi gros. Il y aura des toits à réparer et des fenêtres à changer.

Molly sembla sans voix en inspectant un des glaçons que lui tendait son mari.

— Ça se calme déjà, reprit-il en allant jeter les pépites de glace dans l'évier. Mais cet orage va faire les gros titres.

— Dieu merci, ça n'a pas duré trop longtemps, souffla Ava en regardant dehors.

— Ne t'en fais pas, lui dit Molly. Au pire, vous avez de quoi manger et vous êtes les bienvenus.Un bruit de pas se fit entendre alors, et Bill Smith les rejoignit.

— Cette douche m'a fait un bien fou.

Ava sentit son cœur s'agiter de plus belle. Bill s'était coiffé, mais avait gardé sa barbe de trois jours et portait le vieux jean de Gerald sur ses bottes désormais décrottées.

— Merci encore pour les vêtements, ça fait du bien d'être au sec. J'ai jeté ma chemise, mais j'aimerais bien laver le reste. J'ai déjà rincé la boue. Si ça ne vous dérange pas, je mettrai le tout dans la machine.

Il allait torse nu, exhibant ses muscles saillants, sa peau hâlée, mais appuyait une petite serviette sur sa blessure. Une épaisse toison noire lui jaillissait sur le torse. Ava le fixait, incapable de se détourner. S'en était-il rendu compte ?

— Désolé pour la serviette, Ava, lança-t-il avant de s'adresser à Molly. Je crois que vous pouvez me recoudre, maintenant.

— Allez dans la chambre avec la grande salle de bains, la lumière y est meilleure.

— Je connais le chemin, précisa Molly. Allez. On va mettre vos vêtements à laver et voir ce que je peux faire pour vous.

Ava observa l'inconnu quitter la pièce, obnubilée par ses muscles, autre indice sur sa profession.

— Heureusement que Molly est là.

— Je réitère son offre, si jamais tu n'as pas confiance.

— Ça ira, Gerald.

— J'imagine que ça me reviendra en plein milieu

de la nuit, mais je le connais. Il ne doit pas être méchant, je ne fréquente pas les sales types.

— Il possède un ranch, je pense. La voiture dont il a sauté, tout le monde ne pourrait pas se l'offrir.

— Je passerai le prendre demain pour lui montrer mes terres. Ça lui rafraîchira peut-être la mémoire.

— Espérons que ça fonctionne, mais si le temps ne se calme pas, reste à l'abri chez toi.

— Si seulement mes chevaux pouvaient comprendre ça, répliqua-t-il en souriant.

Molly et l'inconnu ne tardèrent pas à revenir. La chemise en jean empruntée à Gerald le serrait aux épaules et aux bras. Il l'avait laissée ouverte sur trois boutons, rentrée dans son pantalon, et avait dû retrousser les manches, légèrement trop courtes. Son bandage dépassait quelque peu. *Quel bel homme, même avec cet œil au beurre noir, cette bosse et ces bleus*, songea Ava.

— Ça va mieux. Je n'ai plus qu'à me rappeler mon nom et tout ira comme sur des roulettes, chantonna-t-il en regardant Molly.

— Ce fut un plaisir, affirma-t-elle tandis que son mari finissait d'enfiler son chapeau et son manteau pour lui tendre les siens.

Gerald prit sa femme par l'épaule.

— Je préférais ne pas attendre une accalmie parce que la météo a annoncé trois tempêtes en tout. Je crois que c'était la première. Bon, nous allons vous laisser. En cas de besoin, tu n'as qu'à allumer dans la cour. Et pour être sûre, tu peux tirer trois coups de fusil dans le sol. Ça devrait faire aboyer les chiens et me réveiller.

— Tout ira bien, déclara-t-elle en les raccompagnant jusqu'à leur voiture.

Molly s'arrêta alors.

— Je lui ai dit de ne pas se fatiguer, de faire attention. Et pas d'alcool. Empêche-le de dormir le plus longtemps possible. Je vous ai fait une liste. Je ne suis pas experte, mais ça devrait aider. Il avait l'air plutôt réceptif et assez coopératif.

— Merci pour tout, je n'aurais pas su quoi faire.

— Mais si, voyons, assura Molly. Allez, au revoir.

Gerald hésita en ouvrant sa portière puis se retourna.

— Au risque de me répéter, tu sais où nous trouver.

— Tout ira bien, fit Ava d'un sourire.

À l'abri du passage, elle attendit alors de voir le pick-up disparaître dans les ténèbres et la pluie.

Lorsqu'elle rentra, elle se retrouva de nouveau seule avec Bill. Elle ne le craignait pas, Gerald le connaissait sans doute. Elle redoutait plus son impuissance face à son charme fou.

- 3 -

Quand elle le rejoignit dans le grand salon, il se détourna de la fenêtre pour la gratifier d'un sourire. Elle comprit immédiatement à quel point lui résister s'avérerait difficile.

— Ava, commença-t-il en s'avançant vers elle, débordant d'intensité. Je ne saurais assez vous remercier. Tout le monde ne se serait pas donné autant de mal. Je vous suis très reconnaissant.

S'il pouvait se montrer reconnaissant de loin, songea-t-elle en s'esquivant dans la cuisine.

— Aucun souci. Est-ce que vous avez faim ?

— Je mangerais un cheval. Laissez-moi vous aider.

Non seulement Ava aurait voulu éviter de se trouver trop près de lui, mais elle se rappela également les consignes de Molly.

— Vous devriez vous détendre. Asseyez-vous bien sagement, je m'occupe de tout. Molly m'a dit de vous garder éveillé et de ne pas vous laisser boire d'alcool. Elle m'a fait une liste d'aliments et, vous avez de la chance, le poisson est un des heureux élus.

— Oui, elle m'a dit que le bar était idéal dans mon cas quand elle me recousait l'épaule, répondit-il en s'étirant le bras et en suivant Ava dans la cuisine. Ce qui me fait le plus mal, c'est ma tête. J'espère qu'elle avait raison en disant que l'amnésie ne durerait pas. Je peux au moins vous aider à mettre la table.

— Hors de question, répliqua-t-elle en sortant assiettes et couverts. Assis.

Ce ne fut qu'au moment où elle se retourna qu'elle prit conscience de sa proximité. Elle se retrouva encore une fois subjuguée par sa présence. Le désir rejaillit en elle. Elle aurait dû bouger, réagir, faire n'importe quoi, tout sauf rester immobile, à haleter, le cœur battant. Son estomac se noua quand elle loucha sur ses lèvres, sur sa bouche aux lignes si harmonieuses.

— Je ne comprends pas ce qu'il m'arrive, soupira-t-elle sans s'en rendre compte avant de saisir ce feu en lui. Je… Je crois que vous devriez vous asseoir par là-bas.

Seulement, il n'obéit pas.

— Je ne comprends pas non plus. Mais en tant qu'invité j'agirai comme bon vous semble, même si nous passons à côté de quelque chose d'incroyable. Après tout, un baiser n'engage à rien. Et cette nuit s'y prête bien.

Il se pencha vers elle, mais elle l'arrêta d'une main sur son torse, son solide poitrail musclé, instrument de cette envie ardente au plus profond de son être.

— Je préfère éviter, affirma-t-elle, autant pour lui que pour elle. La prudence, c'est une valeur sûre.

Comment pouvait-il déchaîner un tel chaos en elle d'un simple regard ?

Il hésita un instant puis hocha la tête. Lorsqu'il s'éloigna pour se mettre à table, Ava put enfin retrouver son souffle.

— Je vais réchauffer les plats, reprit-elle presque honteuse de sa voix chevrotante.

Elle le sentait trop suivre ses moindres faits et gestes tandis qu'elle s'activait.

— Vous, vous n'avez pas perdu la mémoire, Ava, alors j'aimerais tout savoir de vous. Y a-t-il un homme dans votre vie ?

— Pas du tout.

— J'ai du mal à y croire, fit-il remarquer platement, lui arrachant un léger rire.

— J'étais fiancée, mais il m'a quittée. Depuis, je n'ai plus envie de sortir avec qui que ce soit.

— Puis-je vous demander pourquoi il est parti ?

— Bien sûr, répondit-elle en évitant le contact visuel, concentrée sur les plats. En fait, il a rompu nos fiançailles pour en épouser une autre. C'est arrivé au début du printemps. C'est encore assez frais, d'où ma volonté de ne me rapprocher de personne...

Elle s'interrompit puis lui adressa un sourire.

— ... Encore moins d'un homme qui ne sait pas qui il est. J'imagine que vous comprendrez.

— Oh ! que oui ! Autant ne pas m'attirer d'ennuis.

Le temps de laisser le poisson, les pommes de terre et les carottes réchauffer, Ava posa de la salade sur la table avec deux grands verres d'eau.

Il lui saisit le poignet du bout des doigts afin de la rapprocher de lui.

— Je ne devrais pas insister, mais vous ne pouvez nier qu'il se passe quelque chose entre nous. Quelque chose d'inattendu. Je ne pourrais pas l'oublier, Ava, et je sais qu'un jour nous pourrons nous aventurer sur ce terrain mystérieux.

À quoi bon mentir quand il sentait probablement son pouls s'agiter ?

— Ça ne m'est jamais arrivé avec un parfait inconnu, susurra-t-elle, luttant pour garder ses distances face à son air si réjoui. Je ferais mieux de m'éloigner.

Comme elle resta figée, il se leva et ils se retrouvèrent à quelques centimètres l'un de l'autre.

— Eh, mince, soupira-t-il d'une voix éraillée. Je n'avais pas prévu ça. Malgré notre accord, je ne résiste pas à vos si beaux yeux. Et je sais très bien que vous ne le faites pas exprès.

— Non.

— Mais vous voulez rester là, tout comme moi, rétorqua-t-il. Alors, laissez-vous aller.

Il réduisit le peu de distance entre eux. Ava l'enlaça par la taille puis il la serra à son tour pour l'embrasser. Comme une marionnette incapable de décider de ses gestes, elle posa ses lèvres sur les siennes, les paupières fermées. Cette simple caresse éveilla en elle un appétit sans fin. Elle se pressa contre lui, et leurs langues se trouvèrent. Tant pis pour la raison.

Ils partagèrent un baiser avide et fougueux. Jamais personne n'avait provoqué une telle réaction en elle. Elle aurait voulu passer la nuit contre lui. Il se pencha sur elle, ses bras puissants autour de son corps. Elle sentit son érection sur son ventre.

Elle ignora combien de minutes s'écoulèrent puis, au bout d'un moment, elle se ressaisit à contrecœur et se recula. Ils s'observèrent, haletants.

— Nous ne devons pas, murmura-t-elle. Nous ne pouvons pas nous compliquer les choses. Après ce que j'ai vécu, je ne veux plus avoir à m'inquiéter ni à souffrir.

Elle tentait avant tout de se convaincre elle-même, aussi s'efforça-t-elle de sortir de la pièce dans l'espoir de garder ses distances. Ses lèvres la picotaient encore. Son être tout entier se languissait de lui et ses incroyables muscles. Ce désir ardent bataillait contre la prudence, le souvenir de son cœur brisé.

Elle se rendit dans le couloir, devant un miroir.

— Tu ne joues pas simplement avec le feu, mais avec les flammes de l'enfer. Tu fonces droit dans le mur, et tête baissée.

Elle possédait trop de raisons de ne pas craquer. Bill aussi semblait se torturer, même s'il se montrait plus enclin à la provoquer.

Ah, mais quel baiser ! Elle avait encore chaud.

— Seigneur, Ava, chuchota-t-elle à son reflet en grimaçant. Contrôle-toi un peu. Tu cherches vraiment à souffrir encore une fois ? Non, surtout pas. Non, non et non.

En dépit de toutes ces belles paroles, elle n'avait jamais rien connu d'aussi torride.

Elle leva les mains. Elle aurait dû s'enfermer dans sa chambre au bout du couloir pour l'éviter. Avec un peu de chance, elle pourrait occulter cet instant d'égarement… Quelle blague ! Elle ne pourrait jamais oublier. Seulement, elle devait résister. Dès la fin de la tempête, le niveau de l'eau baisserait rapidement. Une fois les routes dégagées, elle conduirait cet homme chez le shérif qui s'occuperait alors de lui rendre sa vie. Tout le monde laissait une trace quelque part ; Bill ne faisait pas exception.

Pour l'heure, elle devait s'inquiéter de garder ses distances, ne plus penser à ses baisers… Et à toutes les autres choses dont elle rêvait désormais.

— Tu es assez grande pour partager un dîner avec lui sans le toucher, déclara-t-elle en se regardant dans la glace. Tu vas y arriver. Tu dois y arriver.

Après une longue inspiration, elle revint dans la cuisine.

— Me revoilà, dit-elle en sortant le plat du four avant de mettre le reste de la table puis s'installer face à lui. Finies, les bêtises. Je pense que vous en conviendrez, ce n'était pas très malin. Mieux vaut éviter les complications.

— Vous avez raison. C'est ma faute, je n'ai pas pu m'en empêcher.

— Bien, acquiesça-t-elle en lui passant le poisson. Savourons ce repas et oublions tout ça.

— Je suis désolé, ajouta-t-il en se servant.

— Non, inutile. Même si ça n'arrivera plus, vous n'avez pas à vous excuser pour un tel baiser.

Elle rougit sur-le-champ et baissa la tête. Elle s'aventurait de nouveau en eaux troubles. Elle frissonnait encore de leur étreinte. Peut-être le devait-elle à la tempête, à cette journée mouvementée, mais elle se berçait d'illusions. L'orage, le sauvetage et leur bain de boue n'y étaient pour rien.

— Vous n'êtes pas obligée de me répondre, mais est-ce que vous êtes restée longtemps avec votre ex ?

— Plus d'un an, affirma-t-elle en buvant. Nous avions prévu un gros mariage à l'église... Enfin, pour moi, deux cents invités, c'est beaucoup. Puis, tout à coup, deux semaines avant la cérémonie, il m'a dit qu'il avait eu le coup de foudre pour une autre.

— Deux semaines ? Vous avez peut-être bien fait de ne pas épouser une telle girouette.

Elle haussa les épaules.

— En toute logique, oui. J'ai beau me l'être répété des centaines de fois, ça ne suffit pas forcément à effacer la douleur ou à l'accepter plus facilement. J'ai dû renvoyer tous les cadeaux, écrire des tonnes de courriers, appeler tous les invités. Lui s'est juste enfui.

— Je comprends que vous vouliez rester seule.

Ils mangèrent en silence. Puis, une fois terminé, il se pencha en arrière.

— Alors, Ava, comment vous occupez-vous sans télévision ni Internet ?

Elle n'eut pas le temps de répondre, des cliquetis en rafales se mirent à marteler le toit ; la grêle redoublait de fureur cette fois-ci.

— Génial, ça doit être la deuxième vague de la tempête, maugréa-t-il. Heureusement que vous m'avez trouvé avant. J'aurais...

Il fut interrompu par un gros glaçon projeté à travers la fenêtre. Le verre éclata en mille morceaux alors que, de l'autre côté du salon une deuxième vitre explosait.

— Je vais chercher de quoi nettoyer, s'exclama Ava en se précipitant hors de la pièce.

Une troisième fenêtre se brisa quelque part sous

les assauts de grêlons gros comme des balles de tennis. Ava revint armée de torchons et d'un balai pour ramasser les débris.

— Je m'en occupe, lui indiqua l'inconnu en prenant le balai.

— Il me semble que vous devez vous reposer.

— Ce n'est pas ça qui va me fatiguer.

Elle fit mine de répondre, mais se ravisa.

— J'ai des plaques de bois et de l'adhésif pour barricader les fenêtres, dans la remise, lança-t-elle en enfilant une grosse veste brun clair. Je vais les chercher, sinon la pluie va s'infiltrer dans la maison.

— Je vous accompagne, annonça-t-il en la suivant de près.

— Mettez un manteau, il fait froid dehors.

— C'est bon, ça ira.

Comme il lui ouvrit la porte, elle lui sourit.

— Merci, dit-elle tout à coup consciente de leurs corps si proches l'un de l'autre.

Et une fois de plus, en dépit de toute raison, elle se rappela qu'ils allaient passer la nuit, voire plusieurs jours, seuls chez elle. Elle sentit des papillons s'envoler dans son ventre.

Lorsqu'elle passa si près de lui, il perçut les effluves d'un parfum envoûtant. Sa peau le picota, il voulait la serrer contre lui encore une fois. Il ne pouvait s'en empêcher tandis qu'ils se ruaient jusqu'à la remise.

— Les planches sont là, lui indiqua-t-elle d'une

voix presque inaudible. Il ne manque que l'adhésif et de quoi le couper.

Il la dévisageait, hypnotisé par la beauté de sa peau, sa bouche rosée. Il voulait revivre ce baiser si exaltant, si unique. Elle s'agita dans la pièce puis finit par poser tous les outils devant lui.

— Occupez-vous de ça pendant que j'emporte quelques panneaux.

— Non, vous prenez la caisse à outils, dit-il en soulevant les planches sans manquer d'admirer son déhanché quand elle le dépassa.

Une telle vue le titillait d'autant plus. Cependant, il devait la laisser tranquille, ne pas la blesser. Il lui devait bien cela. Il dut réprimer un grognement. *Quel calvaire !*

De retour dans la cuisine, elle se mit au travail.

— Ça me rappelle une tempête, un hiver. Des branches sont tombées et j'ai dû remplacer deux vitres. C'est un ami de Gerald, un bon menuisier, qui m'a découpé ces panneaux, à l'époque. Nous serons à l'abri de la pluie, au moins.

— Sans ça, vous auriez une piscine demain matin. Le temps n'a pas l'air de vouloir se calmer.

— Je préférerais que vous évitiez de porter ces plaques, déclara-t-elle en l'aidant à les poser contre une chaise.

Il se contenta d'en soulever une pour l'appliquer contre une des fenêtres où la pluie s'infiltrait. Ava découpa alors des bouts de scotch puis resta plantée là, sans doute à se demander comment fixer le panneau sans se coller à lui.

— Passez sous mon bras, Ava.

Il leva le coude pour la laisser s'immiscer entre lui et la fenêtre. Il sentit de nouveau son parfum. Il lui aurait suffi d'un geste pour l'enlacer. Avec sa migraine et cette douleur à l'épaule, il ne voyait pas comment il pouvait avoir de pareilles idées. Elle ne faisait même rien pour le provoquer. Au contraire, il la soupçonnait de vouloir l'éviter.

Mais il comprenait. Son ex, quel imbécile ! Elle méritait tellement mieux.

Lui n'était qu'un parfait inconnu amnésique qui avait l'air d'être tombé d'une falaise, elle se remettait encore d'une rupture devant l'autel ; ils possédaient donc toutes les raisons de ne rien ressentir.

À cet instant, son seul instinct se résuma à vouloir la serrer dans les bras, l'embrasser encore. Cette simple idée le fit transpirer.

Ava le regarda par-dessus l'épaule et repassa sous son bras.

— Je m'occupe de finir celle-ci, elle ne tient pas très bien, fit-il en attrapant une deuxième paire de ciseaux pour découper des bandes de scotch.

Ils travaillèrent en silence, rapidement, puis bloquèrent la deuxième fenêtre de la même manière. Une fois de plus, il dut refréner ses pulsions.

Il ne resta plus qu'un panneau à poser. Il se demanda alors si toute sa vie il allait se rappeler cet instant où il avait repris connaissance pour se retrouver devant ces yeux bleus, ces cheveux blonds et ce chapeau de cow-boy.

Elle se cogna à lui, interrompant sa rêverie. Sans

laisser tomber la planche, il rattrapa Ava de sa main libre. Ils restèrent ainsi un moment, à s'observer. Il se sentit pris au piège, incapable de bouger, de se détourner, ni même de la lâcher.

Son cœur s'emballa, il devait s'éloigner.

— Je… Je dois passer, murmura-t-elle, le libérant de son sort.

Sa main vacilla légèrement, un vague frisson de désir, mais il la relâcha. Elle haletait autant que lui et ses pupilles trahissaient ces pulsions partagées, ce qui ne le provoqua que davantage.

Ils finirent de fixer les panneaux sans un mot.

— Voilà, dit-elle en réunissant la caisse à outils et l'adhésif. Je vais repasser un coup de balai et ça ira. Merci.

Comme elle se concentrait sur les fenêtres, les murs, le plancher, il comprit qu'elle luttait pour éviter le moindre échange. Cela valait sans doute mieux.

Il ignorait s'il partageait sa vie avec une femme, mais il pouvait affirmer sans problème qu'il n'avait jamais rien connu de tel.

— Je rangerai tout ça demain, reprit-elle en posant la caisse à outils sur le plan de travail de la cuisine. Asseyez-vous, je vais mettre les assiettes dans le lave-vaisselle. Je n'en aurai pas pour longtemps. Ensuite, nous pourrons nous installer au salon devant un bon feu.

— D'accord, mais laissez-moi vous aider. Ce ne sont pas quelques couverts qui vont me tuer.

Quelques minutes plus tard, ils s'assirent sur un canapé en cuir marron clair tourné vers une haute cheminée à gaz. Elle avait fermé les volets de cette salle si paisible. Ils ne voyaient pas la tempête, mais entendaient l'orage, le vent, la pluie, la grêle. Ils resteraient là jusqu'au lendemain au moins.

Au-dessus du foyer, il remarqua une grande photo de chevaux au galop dans une pâture.

— J'aime beaucoup cette photo.

— Merci. C'est une des miennes. Ça m'occupe quand je viens ici.

— Vous êtes vraiment douée. Je ne me rappelle même pas mes centres d'intérêt, c'est assez étrange comme sensation.

— J'imagine. Molly vous a conseillé de ne pas vous tracasser. Vous guérirez assez vite.

— Facile à dire, mais je vais essayer.

— Je m'inquiète un peu pour ce soir. Vous dormirez bien, mais j'ai peur que vous tombiez dans le coma et que je m'en rende compte trop tard.

— Ah, Ava, j'ai déjà une solution, répliqua-t-il tout sourires. Ne vous gênez pas pour me tenir compagnie et veiller sur moi toute la nuit.

La jeune femme poussa un petit rire auquel il eut du mal à résister.

— Gardez vos suggestions, répondit-elle en rigolant. Je pensais plutôt vous empêcher de dormir encore un peu, étant donné qu'il n'y a que moi pour vous surveiller. Je crois que ce serait plus prudent.

— Très bien, docteur, soupira-t-il en retrouvant son sérieux. Restons bien sagement devant le feu. Ça, je devrais y arriver si ça vous fait plaisir.

— Bien. Contente que vous vous montriez coopératif.

— Pour la beauté qui m'a secouru, je peux être très coopératif, lança-t-il d'une voix grave qui le ramena immédiatement en terrain dangereux.

— Vous recommencez, souffla-t-elle en secouant la tête. Ça n'arrivera pas. Il y a peut-être une femme qui vous attend.

— C'est vrai. Mais j'ai du mal à vous résister.

À la seconde où elle était entrée dans sa vie, où il avait découvert l'existence de ses grands yeux bleus, sa chevelure d'or soyeuse, il n'avait pu s'empêcher de vouloir la séduire, la caresser, l'embrasser. Et, malgré leurs nombreuses raisons de ne pas céder, il ne parvenait pas à la considérer comme une simple ombre de passage.

Il devait s'occuper l'esprit en permanence pour ne plus la dévisager.

Il savait que cela constituerait une épreuve en soi.

Dans l'espoir de l'empêcher de s'endormir, Ava eut une idée.

— Je vous fais visiter ?

— Avec plaisir, répondit-il en se levant après elle.

Elle l'emmena au sous-sol. Elle lui raconta la construction de la maison en lui montrant la salle de sport, la buanderie, la cave à vin, une énorme penderie pleine de bagages et décorations pour les fêtes. Ils revinrent au rez-de-chaussée où elle l'amena dans la bibliothèque, la salle à manger et son bureau équipé de trois ordinateurs, dont deux à écran double sur des meubles installés à l'opposé de la pièce. Des vitrines en chêne se mariaient à la perfection avec les boiseries. Ava le contempla tandis qu'il s'imprégnait des lieux. Ses longs cils et ses épais cheveux noirs ondulés lui donnaient un charme fou. Elle le voyait encore torse nu après sa douche. Et elle connaissait déjà la sensation de se retrouver contre ses muscles.

Elle avait beau se répéter de garder ses distances, elle ne pouvait s'empêcher de penser à lui, d'observer ses moindres gestes.

— On dirait que vous travaillez beaucoup ici.

— Pas forcément, mais je préfère ne manquer de rien si jamais je dois m'occuper de dossiers. J'avais plus de temps libre quand ma mère et ma sœur venaient encore. Nous avions organisé un long séjour avec des amis pour inaugurer le chalet.

— Ce doit être fantastique de vivre ici, mais c'est une grande maison. Vous ne vous inquiétez pas d'être seule si loin de tout ?

— Non. Vous voyez les interrupteurs près de la porte ? Appuyez sur le bleu clair.

Il s'exécuta, et une lumière vive éclaira l'extérieur comme s'il faisait jour. Même avec la pluie, on distinguait bien les arbres et tout le jardin.

— Je comprends mieux pourquoi Gerald vous a dit d'allumer. Il ne peut pas les manquer. J'éteins avant qu'il ne s'affole. C'est vrai que vous voyez bien ce qu'il se passe, mais vous êtes quand même isolée.

— Il y a une alarme branchée ici et chez Gerald. Il ne vit pas si loin que ça, et ses employés travaillent jour et nuit. D'habitude, il me laisse trois de ses chiens pour me tenir compagnie.

— Je retire ce que j'ai dit alors. Pourquoi n'a-t-il pas emmené les chiens ?

— Parce que vous êtes là et que vous ferez tout aussi bien l'affaire, rétorqua-t-elle, lui arrachant un rire.

— J'espère qu'on ne m'a jamais dit ça auparavant.

— Voulez-vous continuer jusqu'à l'étage ou préférez-vous retourner dans le salon ?

— Allons près du feu.

— Je vous prépare un chocolat chaud ?

— Oui, volontiers, répondit-il en la suivant de près dans la cuisine bleue et blanche digne d'un grand restaurant.

— Asseyez-vous, je vous apporte ça.

— Je vais vous aider, dit-il en l'observant essayer d'attraper des tasses sur la pointe des pieds.

Comme il tendit le bras vers le placard, elle voulut se blottir contre lui et l'embrasser.

— Je sais que vous faites tout ça parce que Molly vous a conseillé de me garder éveillé, fit-il en s'appuyant sur le comptoir pour la regarder chercher le chocolat. A-t-elle précisé combien de temps ?

Ava sentait sa présence, fondait face à son incroyable voix grave. Il se tenait tout près.

— Autant que possible, affirma-t-elle, absente. Elle n'a pas pu m'en dire plus parce qu'elle n'est pas médecin, mais c'est la meilleure solution, apparemment.

— Je n'ai rien contre, mais en toute honnêteté, la journée a été longue et pleine de surprises.

— C'est vrai. Je suis contente d'avoir pu vous aider, mais je suis navrée pour vos blessures et la perte de vos affaires. Vous devriez finir par recouvrer la mémoire.

— J'espère bien. Je déteste ce sentiment de ne rien savoir. Concentrons-nous sur le positif, je guérirai vite d'après Molly. J'aurai une cicatrice sur l'épaule, en revanche. Elle m'a conseillé de faire des radios dès que possible. Simple contrôle de routine pour s'assurer que je n'ai rien à la tête.

Ava prit les tasses et se retourna. À cet instant, il lui fit face. Quand elle posa les yeux sur ses longs cils, l'atmosphère changea. Toujours prisonnière du souvenir de leur égarement, elle ouvrit légèrement la bouche, sentit son cœur tambouriner. Puis, elle comprit les intentions de son hôte.

Elle ne put se résoudre à le repousser, elle parvenait à peine à respirer. Il lui prit les tasses des mains pour les poser sur la table et lui saisit les poignets. Elle en oublia toute perspective de chocolat chaud.

— Non, il ne faut pas, gémit-elle en secouant la tête, trop consciente de leurs corps si proches. Nous en avons déjà discuté.

— Un seul baiser ne changera rien, et la journée était fatigante.

Elle eut beau se rembrunir, elle se pencha contre lui. Elle en avait encore envie malgré les complications à venir.

— Je ne suis pas prête, voilà tout, insista-t-elle sans bouger pour autant, incapable de s'éloigner.

— Ava, répondit-il en se rapprochant. J'ai passé une journée affreuse. Je n'imagine même pas quel enfer ça aurait été sans vous. Nous ne devrions pas nous refuser quelques minutes de bonheur. J'ai cru rêver quand vous êtes apparue sous la pluie, et vous serez toujours cet ange aux lèvres si savoureuses. Venez.

Il la tira par la taille ; elle ne put lutter. Lorsque leurs bouches se trouvèrent pour une union sauvage, Ava sentit son esprit s'envoler. Puis, elle finit par relever la tête.

— Il ne faut pas.

— Si, il faut, murmura-t-il. Le monde ne s'effondrera pas pour si peu au creux de cette froide nuit pluvieuse.

Comme il l'étreignit de plus belle, Ava le serra elle aussi, en harmonie parfaite avec ses muscles saillants. Elle voulait ne plus se tracasser, ne plus s'acharner à agir correctement, mais se laisser aller une heure encore.

Cependant, elle repensa à cette peine si familière, à celles à venir. Elle ignorait ce qui attendait l'inconnu dans sa vraie vie.

Quelques secondes, quelques minutes… Elle ne savait plus, mais elle finit par s'écarter. Il la libéra. Tous les deux à bout de souffle, ils se fixèrent encore un moment si bien qu'elle dut se concentrer sur autre chose afin de ne pas recommencer.

— Nous devons arrêter, déclara-t-elle. Je parierais ma maison et mes terres qu'une femme vous attend. Contentons-nous d'un chocolat chaud et d'une conversation innocente.

Elle devait l'admettre, elle éprouvait un mal fou à parler d'une voix légère tant elle haletait encore.

Elle voulait lui cacher ses sentiments véritables sans pouvoir s'empêcher de le regarder.

— Oublions le chocolat, dit-il en lui prenant la main. Allons discuter au coin du feu.

Il la relâcha puis resta loin d'elle le temps de rejoindre le salon. Ils s'installèrent dans des rocking-chairs de chaque côté de l'âtre.

Dehors, l'orage grondait, la pluie perlait sur le toit. La tempête semblait s'apaiser. S'agissait-il de la dernière ou une autre se préparait-elle ?

— Dieu merci, je ne suis pas au bord de la route en pleine nuit et sans rien. Pas de chemise, pas de portefeuille, pas de souvenirs… Pire encore, pas de femme irrésistible.

Il avait prononcé ces mots d'une voix plus grave comme pour mieux la titiller.

— Vous ne voulez vraiment pas vous asseoir près de moi, Ava ? continua-t-il d'un air plus moqueur. Vous me tiendriez chaud.

— Merci, mais je préfère rester là. C'est plus sûr.

— Oui, vous avez raison. Essayons d'agir de façon responsable. Dites-m'en plus à votre sujet. J'aimerais tout savoir de vous.

— Je mène une vie plutôt ordinaire. J'aime mon indépendance et aider les gens, d'où ma profession. J'adore les enfants, mais je n'en côtoie que très peu.

— Vous avez l'air assez citadine et pourtant vous possédez des chevaux. D'où vous vient cette passion ?

— J'ai hérité cet endroit de mes grands-parents. J'ai toujours passé beaucoup de temps ici, et ils m'ont transmis leur amour pour les ranchs.

Ils discutèrent encore un bon moment. Elle parlait, il écoutait. Puis, après un court silence, elle lui demanda de but en blanc :

— Quand marque-t-on les veaux ?

— À leur naissance. Pourquoi ?

— Je voulais simplement voir votre réaction. La réponse importe peu, mais vous vous y connaissez. Vous n'avez pas dû réfléchir. J'en ai une autre pour vous : quelle est votre épreuve de rodéo préférée ?

Il parut étonné, puis amusé.

— C'est la première fois que je me rappelle quelque chose. Mais il s'agit plus d'un instant qu'une épreuve en particulier. Je crois que c'est la seconde où la trappe s'ouvre avant de lancer son cheval dans l'arène. Ça me rassure, je craignais d'être monteur de taureaux. Peut-être suis-je sur la voie de la guérison.

— Espérons-le. Ça devrait vous revenir petit à petit, mais allez-y doucement. Molly a insisté pour que vous vous reposiez.

— Je connais des tas de façons de se détendre…

— Ne recommencez pas, répondit-elle en souriant.

— C'est vous qui éveillez ça en moi. Nous ne sommes pas allés très loin, et c'est plus drôle que le jeu des souvenirs perdus.

— Bien, je pense que vous pouvez aller dormir, maintenant, fit-elle en se levant. Je vais éteindre, et nous irons nous coucher. Si vous avez besoin de moi, vous savez où me trouver.

— Si c'est aussi simple que ça, comptez sur moi, très chère, déclara-t-il.

— Arrêtez un peu. Je parlais d'un problème, un vrai,

indépendant de vos hormones. Sinon, souvenez-vous de toutes les raisons que nous avons déjà énumérées.

— Ah, mince alors. Moi qui pensais passer une nuit mémorable. Si j'apprends que je suis célibataire, je reviens rectifier le tir.

Elle lui sourit, et il se leva. Elle commençait à croire qu'il évoluait dans les mêmes sphères qu'elle et se demanda où il vivait.

Au moment de se séparer d'elle dans le couloir, il lui caressa le bras d'un geste délicat.

— Approchez, j'ai quelque chose à vous dire, lui susurra-t-il de cette voix traînante qui nouait l'estomac d'Ava.

— Je vous entends très bien d'ici.

— Allez, Ava, insista-t-il d'une façon toujours plus troublante. Nous regagnerons bientôt nos vies et cette nuit ne sera plus qu'un souvenir. Nous avons vécu des moments difficiles, un baiser nous ferait du bien.

Si elle pouvait résister à ses paroles, elle avait néanmoins du mal à lutter face à son attitude. D'un geste tendre, il l'enlaça. Elle ne protesta pas, captive de cette étincelle. Elle voulait l'embrasser, sentir ses lèvres, qu'on la désire après cette rupture si dévastatrice qui lui avait donné le sentiment de ne plus trouver sa place en ce monde. Cet inconnu l'aidait à effacer la peine, la gêne, cette indifférence monumentale.

Elle se laissa alors aller. Tandis que leurs langues se taquinaient, Ava lui serra la taille, colla ses hanches contre lui. Il se pencha un peu plus, la poussant à l'oubli, à une volupté infernale. Jamais elle ne s'était sentie en danger à cause d'une simple étreinte.

Autant jouer avec de la dynamite et attendre que tout leur explose au visage, aussi se libéra-t-elle.

— C'est de la folie ! Rentrez d'abord chez vous, découvrez qui vous êtes et quels sont vos engagements, vos goûts dans la vie. Alors nous pourrons envisager quelque chose. Mais pour le moment il y a trop de questions.

Il resta silencieux, certainement en proie à une lutte intérieure. Elle comprenait trop ses hésitations. Dès les premiers instants, il s'était montré aimable, serviable, digne de confiance. Il avait fait preuve de considération, de gratitude envers elle. Sa première impression s'était avérée la bonne.

La main de l'inconnu glissa dans le dos d'Ava en douceur, vers ses fesses. Elle frissonna derechef, frustrée de ne pas sentir sa peau nue.

Néanmoins, elle se recula encore une fois. Il semblait vouloir la dévorer. Elle dut l'admettre, elle partageait cette envie.

— Je vous dis bonne nuit et à demain… Et pas avant, précisa-t-elle en s'éloignant, consciente de son regard posé sur elle.

— Vous pourriez me border et vous assurer que je ne fais pas de bêtises avec mon épaule.

Contente de l'entendre plaisanter de nouveau, elle lui sourit.

— Vous êtes un grand garçon. J'espère qu'en vous levant demain matin, vous vous souviendrez de tout. Je suis ravie d'avoir pu vous aider.

Elle lui souffla un baiser.

— Bonne nuit, étranger, lança-t-elle dans l'espoir

de lui rappeler pourquoi la soirée devait se terminer ainsi.

Elle entra dans sa chambre, referma et se colla dos à la porte, les paupières closes, les jambes encore cotonneuses. Qu'il était beau et séduisant, bien trop même ! Dès l'instant où Gerald arriverait à joindre le shérif, ils en apprendraient plus à son sujet.

Car Ava ne savait pas combien de temps elle allait réussir à se protéger des charmes de son hôte.

- 4 -

— Bill Smith, murmura-t-il en s'observant dans la glace.

Ce nom, comme tous les autres, ne relançait pas le fil de sa mémoire.

Il se dirigea vers le lit, retira ses bottes et sa chemise. Il s'assit sur le matelas, les mains sur les cuisses, obnubilé par Ava. Elle l'avait appelé « étranger » dans le but de lui rappeler sa situation, l'inciter à garder ses distances. Même sans aucun souvenir, il ne concevait pas l'idée d'avoir pu connaître femme plus irrésistible. Elle déchaînait des tempêtes en lui. Il la désirait sans pour autant vouloir lui causer davantage de peine, encore moins quand elle lui avait sauvé la vie.

Il aurait pu passer la nuit au fond d'un ravin, blessé, à risquer de se retrouver écrasé sous un arbre, pris dans un glissement de terrain ou une inondation. Il serait resté sans eau ni nourriture, sans rien pour se défendre contre les bêtes sauvages. Qui sait ce qui rôdait là dehors parmi les coyotes et les serpents ?

Or, il séjournerait dans cette incroyable suite jusqu'à la fin de l'orage et la décrue. Tout cela grâce à Ava Carter.

Ava… Ses grands yeux bleus le captivaient, sa

chevelure soyeuse lui donnait envie de passer la main entre chaque mèche. Il avait beau réprimer ces pensées, il voulait l'enlacer nue. Son côté rationnel lui intimait d'oublier tout cela.

Elle, belle, débrouillarde, intelligente et surtout si désirable. Cela suffit à le faire transpirer. Son corps réagissait en un instant à la simple évocation de son nom.

Il souhaitait recouvrer la mémoire au plus vite. Qui était-il ? D'où venait-il ? Qui comptait pour lui ? Ces questions le tourmentaient. Molly lui avait pourtant conseillé de ne pas s'en soucier, de se reposer et laisser le temps agir. Malgré ses belles paroles, il n'allait pas supporter cela très longtemps.

Il étudia ses mains : calleuses ; une petite cicatrice sur le dos de la gauche. Des indices sur sa situation de propriétaire de ranch ou de cow-boy. D'ailleurs, il avait le souvenir d'avoir participé à un rodéo. Mais comment en être sûr ?

Ne tenant pas en place, il finit par éteindre pour se poster à la fenêtre. Les éclairs incessants illuminaient la cour. Ava avait planté de nombreux arbres et bien aménagé son jardin fermé, certainement le repaire de serpents à sonnette.

Il se surprit lui-même de penser à cela. D'où lui était venue cette idée ? Sans doute un réflexe de Texan. Lorsque la migraine le saisit, il se rappela les conseils de Molly.

Il retourna sur le lit, arrangea les oreillers pour se caler et observer la pluie. La fatigue l'assommait, mais ses pensées fusaient à toute allure et le priveraient de sommeil encore un bon moment. Il souhaitait ne se soucier que d'Ava, de leurs baisers assourdissants et des centaines d'autres qu'il ratait et qui éveillaient l'envie de mieux la connaître, de tout savoir d'elle.

Il ferma les paupières et imagina leurs corps serrés tandis qu'il la portait jusque sous ses draps pour lui faire l'amour pendant des heures avant de s'endormir puis recommencer.

Pourquoi se torturer ainsi, se dit-il en se massant les tempes. Il devait la laisser tranquille. Il valait mieux se concentrer sur ses souvenirs perdus ou invoquer le peu de bon sens qu'il lui restait et sortir de la vie de la jeune femme au plus vite.

— Mince, soupira-t-il dans les ténèbres silencieuses, se demandant si elle se posait autant de questions.

Il pria de toute son âme pour ne pas se retrouver bloqué ici trop longtemps, loin de tout, trop inquiet de ne pouvoir se contrôler.

Si elle changeait d'avis, cela lui compliquerait-il tant la vie ? Préférant se concentrer sur autre chose, il se leva pour retourner devant le miroir. Ses yeux, sa bouche, ses cheveux, cela lui rappellerait peut-être ses origines ou son nom. Quel enfer d'avoir oublié toute son existence et d'ignorer ce qu'il fabriquait en pleine tempête !

Mais, face à son reflet, il restait perdu. Il pria pour que la nuit lui apportât des réponses. Malgré tout, il savait qu'Ava allait laisser une trace indélébile dans son esprit.

— Fiche-lui la paix, mon grand, inutile de vous

attirer des ennuis, souffla-t-il, inquiet qu'il ne fût déjà trop tard.

Les arômes alléchants du café et le bruit de la pluie sur les vitres réveillèrent Ava. Surprise, elle se redressa puis se remémora son hôte. La tempête ne semblait pas s'apaiser. Ils allaient rester isolés encore quelque temps. Combien de jours cela durerait-il ? Un ? Deux ?

Elle craignait qu'à chaque heure passée sans contact avec le monde extérieur ou avec le bureau du shérif, une personne proche de Bill se rongeât toujours plus les sangs.

Alors elle songea à leur baiser, et des papillons lui tourbillonnèrent dans le ventre. Elle s'abandonna au bref souvenir de ses bras fermes et sa façon de démolir les barricades autour de son cœur. Elle avait évité toute relation avec les hommes depuis sa rupture. Et, hier soir, elle avait pris des risques idiots en l'embrassant sous prétexte qu'elle ne le connaissait pas.

Ava se leva, prit une douche, s'habilla. Elle préférait être bien réveillée avant de découvrir s'il avait retrouvé la mémoire.

Il buvait un café chaud en observant la pluie quand des bruits de pas attirèrent son attention. En voyant Ava arriver, belle comme tout, son cœur s'emballa.

Ses cheveux lisses et doux lui filaient sur les épaules. Elle portait un haut rose à manches courtes légèrement ouvert en dessous du cou, un jean et des bottes type western.

— Bonjour, lança-t-il en souriant, pris d'un désir incontrôlable et soudain. Vous êtes magnifique.

— Merci. Il pleut encore à ce que je vois, fit-elle remarquer en allant dans la cuisine. Ce café a l'air délicieux.

— Installez-vous, je vous sers. Du lait ou du sucre ?

— Je le prends noir.

Il lui tendit une tasse puis alla s'asseoir en face d'elle.

— Vous avez l'air d'aller mieux, dit-elle. Votre œil au beurre noir s'est estompé et votre bosse a disparu. Vous souvenez-vous de quelque chose ?

— De petits détails insignifiants. Rien d'utile comme des noms ou autres. Gerald est passé tout à l'heure. Il aimerait m'emmener au commissariat de Persimmon si la voie est dégagée. Mais, vu le temps, je ne pense pas que ce soit possible.

— Assurément pas, et Gerald le sait très bien. Il faut attendre la décrue. Tâchez de vous reposer. Nous trouverons bien de quoi nous occuper.

— J'aurais bien une idée.

— Oubliez.

— Vous n'aimez jamais mes suggestions, déclara-t-il. Elles sont tout à fait adaptées à un jour de pluie. Ce serait amusant, et je n'ai même pas besoin de savoir qui je suis pour en profiter au maximum. Et vous n'auriez rien de particulier à faire à part laisser éclater votre irrésistible beauté.

— Je crois qu'il vaudrait mieux éviter la tentation et parler d'autre chose.

— Oui, c'est vrai, soupira-t-il. En toute honnêteté, j'ai passé une bonne partie de la nuit à m'en vouloir et à me promettre de ne plus vous embêter… Tout ça pour ça. Bien, nous pouvons observer la pluie ou vous pouvez m'en apprendre plus sur vous. Moi, je n'ai rien à vous raconter, hélas.

— Ne dites pas ça. Vous avez quand même de vagues idées.

— Oh ! oui, mais elles ne sont pas vagues…, insista-t-il. Pardon, je recommence. Je ne peux pas m'en empêcher.

Il avait beau chercher à continuer sur le ton de la légèreté, il ne faisait que se bercer d'illusions. Assis là, à échanger un regard intense avec Ava, il comprit qu'elle luttait tout autant.

— Comment vous occupez-vous, par ici ? reprit-il alors en buvant son café.

— Je fais des balades à cheval, je jardine, mais ça attendra un autre jour. Sinon, j'ai installé une salle de sport pour me dépenser, ou je fais de la pâtisserie et des photos.

— Si elles valent celle au-dessus de la cheminée, alors vous êtes douée.

— Merci. Mais les chevaux sont un sujet assez facile. Il y a aussi un coucou terrestre qui rôde dans les environs, des chouettes, des cardinaux. J'ai même vu un puma, un jour. Enfin bref, je vais préparer le petit déjeuner.

— Laissez-moi vous aider.

— Vous pouvez nous servir du jus d'orange pendant que je fais des œufs brouillés.

Il la suivit jusqu'aux placards. Comme il l'observait, il saisit son regard posé sur lui ; elle pensait à tout sauf à manger.

Il lui attrapa le poignet en douceur, mais elle l'arrêta sur-le-champ.

— Le petit déjeuner, vous vous souvenez ?

— Non, c'est bien le problème, répliqua-t-il d'une voix plus grave en la tirant gentiment. Je n'ai qu'une seule idée en tête… Même si je dois me contenter d'un simple baiser du matin.

— Nous ne devrions pas, affirma-t-elle en lui passant les bras autour de la taille. Et pourtant, vous savez que je ne peux pas vous résister.

Il perçut alors le désir dans ses grands yeux clairs, électrisant tout son corps.

Il se pencha pour l'embrasser. Cette infime caresse annihila toutes ses bonnes résolutions de la veille. Il réalisait son erreur, mais avait passé la nuit à rêver d'elle pour se réveiller pris d'une envie toujours plus incontrôlable. Elle sortirait bientôt de sa vie, il devait profiter au maximum de ces courts instants en sa compagnie. Et cela n'engageait à rien.

Sans prendre le temps de respirer, il la souleva. Elle s'agrippa à son épaule tandis qu'il l'amenait sur une chaise pour l'asseoir sur ses genoux, l'étreignant d'un bras. Son autre main sinua sous le pull d'Ava afin d'écarter son soutien-gorge en dentelle et lui cajoler la poitrine. Cette peau si douce… Quelle torture de ne pas la déshabiller.

Elle poussa un petit gémissement en se lovant un peu plus contre son érection. Elle l'embrassait passionnément, passait les mains partout, comme habitée d'un feu solaire.

Mais, lorsqu'il entreprit de défaire la ceinture de la jeune femme, elle se redressa en lui attrapant le poignet, à bout de souffle. Lui pensait finir par se consumer de désir s'il ne l'emmenait pas dans son lit, mais il vit la détermination sur son visage.

— Nous ne devons pas, murmura-t-elle en se levant pour réajuster ses vêtements. Vous comprendrez pourquoi. Excusez-moi, je reviens.

Alors il s'étira et prit de longues inspirations en la laissant quitter la pièce. Avait-il déjà autant désiré une femme ? Il devait songer à autre chose.

Il se tourna vers la fenêtre afin de se concentrer sur la pluie. Quelqu'un l'attendait-il quelque part ?

Il ne s'agissait que d'une envie charnelle, se répétait Ava en fuyant dans le couloir. Elle devait sans doute cette perte de contrôle à sa solitude. Aussi, peut-être voulait-elle s'affranchir de la douleur causée par ses fiançailles ratées. Cela l'aiderait à ne plus se sentir si vulnérable.

Elle s'enferma dans sa chambre. Elle se recoiffa en se sermonnant, s'intimant de rester forte. Un bruit de moteur la tira de sa rêverie. D'un regard par la fenêtre, elle reconnut Gerald.

Elle descendit, mais Bill avait déjà ouvert. Ils discutaient dans l'entrée.

— La météo a annoncé des averses pour toute la journée. Le niveau de l'eau ne va pas baisser, mais je me suis dit que vous aimeriez peut-être passer chez nous. Comme ça, je pourrais montrer mes chevaux à Bill.

Comme Ava fit mine de protester, Gerald l'arrêta d'un geste.

— J'insiste. Molly a déjà cuisiné tout un tas de plats. Allez, mettez vos imperméables, et en route. Allons-y tant qu'il ne pleut pas trop. De toute façon, Molly ne me laissera pas rentrer sans vous.

Ava le connaissait assez bien pour sentir sa sincérité. Elle accepta, soulagée de pouvoir fuir cette tentation permanente. Cela l'empêcherait de se soucier de ce qu'elle ferait, seule avec cet inconnu.

— Merci, Gerald. Je peux prendre la voiture jusque chez toi pour que tu n'aies pas à ressortir sous la pluie.

— Mais non, voyons. Je sortirais pour une raison ou une autre de toute façon. Bon, va chercher tes affaires pendant que je bois un café.

Ava laissa les deux hommes le temps de se préparer. En cherchant son imperméable, elle trouva un vieux ciré pour Bill. Elle avait beau toujours le considérer comme un inconnu, quelque chose lui dictait que la vérité s'avérerait tout autre.

— Je suis prête, leur indiqua-t-elle en revenant dans la cuisine pour tendre le manteau et un chapeau de cow-boy à Bill.

À sa façon de retenir ses cheveux en se coiffant du stetson, Ava comprit qu'il avait l'habitude d'en porter. Quelques minutes plus tard, ils arpentaient le chemin jusque chez Gerald.

Ils partagèrent un petit déjeuner copieux en

compagnie de toute la famille à l'exception de la grand-mère, restée chez elle pour se reposer. Ensuite, Bill, Gerald et Aiden, son fils de sept ans, se rendirent aux écuries, bien protégés contre la pluie. Molly, elle, rangea la cuisine, et Ava lut des histoires à la petite Megan, cinq ans.

Les trois hommes rentrèrent à l'heure du déjeuner pour savourer des hamburgers, du maïs doux en épi et une tourte aux mûres accompagnée de glace à la vanille.

— Même si Bill ne se rappelle rien, je suis persuadé qu'il travaille dans un ranch, affirma Gerald pendant le repas. Il est à l'aise avec les bêtes, les cordes, la sellerie et les outils.

— Je me vois à cheval, dans des granges, mais rien de très utile à part cela, dit-il en regardant Ava avant de revenir à Gerald. Et tes chevaux sont extraordinaires.

— Je ne te le fais pas dire, rétorqua Gerald avant de se fendre d'un sourire. Surtout quand je repense à ce qu'ils m'ont coûté.

Plus tard, les garçons repartirent, laissant les filles pour un après-midi au calme. Ava jouait à la poupée par terre avec Megan. Molly s'affairait en cuisine. Puis, la petite fit une sieste et les deux femmes discutèrent jusqu'au réveil de Megan qui se mit alors à dessiner sous l'œil curieux d'Ava.

Gerald et Bill revinrent. Les enfants restèrent dans leur coin, et les grands partagèrent un verre de thé glacé servi avec du fromage et des biscuits salés.

— Nous sommes allés voir le pont au-dessus de

Blue Creek, indiqua Gerald au bout d'un moment. Le chemin et la route sont encore inondés sur environ un demi-kilomètre. On dirait un lac. Inutile d'essayer d'aller en ville.

Plus tard, après un poulet rôti, de la purée en sauce, du gombo maison et des tomates, ils s'installèrent dans le salon jusqu'à environ 20 heures. Ava voulait rentrer, elle avait l'impression de s'être trop imposée.

Le temps d'un au revoir, et Gerald les ramena.

Ensuite, à peine Ava eut-elle verrouillé que Bill se tourna vers elle pour lui dire à quel point elle avait de charmants voisins.

— C'est vrai. J'ai de la chance. Leurs enfants sont à la fois polis, malins et drôles.

— Si je suis bel et bien propriétaire de ranch, j'achèterai un cheval à Gerald. Peu importe mon amnésie, on voit tout de suite qu'il possède des bêtes de qualité.

— Oui. Mais tout porte à croire que vous travaillez dans ce milieu.

Elle étudia cet homme qu'elle apprenait à connaître pas à pas. Malgré tout, quelque chose clochait avec le nom de Bill Smith. Alors il l'observa en retour, et elle se demanda à quoi il pensait.

— Ils voulaient que nous dormions chez eux, continua Ava. J'ai préféré refuser pour que Molly puisse se reposer un peu après avoir cuisiné et s'être occupée de nous toute la journée.

Et la première pensée de la jeune femme en franchissant le seuil de chez elle s'était tournée vers cette nouvelle nuit près de lui. La deuxième consista à savoir s'il comptait de nouveau l'embrasser.

Ava observa le véhicule de Gerald s'arrêter au bout de l'allée. Bill descendit, échangea quelques mots avec lui puis se dirigea vers la maison. Il avait passé les deux derniers jours au ranch Roan dans l'espoir de stimuler sa mémoire. Selon Molly, cela ne pouvait pas lui faire de mal. Et il s'était montré plus qu'enthousiaste. Comme la pluie avait cessé, ils avaient réussi à rendre visite au shérif de Persimmon pour lui expliquer la situation. Il tardait donc à Ava de savoir si quelqu'un avait déclaré sa disparition.

Un sac à la main, Bill gravit les escaliers du porche en deux bonds. Face à son expression inhabituelle, Ava sentit son sang s'agiter.

— Qu'y a-t-il ?

— Viens, autant parler à l'intérieur, fit-il en lui saisissant le poignet.

Aussitôt la porte refermée, il la prit dans ses bras.

— Je n'ai pensé qu'à une chose tout ce temps.

Il l'embrassa, et elle se blottit contre lui, contre son corps brûlant, ferme, parfait. Elle crut perdre la tête. Elle s'agrippa un peu plus à lui pour lui rendre son baiser, tout à coup insouciante de ce qu'elle aurait dû faire ou non.

Puis, il finit par s'écarter.

— Ça, c'était le plus important, déclara-t-il tout sourires en la lâchant. Et aussi… Je sais qui je suis.

- 5 -

— Plus ou moins, précisa-t-il.

— Comment ça ? s'étonna-t-elle en fronçant les sourcils, la tête penchée sur le côté.

— Je connais mon nom, mais ça ne me parle pas plus que Bill Smith. Sinon, les autoroutes sont encore inaccessibles à cause d'un arbre à la dérive qui a fragilisé le pont.

— Mais je me moque de ce pont, s'exclama-t-elle en balayant sa remarque d'un geste. Vas-tu finir par me dire ton nom ?

— Très bien. Attention, ne t'emballe pas trop. Je ne me souviens toujours de rien, mais c'est un début.

— Et donc ? lança-t-elle en plongeant son regard au plus profond du sien.

— Je m'appelle Wynn Sterling et j'habite à Dallas. Apparemment, ma famille m'attend.

— Sterling, comme Sterling Energy ? s'enquit-elle.

— Oui, acquiesça-t-il. Mais ça ne me dit rien. Il semblerait aussi que j'aie un frère jumeau, Wade. Il est passé à la télévision et c'est comme ça qu'on a pu m'identifier. D'après le shérif, Wynn Sterling a disparu sur la route entre le Texas et Nashville. La tempête aurait balayé tout le golfe et causé beaucoup plus de dégâts dans d'autres régions. Wade a dû écourter une partie de pêche et a réussi à rentrer. La police va contacter les autorités à Dallas, mais Gerald m'a dit qu'il faudrait peut-être patienter à cause du réseau capricieux, alors nous avons préféré repartir plutôt que passer la journée là-bas. Si je dois attendre, autant le faire en ta compagnie.

— C'est flatteur, avoua-t-elle. Et maintenant, tu sais qui tu es. La mémoire finira bien par te revenir. Tu as une famille, et pas des moindres. J'ai déjà entendu parler des Sterling. Wynn, tu es quelqu'un d'important à Dallas.

— Ça, c'est toi qui le dis, répondit-il en se passant une main dans les cheveux. Bon sang, tu me connais mieux que moi-même. C'est n'importe quoi.

— Patience, tu finiras par te souvenir de tout.

— Excuse-moi. Que peux-tu m'apprendre d'autre ?

— Je crois que tu es célibataire. Ton frère aussi.

— Bonne nouvelle.

— Je connais ta famille, mais seulement de nom. Sauf qu'il me semblait que c'était Wade, le propriétaire terrien, mais je n'en sais pas plus que ça.

— Gerald a eu la même réaction. Il pensait avoir rencontré Wade lors d'un rodéo et une autre fois dans le quartier de Stockyards à Fort Worth. Il m'a aussi appris que Wade Sterling y a financé une nouvelle arène avec trois de ses cousins pour remplacer celle qui a brûlé. Je ne me rappelle même pas avoir un frère, ni pourquoi lui aurait participé à un tel projet alors que j'ai déjà concouru dans un rodéo. Je me retrouve avec plus de doutes que de réponses. Mais au moins le shérif a pu me donner l'adresse et le numéro de mes parents.

— Les as-tu appelés ?

— Oui, j'ai parlé à ma mère. C'était un peu compliqué. Elle avait l'air si heureuse de m'entendre que je n'ai pas eu le cœur de lui dire que je ne me souviens pas d'elle.

— Il faudra peut-être lui avouer.

— J'espère que ça ira mieux avant de la revoir. Peu importe, j'irai dès mon retour à Dallas. J'ai bien précisé à ma mère que cela pourrait prendre du temps. Et il me faut une voiture, des papiers. Sans compter que j'ignore où j'habite, maintenant que j'y pense.

— Ne t'inquiète pas. Tes parents pourront t'aider. Quant à moi, je vais te ramener chez toi. J'avais prévu de rentrer après la tempête de toute façon. Nous pourrons certainement circuler librement dès demain quand le niveau de l'eau aura baissé si ça ne te dérange pas d'attendre. Je pense que ce serait plus prudent, les routes doivent être boueuses et il pleut encore.

— Tu n'es pas obligée d'en faire autant.

— Aucun problème. Je me réjouis que tu puisses retrouver la mémoire et les tiens.

— Bon, eh bien, merci. Je vais prendre une douche. Si tu veux, nous pouvons continuer de discuter sous l'eau.

— Tu n'arrêtes jamais, toi, on dirait, s'esclaffa-t-elle.

— Avec toi, non, assura-t-il d'une voix douce.

À cet instant, elle oublia tout. Seule la présence de Wynn comptait.

Ses iris bruns étincelaient d'un désir si évident ; elle crut défaillir, incapable de se détourner ou reprendre son souffle. Il plissa légèrement les paupières puis s'avança pour lui passer un bras autour de la taille.

Ava s'enflamma en posant les mains sur son torse d'un geste délicat avant de les glisser plus bas pour éviter son épaule blessée. Ses lèvres conquirent les siennes, et leurs langues s'épousèrent.

Alors qu'il la serrait toujours plus fort, comme affamé, il ôta la chemise en jean d'Ava de son pantalon. Puis, ses mains s'insinuèrent sous le tissu pour lui ouvrir son soutien-gorge et lui caresser les seins. Ces escarmouches délicates du bout de ses doigts rugueux ne faisaient qu'accroître son désir pour lui.

Elle ne put refréner des gémissements. Alors il la souleva et la porta jusqu'à sa chambre où il la reposa sans s'arrêter de l'embrasser.

Un instant plus tard, il écarta les draps puis entreprit de lui ôter son pantalon, mais elle posa la main sur la sienne. Elle le fixa de ses yeux de biche brillants d'une irrépressible envie.

— On m'a fait beaucoup de mal par le passé. Je ne veux pas revivre ça. Je préfère attendre que tu en saches plus à ton sujet.

— Ah, c'est pas vrai, maugréa-t-il sans méchanceté avant de se détourner.

Elle se rendit alors dans sa suite à elle. Elle cherchait simplement à se protéger, même s'il était déjà trop tard. Elle comprenait peu à peu à quel point elle s'était attachée à lui. Si elle avait continué sur cette voie, leur séparation n'aurait été que plus difficile.

Elle poussa un petit grognement en faisant les cent pas, trop tentée de retourner se pendre à son cou, le combler toute la nuit ; le chemin le plus court vers une abominable déception. Elle secoua la tête. Des baisers, elle s'en remettrait. Lui faire l'amour, cela ne ferait qu'emmêler sentiments et plaisirs charnels.

Elle refusait de commettre une deuxième erreur monumentale. Il ne s'agissait que de bon sens… Pourquoi était-ce si dur de ne pas céder ?

Facile. Elle n'avait jamais connu personne d'aussi attirant. Et elle sentait ce désir réciproque. L'air crépitait entre eux depuis le début.

Elle pesta en silence et se changea. Un petit tour à la salle de sport la calmerait peut-être. Avec un peu de chance, il la laisserait tranquille. S'ils passaient moins de temps ensemble, la tentation s'estomperait sans doute. Pour l'heure, elle devait se dépenser, détourner son esprit de Wynn Sterling, héritier d'une grande famille à Dallas. Et, à bien y songer, elle ne savait rien de lui.

Elle se précipita vers son armoire afin d'enfiler un short et un T-shirt rouge. Une fois ses cheveux noués en queue-de-cheval, elle jeta un coup d'œil dans le couloir. Elle fila comme une ombre devant les chambres inoccupées, soulagée de ne pas l'avoir croisé.

Cependant, elle le trouva dans la salle de sport sur un tapis de course pile en face de la porte. Elle hésita un instant, mais préféra rester, elle devait se défouler.

Elle repensa à Molly ; elle avait dit à Wynn de se reposer. Des paroles en l'air, apparemment. Tant pis, elle ne l'en empêcherait pas. Sa seule préoccupation demeurait d'apaiser son trouble.

Tout à coup plus motivée que jamais, elle s'installa sur la machine la plus éloignée de lui. Quelques minutes plus tard, elle courait, en vain. Elle ne parvenait pas à se le sortir de la tête.

Wynn Sterling. Le lendemain, elle le ramènerait chez lui et il disparaîtrait de sa vie. Il n'existait aucun avenir possible entre eux en dépit de tout. Après sa rupture deux semaines avant son mariage, elle n'ouvrirait plus son cœur, et ne pas céder aujourd'hui lui faciliterait la tâche au moment des adieux.

Elle ne pensait pas le revoir après toute cette histoire. Il devait reprendre sa vie, sa vraie vie. Ils s'étaient rencontrés dans la tempête, mais elle ne pouvait le retenir, car la passion ne menait à rien d'autre que la tristesse. Si seulement elle pouvait s'en tenir à la logique… Une dernière journée encore et ils se diraient au revoir à jamais.

— Wynn Sterling, dit-il à mi-voix en courant.

Ce nom n'évoquait rien du tout, ne provoquait aucune étincelle et sonnait faux. Hormis les informations au sujet de son frère, il se sentait toujours aussi perdu. Le shérif Ellison avait retrouvé l'interview de Wade et lui avait repassé la vidéo plusieurs fois de suite. Face à l'écran, il avait eu l'impression de se voir dans un miroir.

Soudain, Ava entra dans la pièce, l'arrachant à ses

pensées. Il s'étonna de la croiser ici, persuadé qu'elle préférerait l'éviter.

Mais il n'allait pas se plaindre de ce T-shirt moulant et ce short très court… Il aurait pu mourir pour ces longues jambes bien souples. Il voulait passer leur dernière nuit ensemble dans son lit. Il pria presque pour un retour miraculeux de la pluie. Il ne la reverrait plus jamais, il le savait, mais il comprenait.

Il s'interrogea ensuite sur sa famille, sur sa place au sein du clan Sterling. Il espérait être proche d'eux. Les retrouver lui rendrait-il la mémoire ? L'attendaient-ils avec impatience ? S'inquiétaient-ils pour lui ?

Il ne parvenait même pas à s'imaginer les réponses à tant de questions. Il ne pouvait que se montrer optimiste.

Du coin de l'œil, il vit Ava. Elle l'arracha de nouveau à ses rêveries. Il sentit son corps le brûler en une seconde et il accéléra le pas. Il allait devoir courir encore longtemps pour se calmer. Partageait-elle son tourment ?

Cela l'aida d'autant moins à se changer les idées. Il s'arrêta puis décida de passer sur un vélo d'appartement.

Ces appareils se situaient derrière elle, aussi put-il profiter du spectacle. Quelle belle femme, avec ses fesses incroyables et ses jambes interminables qu'il aurait pu admirer toute la journée. Il rêvait de les caresser, de sentir sa peau douce. Il secoua la tête en pédalant plus vite. Mais à quoi pensait-il, enfin ? Il devait la laisser tranquille. Plus que vingt-quatre heures et tout serait terminé.

Il jura, s'efforçant de se concentrer sur autre chose. Or, son amnésie ne l'aida pas et le balancement de la queue-de-cheval d'Ava l'hypnotisait.

Il se renfrogna. Il devait retourner sur le tapis de course.

Le lendemain, elle le conduirait à Dallas. Même cette ville ne lui évoquait rien. Il ne se rappelait ni la maison de son enfance, ni son appartement, ni ses proches. Au lieu de cela, il avait fini par se complaire dans le confort trouvé auprès d'Ava.Alors qu'il courait, il se revit assis sous un porche à regarder par-delà une pelouse clôturée. Une grande allée, une pâture fermée, des chevaux. Possédait-il un ranch ? Ce vague souvenir le remplit d'un espoir nouveau, il commençait à recouvrer la mémoire.

Ava partit avant qu'il ne pût lui apprendre la nouvelle. Elle allait sans doute se laver, mais mieux valait ne pas y songer non plus sous peine de gagner quelques heures supplémentaires à courir ou pédaler. Bon sang, il la désirait, mais préférait ne pas la blesser.

Il s'arrêta bien plus tard. Sous la douche, il envisagea leurs adieux, et plus il y pensait, moins il pouvait s'y résoudre.

Et s'ils continuaient de se voir une fois de retour à Dallas ? Bon sang, il ne savait même pas si une autre l'attendait. Désemparé, il se rhabilla puis alla trouver Ava dans la cuisine afin de l'aider.

Elle avait dû l'entendre arriver, elle était tournée vers l'entrée. Elle portait désormais un haut rouge moulant à manches courtes rentré dans son jean. Sa chevelure d'or lui cascadait sur les épaules. Il dut prendre une longue inspiration. Il voulait simplement la serrer dans ses bras et l'embrasser.

Quand il s'avança, il sentit son parfum, mais il était trop perdu dans ses grands yeux bleus. Les lèvres douces d'Ava s'entrouvrirent tandis qu'ils restaient là à s'observer.

— Tu es si belle, s'exclama-t-il d'une voix éraillée.

Il dut se faire violence pour ne pas la toucher, ne pas la porter jusqu'à son lit et lui faire l'amour toute la nuit.

Au bout d'un moment, elle se recula, sans pour autant se libérer de ce sort dont ils semblaient victimes tous les deux.

— Tu es plutôt pas mal, toi aussi, répondit-elle enfin, visiblement émue.

Il avait peigné ses cheveux noirs encore humides, mais quelques mèches rebelles lui retombaient sur le front. Avec les vêtements empruntés à Gerald, une chemise en denim bleue et un jean, il devenait irrésistible. Elle avait beau pouvoir l'admirer sans fin, elle s'efforça de ne plus y songer, d'oublier cette dernière nuit en sa compagnie.

Il la rejoignit près de la fenêtre pour se poster derrière elle. Une pluie fine s'abattait sur les terres. La plus infime averse pouvait tout changer en cas d'inondation.

— Peut-être que tu devras encore attendre avant de partir, murmura-t-elle en se tournant vers lui.

Lorsqu'elle croisa son regard, elle resta sans voix,

pétrifiée. Ses pupilles étincelaient d'un appétit qu'elle partageait. Plus rien n'existait hormis cette volonté de se blottir contre lui et le dévorer de baisers. Ava ne trouva pas la force de se défendre ou s'éloigner, envoûtée par cet homme et le souvenir de leurs étreintes ahurissantes.

— Il ne faut pas, souffla-t-elle.

— Je crois que si. Admets-le, Ava, tu en as autant envie que moi.

— C'est notre dernière nuit ensemble.

— Je considère plutôt ça comme notre dernière chance d'atteindre l'extase, répliqua-t-il d'une voix rauque en la tirant par la taille.

Elle regretterait de le rejeter.

Elle regretterait de céder.

Mais que supporterait-elle le moins ?

Une décision s'imposait, et tant pis pour les conséquences.

— Que me restera-t-il après ce soir ? Je ne fais pas partie de ton monde. Tu ne sais même pas qui tu es ou si une autre t'attend. Je me sentirai mal quoi qu'il arrive. Si je tombe amoureuse, je souffrirai, mais si on arrête là, je penserai toujours à ce que j'aurais pu avoir.

Tandis qu'elle lui expliquait son dilemme, il lui taquinait le cou et l'oreille du bout des lèvres en lui titillant la poitrine sous son pull.

— Alors, cesse de te tourmenter et laisse-toi aller, la pressa-t-il. Franchement, je crois que tu as déjà pris ta décision. J'ai envie de toi, Ava, de toute mon âme.

Il lui saisit le menton en douceur. Elle ouvrit les yeux pour trouver ce désir toujours aussi flagrant.

— Oui, tu as raison, assura-t-elle. Une nuit avec toi vaudra bien mieux que tout le reste. Voilà ce que je veux.

Quand il conquit sa bouche, elle quitta la réalité, perdue dans des sensations éveillant encore plus ses instincts, son besoin de sentir ses mains et ses lèvres partout sur son corps, d'explorer le sien en retour.

— Je ne crois pas forcément au destin, mais notre rencontre me semble si naturelle. Et que je sois damné si je te blesse un jour. Tu occupes une place particulière dans ma vie, Ava Carter.

— Une nuit ne me tuera pas. J'en attends même tout le contraire.

— Ah, ma chérie, je pourrais te garder pour l'éternité.

Il replongea les mains sous son haut pour lui ôter son soutien-gorge et la couvrir de caresses toujours plus exaltantes et foudroyantes.

Il la souleva, et ils traversèrent la maison ainsi jusqu'à la chambre où il la reposa. Elle se pencha alors légèrement pour ouvrir un tiroir et lui désigner une boîte de préservatifs.

— Je les avais achetés avant ma lune de miel pour éviter de tomber enceinte juste après mon mariage, mais tu connais la suite de l'histoire.

Il se contenta de sourire pour l'embrasser de nouveau et la porter.

— Attention, ton épaule, s'écria-t-elle alors.

— Ne t'en fais pas, la rassura-t-il en l'amenant sur un gros fauteuil.

Leurs langues se taquinèrent, et Ava se raidit, le cœur battant à vive allure.

— J'ai l'impression d'avoir attendu ce moment une éternité, avoua-t-il.

— C'est incroyable, répondit-elle. C'est si bon.

Elle ne dit rien de plus, trop occupée à l'embrasser sauvagement, ardemment. Elle se sentait désirée, aimée. Ignorant ses peurs, elle se délectait déjà de la nuit à venir et des souvenirs qu'ils partageraient plus tard. Il avait besoin qu'elle le ramène, qu'elle prenne soin de lui ce soir-là. Elle avait besoin qu'il l'aide à surmonter une période trouble, et il surpassait ses plus folles espérances. Elle pivota légèrement pour déposer quelques tendres baisers sur sa joue mal rasée, sa mâchoire puis son oreille.

— Je n'ai jamais connu d'homme aussi irrésistible que toi, lâcha-t-elle en toute sincérité sans se rendre compte qu'elle avait parlé tout haut.

Là, il lui prit la main pour la poser sur son cœur battant.

— Voilà, ce que toi tu provoques en moi.

Il l'étreignit ensuite de plus belle pour lui donner un baiser sensuel, lent, torride, sa langue taquinant la sienne comme un prélude à leurs ébats.

Elle s'agrippait à lui, les doigts fourrés dans ses cheveux. Impossible de faire machine arrière. Peu importe s'il s'agissait d'une erreur ou d'un éclair de lucidité, elle s'offrirait à lui toute la nuit sans s'inquiéter de ce lien si ténu entre eux. Sans savoir qui il était, elle avait l'impression de n'avoir connu que lui toute sa vie.

Il annihilait toute sa peine. Tant pis s'il la blessait, elle acceptait désormais les conséquences de ses actes et savait à quoi s'attendre.

Elle ne pouvait pas être tombée amoureuse en si peu de temps. Il s'agissait de pulsions charnelles, d'une soif de bonheur, d'une volonté d'oublier la douleur, les promesses rompues. Tout ce qu'elle souhaitait, c'était une nuit entre les bras de cet homme si séduisant.

- 6 -

Les yeux fermés, elle le serrait encore. Il lui cajolait les seins sous son haut, électrisant ses sens à l'extrême. Elle en voulait plus, tellement plus. Et il semblait enclin à le lui offrir. Il se dégagca pour saisir le pull d'Ava et le lui retirer.

Elle frissonna d'anticipation, car elle aussi souhaitait le débarrasser de la frustration de ses vêtements. Elle se mit à lui déboutonner sa chemise puis la lui ôta en douceur à cause de son épaule.

— Wynn, chuchota-t-elle. J'en ai presque oublié ta blessure. Je ne voudrais pas que tu te fasses mal…

— Pas d'inquiétude. Je te dirais si ça ne va pas.

Un nouveau baiser langoureux et ses tracas s'envolèrent.

Il jeta son soutien-gorge dans un coin afin de lui caresser un sein puis l'autre. Sa langue jouait sur ses tétons si sensibles. Elle poussa un cri de plaisir en explorant ses abdominaux du bout des doigts pour ouvrir sa ceinture puis son pantalon.

Il l'allongea alors et se releva, fixant avidement sa poitrine offerte. Le cœur d'Ava battit plus fort. Il avait envie d'elle. Il retira ses bottes et ses chaussettes, et la jeune femme se redressa pour lui enlever son jean. Il lui tardait tant de le sentir en elle toute la nuit, d'accueillir ses lèvres partout sur sa peau nue ; souhait qui ne tarderait pas à s'exaucer.

En admirant ses larges épaules, Ava succomba à une nouvelle vague de chaleur. Elle se leva alors, résolue, pour retirer sa culotte de dentelle sans le quitter du regard.

Elle crut ne pas tenir. Elle avait toujours rêvé d'une telle passion, d'un amour aussi intense, ce sentiment d'être adulée, de se consumer sur place.

Lorsqu'ils furent nus tous les deux, il la tourna devant la psyché dans le coin de la chambre.

— Tu es magnifique, lui susurra-t-il.

Il lui effleura un sein. Elle sentait son érection vigoureuse prête pour elle, mais elle voulait prendre son temps. Elle se colla contre lui, les yeux fermés pour mieux s'abandonner à des sensations toujours plus exaltantes.

— Regarde-nous dans le miroir, lui intima-t-il en lui léchant le lobe de l'oreille et en jouant avec elle pour la faire gémir.

Elle paraissait pâle en contraste avec sa peau hâlée et ses cheveux noirs. Lui, tout en muscle, athlétique, prêt à lui faire l'amour, ses doigts sinuant jusqu'entre ses jambes dans l'espoir de découvrir ce qui l'excitait le plus.

— Tu es incroyable, murmura-t-il en lui couvrant la nuque de baisers.

Il la comblait de ses mains, frottait son sexe à son entrejambe pour mieux l'enflammer et la pousser à bout. Elle tendit les bras en arrière pour griffer ses cuisses fermes. Elle frissonnait, haletait, agitait les hanches au même rythme que lui.

— Je veux te toucher, fit-elle en se retournant pour l'embrasser.

Il s'écarta pour étudier le moindre centimètre du corps d'Ava.Puis il la porta avant d'aller l'allonger sur le lit. La lueur douce et tamisée de la lampe de chevet soulignait sa silhouette virile.

Elle tendit les bras dans sa direction.

— Viens, le pressa-t-elle d'une voix rauque.

Elle le trouvait encore plus beau nu. Elle ne regrettait rien, elle allait vivre, savourer chaque instant de cette dernière nuit.

Selon lui, elle lui avait sauvé la vie. Lui l'avait aidée à se retrouver, à guérir. Ses fiançailles rompues semblaient si insignifiantes tout à coup. Elle s'en remettrait. C'était là le cadeau de Wynn. Cela, et l'espoir de quelques heures d'extase.

Il s'agenouilla près du lit pour lui embrasser les cuisses en lui chatouillant le ventre et en la caressant.

Dans un gémissement étouffé, elle écarta les jambes. Il les posa sur ses épaules puis couvrit de baisers le creux de son intimité et l'intérieur de ses cuisses pour la faire crier de plaisir.

Elle ferma les yeux en s'agrippant aux cheveux épais de son amant, une main crispée sur les draps. Puis, elle tenta de l'arrêter.

— J'ai envie de toi. Maintenant.

— On commence à peine, répliqua-t-il, amusé. Je veux te combler, te pousser à bout. Je veux découvrir le moindre secret de ton corps.

Et sans un mot de plus, elle sentit de nouveau son souffle chaud, sa langue la propulsant au bord de la folie.

Dans un cri, elle se tortilla pour se dégager. Il la lâcha. Elle se redressa et l'invita à s'allonger.

— C'est à mon tour de jouer, dit-elle en le chevauchant avant de prendre son impressionnante vigueur en main.

Elle passa les doigts partout sur son torse, ses abdominaux, et se pencha pour le lécher.

Il lui caressait les cheveux et un téton, dessinant de petits cercles.

— Tu es si douce. Belle et douce.

Quand elle saisit toute l'admiration dans sa voix, elle eut du mal à savoir comment on pouvait vouloir quelqu'un autant qu'elle le désirait.

Elle se pencha de nouveau pour faire glisser sa langue sur l'extrémité satinée de son sexe et le prit en bouche. Il se laissa faire quelques secondes, mais l'arrêta vite pour continuer de la cajoler.

— Fais-moi l'amour, le supplia-t-elle. Je ne tiens plus.

— Bientôt.

Il se redressa à son tour et lui inclina la tête gentiment pour l'embrasser de façon si avide qu'elle en frissonna. Il lui serrait la taille et l'étreignait tout en la couvrant de caresses légères entre les jambes.

— Prends-moi.

— Un peu de patience. Tu aimes ça, non ?

— Oui, haleta-t-elle. Oh ! oui.

— Ça m'excite de t'exciter.

Cela surpassait tous les rêves les plus fous d'Ava ; il se concentrait uniquement sur son plaisir, devenait esclave de ses besoins à elle, ce qui exacerbait toute la volupté de l'acte. Ava se mit à se déhancher contre sa main lorsqu'il la taquina avec plus d'ardeur et la poussa à bout. Il lui en fallait plus, c'était indéniable.

Elle voulait lui rendre toute sa passion. Elle voulait le voir trembler de désir lui aussi.

Il lui donna un autre de ces baisers fougueux. Si elle avait été plus naïve, Ava aurait cru y percevoir un amour éternel.

Or, elle ne se berçait plus d'illusions depuis longtemps, il n'existait rien de tel entre eux. Puis, elle préféra ne plus penser à rien.

Wynn attrapa un préservatif sur la table de chevet et se pencha sur elle en douceur. Ava prit soin de ne pas heurter son épaule en l'enlaçant avant d'explorer son dos musclé, sa taille puis ses fesses fermes.

Il s'arrêta pour ancrer son regard au sien puis s'invita en elle lentement. Elle laissa échapper un soupir, les paupières closes.

Il commença à se retirer, mais elle gémit et l'attrapa par le bras.

— Reste…

Elle se cambra alors pour mieux l'accueillir. Il prit son temps au départ. Puis, il accéléra tandis qu'elle épousait le rythme de ses assauts.

— Mets tes jambes autour de moi, lui demanda-t-il.

Elle s'exécuta, captive d'un maelström de sensations et d'envies avivées par ses mouvements de plus en plus rapides et intenses.

Sans jamais le lâcher, elle sentit son monde se réduire à la seule présence de Wynn, à cet homme incomparable qui la rendait folle.

Dans un éclat de volupté, elle atteignit l'orgasme et poussa un cri irrépressible, prise de spasmes incontrôlables. Il frémit lui aussi tout en continuant de jouer des hanches avec ardeur.

Il finit par ralentir puis s'arrêter avant de se laisser retomber.

— Tu es incroyable, lui chuchota-t-il, son souffle chaud contre son oreille.

Elle avait l'impression d'être ailleurs, dans une parfaite harmonie avec lui. Un bras sous elle, il la serrait encore. Elle se lova contre lui afin de mieux profiter de leurs deux corps nus et brûlants. Il se coucha alors sur le flanc.

Les yeux fermés, elle caressait son dos musclé trempé de sueur et, quand son cœur se calma enfin, elle savoura ces minutes d'euphorie totale.

— Reste dans mes bras toute la nuit, dit-il de sa voix grave, complètement détendu.

— Ça, ça va être facile, répondit-elle.

Elle préférait ne penser à rien. Seul cet instant comptait. C'était tellement plus simple de ne se concentrer que sur son anatomie.

Il lui sourit.

— J'ai eu une idée. Quand je serai rentré, j'aimerais que tu restes avec moi, au moins quelques jours. Si je suis célibataire, alors je voudrais sincèrement que nous passions du temps ensemble.

Cet aveu la surprit, elle avait cru qu'il sortirait de

sa vie à tout jamais une fois à Dallas. À force de se répéter à quel point leur relation demeurerait éphémère, elle avait fini par s'en convaincre.

— C'est gentil, mais attends peut-être d'avoir repris tes esprits.

— Je ne rigole pas.

Après y avoir songé, Ava se redressa, le drap enroulé autour de la poitrine.

— J'ai une idée. Je te conduirai à Houston, et nous prendrons l'avion jusqu'à Dallas pour aller plus vite.

— Ava, je n'ai pas un sou sur moi.

— Moi si, je m'occupe des billets, ne t'inquiète pas. J'ai une voiture à l'aéroport, je te ramènerai chez toi. J'appelle tout de suite pour réserver.

— Comme tu voudras. Mais je t'invite à dîner dès que possible.

Il glissa le doigt le long du drap, la main posée sur le galbe de son sein pour mieux la faire trembler de nouveau. Elle dut se dégager pour saisir son téléphone, mais il ne la laissa pas tranquille pour autant.

— Bien, c'est réservé. Et ce n'est pas grâce à toi. J'ai failli raccrocher.

— Demain, c'est encore loin, lança-t-il de cette voix grave qui trahissait son excitation. Pour le moment, tu es dans mon lit et j'aimerais te garder près de moi.

— Avec plaisir. Je ne veux que ton bonheur.

Ils échangèrent un sourire, et elle se blottit contre lui, bien à l'abri entre ses bras.

— Je vais de surprise en surprise avec toi, affirma-t-il.

— J'imagine que je pourrais en dire de même.

— C'est ce qui apporte un peu de piment dans la vie.

— La mienne est assurément plus épicée depuis que je t'ai vu sous la pluie. J'ai essayé de te rattraper, de klaxonner, mais tu n'as pas dû entendre ou n'as pas fait attention. Je savais que tu risquais d'être coincé sur la route. Je voulais te dire de faire demi-tour et me suivre.

— Je préfère que tu ne m'aies pas rattrapé. Je ne serais pas entre tes bras sinon.

— Peut-être que si, mais tu n'aurais pas perdu la mémoire.

— Va savoir, admit-il, l'air pensif. Bien, assez parlé, allons prendre une douche.

— Je ne crois pas avoir la force de marcher.

— Je connais un bon remède contre ça, répondit-il en se levant pour contourner le lit et la soulever.

— Mais arrête. Repose-moi avant que les points de suture ne s'ouvrent. Ça ne te fait pas mal ?

— Rien ne me peut m'atteindre si tu es là. Ton délicieux corps nu me fait oublier toute douleur. Molly a fait du bon travail, j'en suis sûr, et tu ne pèses rien.

Elle rit en s'accrochant à son cou.

— Bien, si c'est ce que tu veux… Je t'avoue que je préfère ça.

— Moi aussi.

Une fois sous la douche, ils se caressèrent toujours plus. Lorsqu'ils se séchèrent avec d'épaisses serviettes bleues, ils n'arrêtèrent pas de s'embrasser.

Chaque nouvelle étreinte semblait plus puissante.

Elle eut de nouveau envie de lui, sentiment partagé apparemment. Alors il la porta jusqu'à la chambre.

— Je peux marcher, tu sais.

— Je ne supporte pas que tu sois si loin.

Il la posa sur le lit avant de se munir d'un préservatif. En observant sa virilité tendue, Ava bouillonna d'une énergie nouvelle. Cet homme nu provoquait en elle un feu sans nom. Elle était prête à lui faire l'amour encore et encore.

Aux premiers rayons du soleil à travers les fenêtres, Ava se réveilla. Elle se tourna vers son amant allongé à ses côtés. Elle ignorait combien de fois ils s'étaient offerts l'un à l'autre, trop inquiète de savoir à quel point elle s'était dévoilée.

Elle aurait très bien pu aller se coucher seule et ne pas s'exposer ainsi. Et voilà qu'elle mesurait ses sentiments. Elle connaissait les risques au moment de s'offrir à lui, mais il était trop tard pour les regrets. Elle n'oublierait jamais Wynn. Elle espérait simplement le voir rentrer auprès d'une famille aimante… Et ne pas être tombée amoureuse de lui.

Elle se faufila hors des draps pour aller prendre une douche. Quand elle revint, le lit était vide. Elle gagna sa chambre à elle pour enfiler un pantalon et un pull bleu, incapable de l'écarter de ses pensées. Se réjouissait-il d'être sur le point de recouvrer la mémoire ?

Elle se rendit dans le salon où elle trouva Wynn près de l'âtre, vêtu d'un jean et d'une chemise à carreaux rouges et bleus. Il se retourna, l'observa de pied en cap et s'avança vers elle. Le cœur d'Ava s'emballa en croisant son regard, déjà impatiente de l'embrasser.

— N'oublie pas que nous devons être à l'heure à l'aéroport.

— Je sais, mais je veux te dire bonjour. Et tu es si belle, affirma-t-il en la prenant par la taille. Cette nuit était fantastique, parfaite.

— C'est vrai. Tu comptes m'embrasser un jour ou tu préfères continuer de parler ?

Il la serra contre lui pour seule réponse.

Au simple contact de ses lèvres, elle n'eut qu'une envie : le garder près d'elle pour toujours, le déshabiller, annuler leur vol. Or, elle devait le laisser regagner sa vraie vie.

Elle profita de cet instant puis se libéra, le souffle court, et réajusta son pull, afin d'essayer de garder son sang-froid.

— Il faut qu'on y aille.

Elle crut qu'il allait l'embrasser encore une fois, mais il poussa un long soupir et se détourna.

— Oui, je dois retrouver ma vie et mon histoire.

Et moi, je n'appartiens qu'à ces instants partagés avec toi entre ces murs.

Ava les conduisit à l'aéroport de Houston où ils prirent l'avion en direction de Dallas. Là-bas, une navette les amena jusqu'à sa voiture. Tout le long du trajet, elle s'était efforcée de ne pas penser à leurs adieux.

Le GPS les mena devant un grand immeuble trônant en plein centre-ville. Le shérif Ellison s'était arrangé pour que Wynn puisse récupérer ses clés.

Ils empruntèrent un accès privé et prirent l'ascenseur jusqu'au quinzième étage. Wynn ouvrit la porte de son appartement et entra dans une pièce lumineuse flanquée de baies vitrées. Dans le vestibule et le salon, murs, commodes et tapis se résumaient à du blanc, accompagnés de quelques meubles en verre et en acier inoxydable très contemporains.

Wynn marqua une pause pour absorber les lieux en secouant la tête.

— Je ne me souviens de rien. Je ne suis même pas sûr d'apprécier.

— Ça ira peut-être mieux après quelque temps.

Il pivota lentement pour la prendre par les épaules.

— Il n'y a que toi qui m'évoques quelque chose, ici. Approche. Nous avons fait une longue route et je n'ai pensé qu'à me retrouver seul et au calme avec toi.

— Holà, doucement, dit-elle en le stoppant d'une main sur le torse. Rien qu'un baiser. Nous n'avons pas le temps. Il faut trente minutes pour aller chez tes parents et nous devons y être à 17 heures.

— Et tu nous fais perdre un temps fou, murmura-t-il en l'embrassant.

Chaque étreinte donnait à Ava l'impression d'un ultime adieu, et pourtant il trouvait toujours une occasion de retarder l'échéance. Jusqu'à quand cela durerait-il ? Mais elle oublia vite ses inquiétudes, ces gestes tendres achevaient tous ses tracas.

— Allez, ça suffit. Tu vas être en retard chez tes parents et tu voulais encore prendre une douche.

— Oui, tu viens avec moi ?

— Tu ne seras jamais à l'heure si j'accepte.

— Bon, d'accord, je me dépêche. Je ne sais même pas où est la salle de bains.

— Tu es un grand garçon, tu te débrouilleras, assura-t-elle en se dirigeant vers la porte-fenêtre du balcon.

Elle l'entendit s'éloigner. Désormais seule, elle arpenta le vaste salon, s'aventura dans une chambre décorée de noir et de blanc où un lit démesuré trônait sous un miroir au plafond. Elle s'avança jusqu'à une table en verre aux pieds métalliques. Une photo encadrée montrait Wynn, radieux, en compagnie d'une magnifique blonde en robe noire de luxe. Il la tenait par l'épaule, elle se penchait sur lui, la main sur son genou.

Ava reposa le cadre d'argent. Cette simple image suffit à la blesser, même si cette femme pouvait être n'importe qui.

Elle étudia encore un peu les lieux avant de se rendre sur le balcon et observer Dallas, obnubilée par ses adieux à Wynn.

— Je suis prêt, dit-il en la rejoignant quelques minutes plus tard.

Elle dut marquer une pause. Son œil au beurre noir et sa bosse avaient disparu. Il s'était coiffé et avait enfilé une chemise blanche cintrée ouverte sur le torse et à poignets mousquetaires fermés par des boutons de manchettes dorés. Il n'avait pas laissé ses bottes, mais avait mis un pantalon chic bleu marine. Certes, elle l'avait trouvé beau auparavant, mais rien ne l'avait préparée à cela. Le cœur battant, elle aurait pu l'admirer et le toucher toute la journée.

— Waouh, tu deviens plus séduisant après chaque douche.

— Misère… Maintenant, je n'ai qu'une envie, c'est de reporter ce dîner.

— Oh ! que non, déclara Ava. Ils ont dû organiser quelque chose d'extraordinaire. Allez, beau gosse, en voiture. Plus tôt tu iras et plus tôt tu rentreras.

— Oui, c'est ça. Tu sais, je ne suis certainement pas le propriétaire d'un ranch. Je n'ai trouvé aucune paire de bottes dans cette immense penderie. J'ignore où j'ai acheté celles-ci. Franchement, mes goûts ont dû changer quand je me suis cogné, il y a des trucs extravagants que je ne m'imagine pas porter du tout.

— Je suis sûre que tout te rendrait diablement beau, lança-t-elle.

— Je préférerais vraiment annuler et visiter ton appartement, ta chambre et ta salle de bains.

— Peut-être plus tard, ou demain, répondit-elle d'un ton léger pour masquer sa peine face à l'image de cette blonde en photo.

Cette fille pouvait très bien se trouver chez ses parents, à attendre son retour.

En réempruntant l'ascenseur, Ava ne put s'empêcher de regarder Wynn. Elle fondait devant sa barbe fine et cet air ténébreux.

— Je peux prendre ma voiture et allumer le GPS, si tu préfères, Ava.

— Il vaudrait mieux que je te conduise chez tes parents, lui indiqua-t-elle d'un sourire. Je reviendrai te chercher plus tard et te ramènerai chez moi ou chez toi.

— Si tu savais comme j'aimerais faire demi-tour.

— Non, tes proches attendent.

Ils traversèrent la ville pour atteindre un quartier ancien où se dressaient des manoirs. Les grands jardins aux parterres de fleurs parfaitement entretenus s'étendaient à l'ombre des arbres dans le doux automne texan.

— J'aimerais que tu les rencontres, que tu viennes dîner avec nous.

Elle aurait voulu accepter malgré ses réticences.

— Merci, c'est gentil, mais tu ne sais pas encore ce qui t'attend. Si tu as une petite amie et qu'elle est là, ce sera gênant qu'elle me voie en ta compagnie.

Il se frotta la nuque puis hocha la tête.

— J'imagine que tu as raison. On se retrouve plus tard de toute manière. Je devrais en savoir un peu plus.

— Revoir l'endroit où tu as grandi ravivera peut-être tes souvenirs.

— Dans le cas contraire, je passerai mon temps entre un cabinet de médecin et une ribambelle d'inconnus. Je ne sais même plus ce que je fais dans la vie.

— À mon avis, tu n'as pas à t'en préoccuper.

Elle le déposa près du porche à colonnes doriques blanches d'un gigantesque manoir à trois étages.

— Bien, nous y voilà, dit Ava. La maison de ton enfance, d'après ce qu'on nous a raconté.

En détachant sa ceinture, Wynn lui lança un

regard intense. Il lui glissa une main dans le cou en se penchant, les yeux posés sur sa bouche.

Dès l'instant où leurs lèvres se trouvèrent, le cœur d'Ava se mit à battre plus fort. Elle ferma les paupières pour lui rendre son baiser et lui caresser la nuque elle aussi. Les adieux allaient s'avérer si difficiles…

Lorsqu'il la lâcha, il paraissait très sérieux. À quoi pensait-il donc ?

— Allez, va voir ta famille.

Il sembla hésiter un moment.

— Je me sentirais mieux si tu acceptais de sortir avec moi demain.

— Nous en rediscuterons quand je viendrai te chercher, répliqua-t-elle joyeusement.

— Demain, j'aurais de l'argent, ma jolie. Je t'emmènerai dans le plus beau restaurant de la ville.

— Allez, va-t'en, lui ordonna-t-elle en riant.

Il lui obéit d'un sourire. Elle se rappela qu'il ne savait pas ce qu'il trouverait sous ce toit. Tout allait changer d'un seul coup pour lui, elle devait se préparer à l'éventualité de rompre cette promesse de dîner. Seulement, elle s'en inquiéterait le moment venu.

— Tu me manques déjà.

— Appelle-moi. Tu as mon numéro.

— Oui, acquiesça-t-il. Bon, j'espère que tout ira bien.

Il sortit alors de la voiture pour monter les marches et sonner.

Ava redémarra en douceur, concentrée sur le rétroviseur en suivant l'allée circulaire. La porte d'entrée s'ouvrit, et un homme accueillit Wynn à l'intérieur.

Le ventre noué, elle se demanda si elle venait de lui dire adieu.

- 7 -

Sous le porche, Wynn sonna. Un carillon retentit puis un majordome vint lui ouvrir.

— Ah, monsieur Wynn, bienvenue. Quel soulagement de savoir que vous allez bien !

— Si on oublie mon amnésie. Rappelez-moi votre nom, s'il vous plaît, je ne me souviens même pas de la maison.

Il étudia les lieux en entrant, alors un éclair le traversa. Il se voyait dans ce hall au bras d'une femme.

— Ah, c'est vrai, quelle histoire ! Je m'appelle George Bolton. Laissez-moi vous conduire au grand salon, et j'irai chercher madame votre mère. Votre frère Jack est à la maison lui aussi. Votre sœur Lucy et votre père ne sont pas encore là. Ils devraient arriver plus tard.

— Sa sœur est rentrée, George, s'exclama une voix joyeuse depuis l'autre bout du vestibule.

Une femme élancée aux cheveux noirs s'approchait à grands pas.

— Lucy, s'écria Wynn, assailli d'une image où il l'empêchait de tomber de cheval quand elle était petite.

Puis, il la revit courir vers lui au moment où il avait marqué un point décisif durant un match de football américain, au lycée. Il se souvenait de son nom, même sans les indications de George.

— Lucy, répéta-t-il de plus belle, heureux de reconnaître enfin quelqu'un.

À la fois soulagé et submergé de tendresse pour elle, il se rappela à quel point ils étaient proches tous les deux. Il s'avança pour l'enlacer, seulement elle se contenta de lui tendre la main.

— Bon retour parmi nous, Wynn, lança-t-elle d'un ton solennel qui le refroidit.

Elle ne semblait pas particulièrement heureuse, aussi lui serra-t-il la main avec prudence.

— Je serai dans ma chambre, conclut-elle en s'en allant. Nous nous verrons au dîner.

— Je vais prévenir votre mère, intervint George en emboîtant le pas à la jeune femme.

Wynn observa sa sœur monter les marches. Quelle sorte de relation entretenaient-ils ? Cet échange glacial n'augurait rien de bon malgré ses souvenirs si agréables. Il aurait souhaité pouvoir en parler à Ava, son phare dans la tempête ; elle savait écouter les autres. Son cœur se pinça, elle lui manquait déjà à son grand étonnement. Il la connaissait à peine, mais c'était bien à cause de leur complicité qu'il songeait à elle en permanence.

Et maintenant il se rappelait sa vie, probablement en raison de cette maison, de ses proches. Ces images soudaines, presque écrasantes, éveillèrent une certaine euphorie.

Même face à toutes ces réminiscences du passé, Ava restait son souvenir le plus concret. Il voulait sentir sa douceur. Il avait sans doute connu d'autres femmes, cependant aucune n'avait dû égaler la volupté d'Ava Carter. Aucune n'avait été une si bonne amie.

Tombait-il amoureux ?

Il se figea. Il ne pouvait pas l'aimer après si peu de temps. Alors un autre souvenir lui revint : il ne voulait ni se marier ni fonder de famille… Aussi sûr qu'Ava lui avait sauvé la vie… Et la raison à cela demeurait sa peur de voir ses enfants devenir comme son frère jumeau, Wynn.

Il se frotta la nuque. *Mon frère Wynn ?*

— Mince alors, lâcha-t-il tout haut, seul dans l'entrée.

Wynn était son frère et lui s'appelait Wade. Il ferma les yeux pour stimuler sa mémoire.

— J'ai un ranch, souffla-t-il. Gerald me l'avait bien dit.

Il se souvint alors des frasques incessantes de Wynn. Celui-là détestait les chevaux. Ils ne travaillaient pas ensemble.

— Bon sang…

Cette révélation ne le surprit pas, en vérité. Son frère se faisait souvent passer pour lui. Il fut assailli d'images vagues. Ils s'étaient déjà battus parce qu'il lui avait volé sa petite amie au lycée.

Leur père avait fait sa première crise cardiaque à l'âge de cinquante-deux ans. Wade l'avait trouvé un peu jeune pour cela, aussi avait-il accusé son frère et tout le tracas qu'il causait à leur famille.

Wade se souvenait de tout désormais. Sa vie entière

lui déferlait dessus. Quel soulagement ! Quel bonheur ! Il devait tout raconter à Ava.

— Wynn ? s'enquit-elle en décrochant à la deuxième sonnerie.

— Ava, j'ai tant de choses à te dire, s'exclama-t-il sans reprendre son souffle. Mes souvenirs reviennent.

— Oh ! fantastique ! Tu vois, Molly avait raison.

— Ça doit être à cause de la maison, je ne sais pas. Je te raconterai tout.

— J'ai hâte.

— Je ne dormirai pas ici, ce soir. J'emprunterai une voiture pour venir chez toi.

— Rappelle-moi et je viendrai te chercher.

— Je verrai. Au fait, Ava, je ne m'appelle pas Wynn.

— Comment ça ?

— Je suis Wade Sterling.

— Wade ? s'étonna-t-elle. L'autre frère ? Mais il est passé à la télévision.

— Oui… Wynn a un sens de l'humour particulier. On ne s'entend pas du tout.

— Génial, maugréa-t-elle. Je vois que tu as effectivement beaucoup de choses à me raconter.

— Oui, je vais te laisser… Oh ! et Ava, tu me manques.

— Toi aussi, affirma-t-elle en douceur. Vraiment.

— À plus tard.

Wade rempocha son nouveau téléphone. Il prit une grande inspiration et s'étira, hanté par la nuit dernière.

Il resta immobile à observer la maison. Il se rappela les fois où Wynn lui avait volé son identité grâce à ses talents d'acteur. Celui-là avait toujours participé à toutes les pièces de théâtre à l'école.

— C'est moi Wade Sterling, dit-il.

Alors il repensa à la tempête, à la route sous la pluie, son pick-up emporté par les eaux. Et il se souvint.

— Olivia…, murmura-t-il.

Il s'apprêtait à rompre avec elle avant toute cette histoire. Ils avaient beau évoluer dans le même monde, ils n'éprouvaient plus aucun intérêt l'un pour l'autre. Elle paraissait tout aussi prompte à le quitter, en vérité.

Les morceaux se recollaient petit à petit. Il s'entendait bien avec sa petite sœur et Jack. Tous les trois s'étaient toujours disputés avec Wynn. Wade comprenait désormais la froideur de Lucy.

Puis, il se rappela ses cousins et l'arène de Fort Worth.

Tout à coup, sa mère se rua sur lui pour l'embrasser.

— Wynn, je suis si contente de te voir. Mon petit chéri, je me suis fait un sang d'encre. Avec ton père, nous avons eu si peur qu'il te soit arrivé malheur. Je te croyais en sécurité à Nashville. Oh ! mon bébé.

Wade ne put s'empêcher de rire en s'imprégnant de ses épaisses boucles noires et ses yeux légèrement plus clairs que les siens. Il reconnut son parfum si familier, le même depuis des lustres.

— Maman, du calme. Tout va bien. Je suis rentré, mais je ne suis pas Wynn.

— Mon pauvre chéri, tu as oublié qui tu es. George m'a prévenue. Mais c'est toi, Wynn. Wade était à Dallas, avec nous.

— Maman, tu sais faire la différence si tu nous observes bien. Regarde-moi.

Elle se pencha en arrière puis se recula avant de poser la main sur sa joue en souriant.

— Oh ! par tous les saints, mais c'est vrai, s'esclaffa-t-elle. C'est toi, Wade. Quel petit garnement… Il n'arrête jamais avec ses farces. Enfin, peu importe, tu es sain et sauf, alors ne lui en veux pas trop. Je suis navrée que tu aies été pris dans cette terrible tempête. Veux-tu un verre avant le dîner ? Les autres ne devraient pas tarder. George m'a dit que Lucy était déjà là…

Elle fronça les sourcils tout à coup.

— Oh ! mais attends, ça signifie qu'Olivia vient avec Wynn, reprit-elle en lui donnant une petite tape sur le bras. Ne te fâche pas. Il aime plaisanter et ça n'a fait de mal à personne. Tu ne savais même pas qu'il avait pris ta place.

— Non, maman, répondit-il d'une voix ouvertement acide. Je ne savais pas pour sa petite blague.

— Sois gentil, Wade. C'est la fête, ce soir.

— Tu sais, la femme qui m'a sorti du ravin habite ici, à Dallas. À quelques minutes à peine, en vérité. J'aimerais l'inviter et lui présenter la famille.

— Avec plaisir. Pourquoi ne l'as-tu pas amenée ? Nous serions ravis de la rencontrer.

— Merci.

— Mais, et Olivia ?

— Wynn la raccompagnera, et c'est très bien comme ça.

— Oh là là, il va devoir lui avouer la vérité.

— Elle s'y fera, assura-t-il, certain qu'Olivia savait déjà.

— Bien, va l'appeler. Si tu as soif, sers-toi. Je retourne en cuisine. Ah, c'est si agréable que tu sois là, que vous soyez tous là.

Wade observa sa mère se précipiter vers le couloir. Elle allait sans doute surveiller le chef de la maison. Elle adorait s'agiter aux fourneaux si bien qu'ils avaient perdu plus d'un cuisinier au fil des années à cause de son intransigeance. Il ne comprenait toutefois pas pourquoi elle pardonnait si facilement à Wynn. D'après elle, il lui rappelait leur oncle Ethan, le cadet de leur père. Elle était d'abord tombée amoureuse d'Ethan, mais il s'était tué dans un accident de moto.

Wade rappela Ava, le cœur battant.

— Salut. Qu'y a-t-il ? Nous venons de nous parler.

— Maman aimerait t'inviter, ce soir. J'ai hâte de te voir, j'ai l'impression que ça fait des heures.

— Tu es soûl ? lança-t-elle.

— Non, simplement content.

— Laisse-moi le temps de me changer.

— Aucun problème. Envoie-moi un message quand tu seras là, je viendrai t'ouvrir.

— D'accord. Dans une heure environ, ça ira ?

— Parfait. À dans une heure. Je rentrerai avec toi si tu veux.

— Bien sûr que je veux, affirma-t-elle d'une voix suave qui rendit Wade impatient.

— Tu me donnes envie de partir, là. Ne me tente pas, maman adore avoir du monde à dîner.

— Bien, je vais me préparer.

— Moi, je suis déjà prêt.

— Oh ! mon Dieu.

Wade sourit. Il allait bientôt la retrouver, passer la nuit avec elle. Il préféra se calmer et écarter les réminiscences de leurs étreintes pour le moment. Ava comptait-elle tant ? Malgré le caractère inattendu de cette question, il devait l'admettre, elle occupait une place particulière.

Il monta à l'étage. Maintenant qu'il reconnaissait les lieux, il voulut discuter avec Lucy. En chemin, il se réjouit de retrouver sa vie, voire plus grâce à Ava, puis se rappela ses vêtements, ou plutôt ceux de Wynn. Il voulait se changer.

Il dépassa une porte ouverte. Un bref coup d'œil lui suffit à reconnaître la suite de Lucy. Un tableau penchait. Wade traversa alors la pièce afin de le redresser comme à son habitude, car sa sœur ne pouvait l'atteindre.

Puis, il l'entendit arriver derrière lui.

— Je remets le cadre en place. J'aimerais te parler…

Elle le dévisagea puis se concentra sur la peinture.

— Oh ! mon Dieu, c'est toi, Wade !

Elle traversa la pièce d'un bond pour se jeter dans ses bras. Wade cligna des yeux, surpris, puis la serra fort contre lui.

— Tu ne m'as pas reconnu dans l'entrée.

— Non, admit-elle l'air radieux. J'avais la tête ailleurs. Mais tu as remis le cadre droit. Wynn ne s'est jamais donné cette peine, pas une seule fois. Et c'est très bien ainsi. Papa lui a interdit de toucher à mes affaires.

Wade voulut l'enlacer encore un peu, mais elle continua.

— Tous les autres te prennent pour Wynn.

— Où est-il, d'ailleurs ?

— Il devrait arriver…, affirma-t-elle en se plaquant la main sur le visage tout à coup. Avec Olivia ! Wade, elle pense qu'elle vient avec toi. Tu crois qu'il voulait la séduire depuis le début ?

— Aucun problème, la rassura Wade en lui touchant l'épaule. J'allais rompre avec elle de toute façon. Tant mieux si elle sort avec lui.

— Tu es sincère, on dirait.

— Oui.

Lucy pinça tout de même les lèvres, l'air plus grave.

— Je sais que tu ne t'énerveras pas, mais je m'inquiète pour papa. Son médecin lui a conseillé d'éviter le stress.

— Alors, là, c'était fichu d'avance à la seconde où Wynn a vu le jour. Mais je vais bien, je me souviens de tout. Je parlerai à papa en me concentrant sur le positif. C'est encore le mieux à faire pour l'heure. Va savoir pourquoi Wynn aime tant ces farces puériles, il faudrait qu'il grandisse un peu.

Wade marqua une pause. Puis, il lui raconta toute son aventure, la voiture, l'amnésie et Ava.

— Wade, mais c'est affreux !

— Je lui dois beaucoup, c'est pour ça que j'aimerais vous la présenter. Elle n'a plus de famille. Sa sœur et sa mère sont décédées et elle ne parle plus à son père.

— Heureusement qu'elle t'a trouvé. Mais… C'est

un peu effrayant d'héberger un inconnu quand on vit seule.

Il évoqua alors Gerald et Molly puis sa blessure.

— Comment va ton épaule, Wade ?

— La plaie se referme doucement, ça devrait aller. J'irai quand même chez le médecin pour cette bosse et l'amnésie.

— J'ai vraiment hâte de rencontrer ton amie.

— Et moi de te la présenter. Bien, petite sœur, excuse-moi, mais j'aimerais aussi discuter avec Jack. On se voit plus tard.

— Pas de problème. Contente que tu sois rentré. Sincèrement.

— Merci, Lucy. Ça me fait du bien, et ça m'a surtout permis de me souvenir de tout.

— Tu sais, Wynn était très sage en se faisant passer pour toi, raconta-t-elle en riant. Il était presque sympathique.

— Ma foi, il peut reprendre ses mauvaises habitudes.

— Quant à Ava, si tu l'apprécies, je m'entendrai bien avec elle.

— Je te le garantis.

Il prit congé puis se dirigea vers la chambre de son petit frère. Wade partageait les doutes de Lucy à propos de cet imposteur de Wynn. Ce dernier avait voulu séduire Olivia. Mais combien de temps avait-elle été dupe ? Wade se prit à sourire, elle n'était pas bête, elle n'y aurait pas cru plus de quelques minutes.

Il toqua à la porte ouverte de Jack qui l'invita à entrer.

— Ah, tu es enfin rentré, lança son petit frère en

prenant une paire de chaussettes noires et blanches pliées à la perfection dans un tiroir.

— On dirait que tu es simplement passé récupérer quelques affaires de rechange.

— À la base, oui, mais maman m'a tenu la jambe. Elle voulait absolument rassembler toute la famille pour ton retour.

— Je ne sais pas si c'est la maison, vos visages ou le temps… mais j'ai retrouvé la mémoire. Je ne suis pas Wynn.

Jack s'arrêta net pour le dévisager.

— Wade ?

— Je crois, oui.

— Mais oui, c'est bien toi. Maintenant que je te regarde de plus près, je vois bien la différence. Et il n'y a que toi pour répondre ça. Wynn aurait plutôt été du genre « je sais qui je suis ». Ce sale gosse, pourquoi ferait-il une chose pareille… ? Ah, d'accord. Olivia.

— Ça ne m'atteint même pas, Jack. Je me souviens d'elle, mais elle ne m'intéresse pas. En toute honnêteté, ce sont ses envies de mariage qui m'ont aidé à savoir qui je suis. Je préfère ne pas risquer d'avoir des enfants comme Wynn.

Les pensées de Wade vagabondèrent de nouveau vers Ava. Avoir un bébé avec elle serait un vrai bonheur pourtant.

— J'aurais dû faire plus attention, maugréa Jack en secouant la tête. Mais je n'avais pas forcément de raison de ne pas croire maman.

— Je comprends, ne t'en veux pas.

— Mais, Wade, au sujet des enfants… Je partage

tes sentiments, j'y ai déjà réfléchi moi aussi, et je ne pense pas que ni toi ni moi n'aurions un fils comme Wynn. Pour la simple et bonne raison que nous n'accepterions pas ses caprices. Maman n'a jamais fait que trouver ça mignon et l'encourager.

— Tu marques un point.

— Pendant ton absence, il est venu plusieurs fois avec Olivia. Il sait bien t'imiter, il faut lui accorder. Dommage qu'il doive s'arrêter, il était vraiment plus agréable.

Wade éclata alors de rire en même temps que son frère face à cette vérité, mais Jack reprit soudain un air plus grave.

— Et pour papa ? Il pourrait bien faire une nouvelle attaque.

— Je crois que je vais l'appeler et lui expliquer calmement.

— Bonne idée. Tu sais t'y prendre avec lui. Ah, et dire que maintenant, on va devoir supporter Wynn et son sale caractère. Ça m'étonne que maman n'ait pas fondu en larmes en retrouvant son petit chouchou.

— J'avais déjà compris que j'étais Wade. Ça l'a simplement amusée.

— En parlant du loup…

Wade vit Jack jeter un coup d'œil par la fenêtre. Il s'approcha. Son frère venait de se garer. Il contournait sa voiture pour ouvrir la portière à Olivia.

Wade se rappela à quel point elle était belle avec ses cheveux blonds en cascade autour du visage. Sa robe courte bleu pâle mettait en valeur ses formes pulpeuses et ses jambes. Le corsage en V exhibait un bijou en diamant sur une poitrine opulente.

Il lui trouva du charme, certes, sans rien ressentir pour autant. Cette femme le ramenait à Ava, rien de plus. Il lui tardait d'en finir avec ce dîner pour rentrer avec elle.

— À ta place, je lui aurais déjà flanqué mon poing sur la figure, déclara Jack. Comment va réagir Olivia, à ton avis ?

— Je m'en moque, avoua Wade en secouant la tête. Je m'inquiète surtout pour papa. Et je te parie qu'Olivia est au courant. En fait, Wynn m'a épargné une discussion difficile avec elle. Je suis tellement content d'avoir recouvré la mémoire que ses manigances paraissent futiles. Tout devrait redevenir assez calme dorénavant.

— Une fois que papa aura piqué une grosse colère…

— Oui, Wynn n'est jamais allé aussi loin et n'a jamais impliqué la famille auparavant.

— Tu sais qu'il est même passé à la télévision en prenant ton nom, Wade ?

— Oui, acquiesça-t-il. Mais je lui rendrai la monnaie de sa pièce, un jour.

— Tu m'excuseras si je n'y crois pas trop, répliqua Jack. C'est un veinard et maman le défend toujours.

— Allons les saluer, conclut Wade en entendant la porte d'entrée se refermer.

Ils croisèrent Lucy dans le couloir. Elle semblait avoir eu la même idée.

— Je ne veux pas manquer ça, commenta-t-elle.

— Ne t'emballe pas trop. Tout ce qui m'importe, c'est qu'Olivia soit heureuse avec lui.

Quand ils s'avancèrent dans le salon, Olivia se retourna pour leur dire bonjour, seulement son sourire se mua vite en un rictus hésitant.

— Salut. Bonne nouvelle, j'ai retrouvé la mémoire.

Elle écarquilla à peine les yeux puis s'illumina de nouveau, l'air ravi.

— Tant mieux. Je dois bien l'admettre, ton frère est plutôt intéressant. Je m'amuse beaucoup en apprenant à le connaître.

— C'est une façon de le décrire, j'imagine. Où est-il ?

— Dans la bibliothèque, il t'attend.

— Je vous souhaite tout le bonheur du monde.

— Tu as l'air sincère, lâcha-t-elle en l'observant.

— Je ne le dirais pas si je ne le pensais pas. Tu lui feras du bien, je sais que tu n'accepteras pas ses âneries.

— Ça me rassure, souffla-t-elle en souriant. C'était fini entre nous de toute façon. Wynn est drôle et plein de surprises. Mais je suis contente que tu ailles bien.

— Merci, Olivia. Amuse-toi bien avec Wynn.

Wade venait ainsi de conclure son histoire avec elle. Un soulagement infini le traversa.

Quand il arriva devant les portes closes de la bibliothèque, il toqua, entra puis referma afin qu'on ne les dérangeât pas. Son frère se tenait près de la cheminée, tourné face à lui, un verre à la main. Il portait une tenue semblable à la sienne.

— Eh bien, nous avons vraiment l'air de jumeaux

identiques, ce soir, dit Wade. Et tu pousses le vice jusqu'à avoir la même montre que moi. En revanche, j'aimerais que tu me rendes mes bottes.

Wynn fronça les sourcils à cette remarque.

— Je ne suis plus amnésique, Wynn, lui annonça-t-il platement.

— Ah, alors tu sais tout, fit l'autre en s'éloignant de l'âtre. Tu viens de me gâcher la soirée.

Wade hocha la tête, s'attendant à de la culpabilité, de la gêne, en vain. Son frère affichait un visage neutre. Puis, Wynn s'approcha d'un pas nonchalant en sirotant le liquide ambré dans son verre.

— Olivia est une très belle femme, assura-t-il en défiant Wade du regard. Elle m'a démasqué en quelques secondes, mais elle a quand même joué le jeu.

— Oui, elle est séduisante. Si c'est pour elle que tu as fait ça, alors félicitations, tu as réussi. Soyez heureux ensemble. Olivia t'a sans doute déjà appris que c'était terminé entre nous.

— En fait, non, expliqua-t-il en posant son verre sur une table. Elle ne savait pas que tu n'éprouvais plus rien pour elle, mais tant mieux. Alors, tu ne m'en veux pas ?

Wynn inclinait la tête sur le côté pour étudier la réaction de son frère. Wade aurait dû enrager, mais tout cela lui paraissait si futile tout à coup. En revanche, une chose l'agaçait tout de même.

— Non. Par contre, je te préviens, c'est la dernière fois que tu te fais passer pour moi. Comment as-tu su que je ne rentrerais pas comme prévu ?

— J'appelle maman régulièrement. Elle me raconte

tout sur tout le monde. Comme elle n'avait plus de nouvelles, je me suis dit qu'on allait rigoler un peu et j'ai écourté mon séjour à Nashville. Ils n'y ont vu que du feu. J'ignorais simplement quand tu reviendrais.

— N'en parlons plus.

— Quel grand seigneur ! Je croyais que tu m'en voudrais. Papa sera bien moins content, pour ne pas changer.

— Maintenant que j'y pense, le shérif qui m'a aidé à rentrer nous a confondus grâce à ton passage à la télévision. J'ai donc dû obtenir les clés de ton appartement.

Wade sortit des clés de sa poche pour les jeter à Wynn.

— Garde les vêtements, dit Wynn. Je les ai achetés pour la supercherie. Jamais je n'aurais imaginé que le shérif s'arrangerait pour que tu puisses passer chez moi.

— Ne t'inquiète pas, je n'ai touché à rien, déclara-t-il, sachant qu'à sa place Wynn aurait fouiné partout.

— Je ne comprends pas comment tu fais pour supporter ces satanées bottes. Je serai bien content quand tout ça sera terminé.

Le visage neutre de Wynn se durcit à cet instant. Il plissa les yeux, la mâchoire crispée, pour observer son frère.

— Tu sais, Wade, tu te crois toujours meilleur que moi, à t'imaginer que je ne peux pas avoir ce que tu as. Mais tu te trompes. Olivia est à moi, et je ne te la rendrai pas.

— Je m'en remettrai, Wynn, commenta Wade

avec froideur. Et je ne pense pas valoir mieux que toi, nous sommes différents, voilà tout.

— Pas tant que ça, très cher frère. Nous partageons le même sang. Et tu sais quoi ? Maman m'a révélé le grand secret, fit Wynn en traçant des guillemets avec ses doigts. Je ne suis censé en parler à personne, mais c'est le moment idéal. Papa n'est pas notre père.

Il adopta un ton plus sérieux à ces mots. Il rougissait même.

— Maman est tombée enceinte d'Ethan. J'imagine qu'il faudrait appeler papa tonton Arlo.

— Tu mens, l'interrompit Wade, frappé de plein fouet par la nouvelle.

— Oh ! que non, insista-t-il en reprenant son verre d'un geste vif pour le vider d'une traite. Et notre vrai père ne l'a jamais appris parce qu'elle ne savait pas encore au moment de sa mort. Remets-toi donc de ça. Notre prétendu papa n'est au courant de rien. Tu as beau être son chouchou, tu n'es pas son fils. Et tu ne lui diras rien pour lui éviter une crise cardiaque.

Face à l'air suffisant de son frère et cette nouvelle, Wade songea à sa mère et sa relation avec Wynn. Son ventre se noua de dégoût, de colère.

— Et toi, tu arrives à trahir la confiance de la seule personne qui est toujours gentille avec toi et te pardonne tout.

— Mais tu ne lui en parleras pas non plus pour ne pas la blesser, répliqua Wynn en le pointant du doigt. Pense donc à ça et au sang qui coule dans tes veines.

Wade aurait pu frapper son frère, seulement il n'allait pas s'abaisser à son niveau. Il respira lentement en invoquant tout son sang-froid, les poings serrés au fond des poches. Lorsque cela ne suffit plus, il préféra s'en aller. Une fois devant la porte, il s'arrêta puis jeta un coup d'œil par-dessus son épaule. Wynn souriait, heureux d'avoir fait mouche.

Wade rejoignit les autres pour leur apprendre qu'il allait appeler leur père.

— Bonne idée, dit Lucy. Papa s'inquiétera moins s'il sait que tu vas bien.

— Et ce sera mieux s'il te parle avant, renchérit Jack.

Wade s'excusa pour sortir, s'éloigner de la maison. Il ne doutait pas une minute de cette révélation, même s'il restait encore abasourdi. Dans ses veines coulait donc le sang de l'oncle Ethan, homme similaire à Wynn. Il espérait pouvoir protéger son père de la vérité.

Mais à quoi pensait-il ? Arlo Sterling était son seul père. Il les avait éduqués, nourris, couverts d'amour, de richesses et de conseils. Wade lui en serait toujours reconnaissant.

Cependant, les liens du sang le tracassaient. Cela le conforta dans sa décision de ne jamais avoir d'enfants. Il allait devoir prévenir Ava. Ils n'avaient pas envisagé une relation à long terme, mais elle devait savoir qu'il fuirait le mariage. Puis, les paroles de Jack lui revinrent à l'esprit. Wynn devait-il son attitude à ses gènes ou au laxisme de leur mère ?

Wade resta planté là à essayer de se calmer, les poings toujours serrés. Allait-il commettre une erreur ? Ava voulait cinq ou six enfants. Il tenta de calculer les statistiques. Deux ou trois d'entre eux finiraient comme Wynn. Peut-être même tous, bon sang. Quelle merveilleuse perspective…

Une fois de plus, Wynn avait réussi à semer le trouble au cœur d'une période de bonheur. Il avait réussi à gâcher toute la joie de cette journée remplie de bonnes nouvelles… Sans compter la promesse rompue à sa mère, même si elle allait lui pardonner, comme toujours.

Wade se tenait dans le noir, éclairé par les lumières à l'intérieur. En prenant son téléphone, il se conforta encore une fois dans l'idée qu'Arlo resterait son seul père. Il laissa sonner puis la voix si familière décrocha.

— Papa, bonne nouvelle, je suis rentré et tout va bien. J'ai retrouvé la mémoire en revoyant la maison.

— Ah, fiston, c'est fantastique, s'exclama Arlo, apparemment soulagé.

— Écoute, nous parlerons quand tu seras là, mais je suis tellement content que je n'ai pas pu attendre. Et, au fait, je suis Wade. Wynn s'est fait passer pour moi.

Son père jura à l'autre bout du fil ; il espéra ne pas avoir commis une maladresse.

— Il n'a fait de mal à personne, ce n'est pas grave, reprit Wade, la gorge serrée, s'efforçant de ne pas craquer pour le bien de son père. Laisse tomber pour cette fois, je ne veux pas que tu t'inquiètes.

Arlo lui posa alors quelques questions, s'apaisant de plus en plus à chaque réponse de Wade.

— Je crois qu'il voulait me piquer Olivia. Ça m'arrange, je n'aurais pas à m'embarrasser d'une rupture.

— Pour une fois qu'il sert à quelque chose, rétorqua son père en riant.

— Ah, j'ai oublié, j'ai invité une amie, ce soir. Elle m'a sauvé la vie et je tiens à vous la présenter. Bon, je vais te laisser… Et, au fait, je sais que je ne te le dis pas assez souvent, mais tu as été un père génial. Je t'aime. À tout à l'heure.

Wade soupira, conscient qu'Arlo ne méritait pas un rejeton comme Wynn. Il repensa à Ava, il devrait lui expliquer pourquoi il ne voulait pas fonder de famille. Il ne la connaissait pas depuis longtemps, mais préférait éviter de la blesser. Après seulement quelques nuits, ils pourraient sans doute se séparer sans trop de peine. Se berçait-il d'illusions ?

Une autre idée l'écrasa aussitôt : il n'était pas encore prêt à lui dire adieu. Il voulait la serrer contre lui ce soir, l'amener dans son lit, l'embrasser, lui faire l'amour pendant des heures.

Il regarda sa montre, impatient de la retrouver.

Vingt minutes plus tard, Ava remontait l'allée.

- 8 -

Le sourire aux lèvres, elle sortit de voiture tel un ange à la chevelure dorée. Wade resta pantois. Sa robe lui descendait presque jusqu'aux genoux, mais ne révélait pas son décolleté. Peu importe, Wade connaissait déjà chaque millimètre de son corps. Il aurait voulu se jeter sur elle.

Il se contenta pourtant de l'attendre.

— Tu es merveilleuse, j'ai hâte de te ramener chez moi, déclara-t-il

— Merci, s'exclama-t-elle, toujours plus ravie, apparemment. Je suis tellement heureuse que tu aies retrouvé la mémoire.

— Tu sais ce dont je me souviens le mieux ? s'enquit-il d'une voix plus grave.

— Non, quoi ?

— Quand je te faisais l'amour.

Elle rougit.

— Mieux vaudrait changer de sujet tout de suite. Dis-moi plutôt les noms de tout le monde.

Il s'exécuta le temps de passer le seuil avant de la présenter à ses proches. Wynn semblait curieux, mais resta près d'Olivia et sa mère, se contentant d'un geste bref pour saluer Ava. Lucy et Jack, eux, se montrèrent plus avenants et voulurent tout entendre de l'accident de leur frère. Puis, son père arriva, se ruant droit sur Wade pour lui serrer la main et le prendre dans ses bras.

— Enfin, te voilà. J'avais trop de travail pour prêter attention à Wynn. C'est quand même un bon acteur.

— Oui, il me connaît bien, acquiesça Wade pour ne plus en parler. Mais il y a plus important. Papa, j'aimerais te présenter Ava Carter. Elle m'a secouru dans la tempête. Ava, Arlo Sterling.

— Monsieur Sterling, ravie de vous rencontrer, dit-elle en lui tendant la main. Je pense que Wade s'en serait sorti, mais il était mieux, bien au chaud chez moi.

Tandis qu'ils discutaient, Wade remarqua les traits tirés de son père. Les frasques de Wynn le fatiguaient-elles tant ? Puis, Wade revint à Ava, déjà impatient de rentrer. Il ne la voulait que pour lui seul, il avait l'impression de ne plus l'avoir vue depuis des lustres.

Après le dîner, ils restèrent une heure de plus par courtoisie avant de s'en aller. Les au revoir s'éternisèrent cependant jusqu'au moment où Ava s'installa enfin au volant.

— Je garde un double de mes clés dans le coffre de mon père, à l'abri de mon frère. Je vais pouvoir retrouver mon appartement et ma voiture. Le pick-up au fond du ravin me servait pour visiter les ranchs. Allons chez moi, j'aimerais te divertir un peu.

— Comme tu voudras. J'ai hâte de te divertir moi aussi, affirma-t-elle d'une voix suave sans quitter la route des yeux.

— Évite de me dire ça quand tu conduis si tu ne veux pas que je te saute dessus.

— C'est pour t'inciter à me montrer ta chambre.

— J'en ai eu envie dès l'instant où tu m'as déposé. Tu n'imagines pas à quel point j'ai pensé à toi, aujourd'hui.

— Arrête, tu vas vraiment finir par nous faire avoir un accident.

— Et tu es vraiment incroyablement sexy.

Ava lui lança un bref regard avant de se racler la gorge en se redressant.

— C'est une belle famille nombreuse que tu as là. Quatre enfants, c'est génial.

— Si on oublie une certaine personne, oui. Et n'essaye pas de changer de sujet.

— Si, je préfère, s'exclama-t-elle. C'est ça ou me jeter sur toi et foncer dans un mur.

— Tu me laisseras le volant, la prochaine fois, répondit-il tout aussi amusé qu'excité. J'ai appris à conduire à une main.

— Qu'est-ce que tu n'as pas compris dans ce que je viens de dire ?

— Je ne peux pas m'en empêcher, répliqua-t-il. Tu es trop jolie, trop irrésistible.

— Mais arrête donc. Ton appartement est-il encore loin ?

— Quelques kilomètres à peine. Tu veux que je conduise ?

— Non, ça ira. Ton frère jumeau avait l'air sympathique.

— Oui, ça lui arrive, principalement en présence

d'une belle femme. Il change d'un instant à l'autre. C'est comme ça qu'il a toujours amadoué maman. Crois-moi, tu ne verras que ses bons côtés.

— J'ai connu des jumeaux auparavant, mais j'arrivais à les différencier, eux. Je comprends mieux comment il parvient à t'imiter. Heureusement que tu as cette cicatrice sur la main gauche.

— Tu n'as pas vu le pansement sur la sienne ?

— Si, je pensais qu'il s'était coupé.

— C'est exactement ce qu'il veut que tu croies, mais c'est faux. Il fait toujours ça pour tromper les femmes qui me connaissent. C'est un manipulateur sournois. Au lycée, il se faisait passer pour moi avec mes copines. Certaines n'ont jamais rien compris. Mais désormais ce ne sera plus aussi facile pour lui.

— Ah bon ?

— Si un jour tu as un doute, regarde mon épaule. J'aurai une nouvelle cicatrice. Wynn n'arrivera pas à pousser la supercherie si loin.

— Je prends note.

— Je reconnais le quartier, continua Wade, concentré sur les rues. Molly avait raison, je me souviens de tout comme si rien n'était arrivé.

— Tant mieux.

— Mais revenons à la nuit dernière et à cette douche…

— Si je provoque un carambolage, ce sera ta faute.

Il rit aux éclats. Il aimait tant jouer avec elle.

— Mais non, tout ira bien. Toi, tu te concentres, moi je repense à t'enlacer, et à d'autres choses…

Ava se mit alors à chantonner pour l'oublier, ce

qui l'amusa. Une fois à quelques pâtés de maisons de chez lui, Wade préféra se taire pourtant.

Dès l'instant où ils passèrent la porte de l'entrée privée, il se tourna pour capturer Ava entre ses bras. Il se plongea dans ses grands yeux bleus, et son cœur tambourina dans sa poitrine.

— Je peux enfin t'embrasser. J'ai attendu une éternité.

Ava frissonna, captive de ses gestes et son désir. D'un mouvement d'épaule, elle laissa son sac à main tomber par terre. Dans la lumière tamisée du vestibule, elle oublia tout.

Son corps palpita d'impatience en serrant Wade pour lui rendre son baiser endiablé. Elle tremblait, aussi affamée que lui. Il saisit la fermeture de sa robe et l'ouvrit lentement.

Il releva la tête une seconde pour laisser le tissu tomber à ses pieds en une masse noire. Son torse musclé se gonfla alors tandis qu'il prenait une grande inspiration pour l'admirer. Ava en voulait toujours plus.

— Wade, murmura-t-elle en le tirant par le poignet.

Là, il retira sa chemise sans même la déboutonner complètement. Il dégrafa ensuite le soutien-gorge de la jeune femme et le jeta dans un coin.

— Tu es si belle, dit-il en se penchant pour lui ôter sa culotte.

Après s'être débarrassé de son pantalon et ses sous-vêtements, il alla chercher un préservatif puis revint se blottir contre elle. Elle sentit son sexe tendu contre son ventre.

— Je ne pense qu'à toi tout le temps, lui susurra-t-il en la couvrant de baisers sur la nuque et la poitrine.

Sa langue explorait son corps pour mieux la titiller de tendres assauts mêlés à son souffle chaud et ses mains sur ses seins.

Elle gémissait à la moindre caresse, toujours plus submergée par l'envie. Elle voulait lui faire l'amour, le laisser la combler, atteindre ce firmament dont lui seul connaissait le secret.

Il se redressa quand elle poussa un petit cri. Face à son désir évident, elle ne put s'empêcher de se mettre sur la pointe des pieds pour l'embrasser tout en lui caressant le sexe.

Wade la souleva. Elle l'encercla de ses jambes avant de jouer des hanches pour le laisser s'inviter en elle. Elle exhala un long soupir, elle avait attendu cet instant toute la journée.

Il lui donnait des coups de reins rapides et puissants. Elle s'agrippait à lui, de plus en plus esclave de sa volupté. Il accéléra encore et encore jusqu'à la pousser à une extase absolue. Un dernier mouvement du bassin et il la suivit dans l'orgasme.

Lorsqu'il la reposa, elle se réjouit de se tenir contre lui ; ses jambes flageolaient trop pour la soutenir. Il avait dû s'en rendre compte, car il la souleva de nouveau.

Il la porta jusqu'à la salle de bains, allumant au passage. Ava ne prêta nullement attention à l'appartement. Elle ne voyait que son amant. Encore étourdie, elle le noyait de petits baisers dans le cou, sur le lobe de l'oreille, tout en jouant avec ses cheveux. Il devait venir d'un autre monde pour lui offrir de telles nuits.

— Incroyable, tellement divin, chuchota-t-elle.

Il s'arrêta et l'embrassa de nouveau en la serrant fermement. Puis, il les conduisit sous une douche gigantesque. Ils se lavèrent, incapables de ne pas se toucher. Wade la reprit dans ses bras pour l'amener sous ses draps où ils se lovèrent à la lumière douce d'une lampe de chevet.

— Ava, tu hantes mon esprit. Tu es unique. Je ne veux pas te blesser.

Elle pivota pour lui faire face. Il lui passait les doigts dans les cheveux, un éclat intense dans les pupilles.

— Ça n'arrivera pas, assura-t-elle.

Elle le croyait, il avait toujours placé ses sentiments à elle avant les siens.

Il lui écarta une longue mèche du visage, l'air soudain plus grave.

— Ava, je dois t'avouer quelque chose tout de suite. Je ne veux pas te briser le cœur comme ton ex-fiancé.

Cette remarque la refroidit en une seconde. Elle se demanda où il voulait en venir. Il s'agissait sans doute de quelque chose dont il s'était souvenu à leur retour à Dallas. Il n'était pas marié… Mais cela n'annonçait rien de bon, il semblait bien trop anxieux.

— J'imagine que tu comprends mieux ce que je disais à propos de mon frère désormais. C'est sa faute si mon père a connu autant de soucis. Il a pourri l'existence de Jack quand nous étions petits et il était toujours méchant avec Lucy. Il m'en a fait subir de belles à moi aussi, mais je pouvais riposter. Et ça n'a jamais arrêté. J'avais prévu de rompre avec Olivia de toute façon, donc je suis content pour eux, mais si j'avais été amoureux, je ne lui aurais jamais pardonné.

— Je ne comprends pas qu'elle ne lui en veuille pas de l'avoir prise pour une idiote.

— Ne t'en fais pas, il peut se montrer très charmant. Et elle n'éprouvait plus rien pour moi non plus.

— Tu sais, si tu essayes de me dire que tu ne ressens rien pour elle, c'est inutile…

— Non, Ava, ce n'est pas tout.

Il prit une grande inspiration, et la noirceur soudaine dans son regard augura du pire.

- 9 -

— Ce que j'essaye de te dire, c'est qu'à cause de mon frère je n'ai jamais voulu me marier ni fonder de famille.

— Wade, tu n'es pas comme lui. Tes enfants seraient différents. Wynn n'aurait que peu d'influence sur eux.

— L'éducation joue un rôle essentiel, mais les gènes… On ne les contrôle pas.

— On n'hérite pas de la méchanceté, d'autant plus quand on vit entouré de gens bien.

— Je ressemble beaucoup à mon père. Mais Wynn est l'exact opposé et nous avons eu la même éducation. Nous partageons le même sang, mais pas les mêmes qualités et défauts.

— Wade, tu te prives d'un tel bonheur. Rien n'importe plus que la famille. Tu as grandi parmi des gens que tu aimes, non ?

— Oui, mais j'ai dû voir mon frère ruiner la santé de papa. Et il continuc. Cc stratagème avec Olivia en est la preuve.

— Je crois que tu occultes le positif. Moi, je suis seule, tu ignores ce que c'est. Et Jack et Lucy sont gentils. Tes parents sont chaleureux. Quant à Wynn, il n'a rien d'un monstre, Wade. Certes, il vous cause du souci, mais il n'est pas dangereux. D'ailleurs, tu t'en sors très bien avec lui. Je ne pense pas que sa jalousie ou peu importe ce qui le motive déteindrait sur tes enfants.

— Tu ne sais pas tout, la coupa Wade en secouant la tête. Deux caractères similaires se sont transmis d'une génération à une autre.

— Je ne comprends pas.

— Il n'y a pas que Wynn, Ava. Mon père avait un frère cadet, Ethan. Tout le monde nous a toujours raconté à quel point Wynn et Ethan se ressemblent. Ils ont beau avoir disposé d'une éducation et de parents différents, ils sont devenus pareils. Je ne veux pas me ruiner la santé comme mon père. Mon grand-père aussi avait des problèmes cardiaques et est mort à soixante-trois ans. Même Jack m'a avoué partager mes craintes.

— Impossible. Tu t'inquiètes pour rien.

— Peut-être, Ava, mais je ne changerai pas d'avis. Je préfère que tu le saches tout de suite.

Cette nouvelle fit l'effet d'une douche froide à la jeune femme. Elle tenta donc de se raisonner. Elle ne le connaissait pas depuis si longtemps, après tout. Elle désirait simplement son corps.

Elle se perdit dans son regard. Ce soir, elle n'allait pas se préoccuper de sa peur du mariage et des enfants. Ils n'étaient pas amoureux, et elle demeurait convaincue de pouvoir lui dire adieu sans souffrir. Ce soir, elle savait qu'il ne s'agissait que de passion.

Néanmoins, tout cela ne devrait pas durer, sans quoi les sentiments finiraient par s'en mêler.

Cette révélation la propulsa au fond du gouffre.

Autant couper court à cela, Wade ne partageait pas ses rêves.

L'appréhension céda à la tristesse.

— Dommage pour toi, Wade, tu serais un mari et un père formidable. Si tu veux mon avis, tu te prives d'une des plus grandes joies de l'existence.

Il baissa la tête un instant. Quand il releva les yeux, elle y décela des tempêtes indomptables.

— Là, je pense à un autre plaisir de la vie dont nous devrions profiter, affirma-t-il en lui embrassant le cou et les épaules.

Ses gestes apaisèrent Ava. Sa tristesse et sa peine cédèrent vite à l'envie. Elle lui rendit ses audaces, et le désir rejaillit en elle. Elle s'abandonna à l'oubli. Pour une nuit encore, elle se blottirait entre ses bras.

Elle l'étreignait, passait les mains sur son dos musclé, se donnant à sa fougue. Ils ne parlèrent pas, tout se résuma à des gestes érotiques. Elle se frottait à lui, le caressait du bout des doigts, de la langue, éveillait en lui des gémissements de plaisir. Il semblait ne jamais vouloir s'arrêter de la provoquer, de jouer avec elle. Puis, il se leva enfin pour chercher un préservatif et revint s'installer sous Ava. Elle s'inclina pour l'inviter en elle. Dans un cri, la jeune femme imposa le rythme en bougeant le bassin de plus en plus vite tandis que Wade lui titillait les seins et suivait ses déhanchements.

Ils vinrent au même moment, enlacés l'un à l'autre.

Elle ignora combien de temps son orgasme explosif l'ébranla encore. Quand ses spasmes s'apaisèrent enfin, elle resta couchée sur son amant qui lui effleurait le dos, les fesses, les cuisses et remontait sans cesse.

— La perfection, s'extasia-t-il. Tu es si belle. Tellement séduisante. Cette nuit est un vrai rêve.

Ava écoutait le cœur de Wade se calmer, reprendre son rythme naturel, le même que le sien.

Rien qu'un instant, dans ce lit, entre ses bras, serrés l'un contre l'autre après une telle ardeur, elle sentit encore des picotements de satisfaction dans tout son être. Présentement, tous ses problèmes s'étaient envolés.

Pourtant, à chaque souffle plus assourdi, le monde, leurs vies, leurs soucis, leurs rêves, tout lui revenait petit à petit. Le tambour dans la poitrine de Wade lui rappela ses paroles. « Je ne changerai pas d'avis. »

Elle écarta ses doutes. Il n'existait entre eux que quelques jours dans son chalet et des moments d'intimité.

Se berçait-elle d'illusions ? Plaçait-elle son cœur en porte à faux pour rester avec lui ?Il se leva pour aller se rincer. En revenant, il la serra dans ses bras. Elle entortilla les doigts dans l'épaisse toison sur son torse. Elle avait beau s'efforcer de se concentrer sur l'instant présent, elle ne pouvait s'empêcher de s'imaginer leurs adieux.

— Je t'embrasse si tu me dis à quoi tu penses, dit Wade.

— Je m'étonnais d'avoir rencontré un homme aussi craquant, fit-elle d'une voix suave.

Elle préférait profiter de cette nuit pour lui faire l'amour jusqu'à l'aube. Elle fit vagabonder sa bouche sur l'épaule et le cou de Wade puis il se pencha pour conquérir ses lèvres avec une fougue incommensurable.

— J'aimerais t'emmener dîner demain, Ava, pour te remercier de m'avoir aidé.

— C'est très gentil.

Mais alors, comme pour remettre en question sa volonté, la prudence s'invita dans l'équation, feux de détresse dans l'orage. Un rendez-vous galant ne contribuerait qu'à renforcer leur lien. Or, lui ne l'aimerait jamais, il s'était montré assez ferme à ce sujet. Elle le savait, elle ne pourrait pas envisager une relation sérieuse avec un homme qui ne voulait pas d'enfants.

Mais, en un sens, il ne s'agissait que d'un dîner, un geste de gratitude pour sa gentillesse et son hospitalité. D'ailleurs, ne lui devait-elle pas quelques remerciements, elle aussi ? Grâce à Wade, elle avait oublié son ex.

Cela la conforta dans l'idée de pouvoir se remettre de tout et n'importe quoi.

— Alors, Ava ? s'enquit-il en l'observant de ses yeux ténébreux.

Elle ouvrit la bouche, surprise de sa réponse.

— D'accord. Mais je dois rentrer chez moi d'abord. J'ai du travail.

— Très bien, dit-il. Ava, comme tu m'as fait visiter ton chalet, j'aimerais te montrer mon ranch, là où moi je vais prendre l'air. Pas forcément longtemps, je veux simplement t'emmener voir ce qui me passionne et où je travaille. Qu'en dis-tu ?

Elle dut y réfléchir. Cela signifiait passer plus de temps en sa compagnie, apprendre à le connaître, découvrir une face nouvelle de sa vie. Pouvait-elle courir ce risque ?

— Je ne sais pas encore, Wade.

— J'y tiens vraiment, insista-t-il. Tu serais la première que j'emmène. Tu es unique.

Il lui embrassa de nouveau le cou et la poitrine. Elle entortilla les doigts dans les cheveux de Wade et oublia tous ses soucis en le laissant la ravir de ses mains, de sa langue.

Le soleil brillait au zénith lorsque, lavée et habillée, Ava rejoignit Wade dans le salon.

— Je vais rentrer travailler un peu.

— Allons manger avant. Ah, et demain, j'aimerais te montrer autre chose. Mon cousin Jake a appelé concernant l'arène que nous avons financée.

— C'était dans tous les journaux.

— Nous n'avons pas encore vu le bâtiment terminé, mais le chantier avait l'air impressionnant. Le personnel nous a invités à le visiter. Tu veux venir ?

— J'adorerais, fit-elle en souriant. J'en ai tellement entendu parler.

— Super, s'exclama-t-il. J'espérais que tu ajouterais que tu voulais passer du temps avec moi.

Elle rigola en se jetant à son cou.

— Mais bien sûr que oui. Si je viens, c'est pour profiter de toi.

Ils se turent une seconde puis éclatèrent de rire. Ensuite, l'atmosphère changea. Ava sentit son cœur battre plus fort et elle se mit sur la pointe des pieds tandis qu'il lui serrait la taille pour l'embrasser.

Plus tard, après le déjeuner, Wade la raccompagna à sa voiture.

— Je n'ai pas envie de te laisser, mais je passe te prendre à 18 h 30, lui annonça-t-il par la fenêtre ouverte.

— À ce soir.

Il s'écarta en hochant la tête. Une fois au coin de la rue, Ava vit Wade dans le rétroviseur, toujours au même endroit, à la regarder s'éloigner.

Les adieux semblaient de plus en plus inévitables, et elle craignait de ne pas trouver la force de s'en remettre cette fois-ci.

Wade arriva devant chez Lucy. Elle l'avait invité à visiter sa nouvelle maison et l'attendait sur le seuil avec Jack. Elle sourit à Wade et lui donna l'accolade quand il les rejoignit.

— Merci d'être venu.

— Je ne raterai ça pour rien au monde, affirma-t-il en se tournant pour saluer son frère.

— Désolée, mais je n'ai pas invité Wynn et je ne le ferai sans doute jamais. Si ça devait se produire un jour, ce sera par égard pour Olivia. Je l'aime bien.

— Tu n'as pas à t'excuser. Wynn l'a bien cherché. J'ai quand même dans l'idée qu'Olivia pourrait lui mettre un peu de plomb dans le crâne.

— Tu peux rêver, ironisa Lucy en levant les yeux

au ciel avant de s'arrêter sur le seuil. Il paraît que tu ne viens pas chez les parents, ce soir.

— Non, j'avais déjà promis à Ava de l'amener au restaurant.

— Wynn risque de se vexer, fit remarquer Lucy. Il aime attirer l'attention et j'ai appris qu'il avait offert une énorme bague de fiançailles à Olivia. Elle a accepté de l'épouser. Non, mais tu l'imagines se marier, lui ?

Elle ne put s'empêcher de rire, mais Jack se contenta de secouer la tête.

— Va savoir si c'est vrai, mais il est amoureux…, dit Jack. Il est donc capable d'aimer quelqu'un d'autre que lui-même.

— Je la connais bien, notre frère a trouvé la fille parfaite pour lui, affirma Wade. Attendez seulement. Je vous parie mon ranch que vous ne le reconnaîtrez pas et qu'il ne se fera plus passer pour moi.

— Oh là, s'étonna Lucy. Tu penses qu'elle aura autant d'influence sur lui ? J'ai du mal à croire qu'il veuille l'épouser si c'est elle qui mène la barque.

— Elle est parfaite pour lui, vraiment. Sa famille est encore plus riche que la nôtre. Olivia est belle, intelligente, et drôle quand elle veut… Wynn y réfléchira à deux fois avant de lui chercher des poux. Il comprendra vite quelle femme forte et indépendante il aura épousée et il ne regrettera rien.

— Très bonne nouvelle, dans ce cas, ajouta Lucy. Impressionnant… J'espère de tout cœur que tu as raison. Toute la famille ne s'en porterait que mieux.

— Je ne te le fais pas dire, renchérit Jack en poussant

un petit vivat. Ah, il existe finalement quelqu'un pour le mener à la baguette. Même papa n'y arrivait pas.

— Enfin, assez parlé de lui, conclut Wade. Fais-nous voir cette maison, Lucy.

Elle les convia à l'intérieur. L'entrée donnait directement sur un vaste salon muni d'une impressionnante cheminée. Deux autres murs se résumaient à de grandes baies vitrées ouvertes sur un petit jardin accolé au parcours d'un club de golf.

— Belle vue sans avoir ta propre cour, commenta Wade.

— Moi, j'aime bien la décoration, lança Jack.

Wade observa la pièce aux couleurs claires, au parquet bien ciré. Les meubles modernes laissaient assez d'espace pour circuler librement. Il se prit à imaginer la vie sous le même toit qu'Ava, idée des plus plaisantes.

— C'est joli, et assez facile d'entretien, dit Wade.

Lucy leur montra sa pièce de travail où elle avait installé un bureau et une longue table en verre et en métal ainsi que des étagères encastrées. La maison disposait de deux suites, d'une chambre et d'une cuisine moderne bien éclairée grâce à de hautes fenêtres allant du sol au plafond. Lorsqu'ils sortirent, Lucy verrouilla puis remercia ses frères.

— C'est très joli, déclara Wade en la serrant dans ses bras. Tu t'en tires très bien dans l'immobilier pour ton jeune âge.

— J'adore ce métier, mais je dois tous mes contacts à papa et maman.

— Passe-leur le bonjour, d'ailleurs, ce soir et

amusez-vous bien, ajouta Wade. Transmettez mes félicitations à Olivia. Nous avons de la chance de l'avoir dans la famille.

— J'espère que Wynn aura une bonne demi-douzaine d'enfants tous plus agaçants que lui, lâcha Jack dans un haussement d'épaules. Enfin, Olivia ne mérite peut-être pas ça. Voilà un mariage qu'il me tarde de voir.

— Moi aussi, répliqua Wade.

En reprenant la route, Wade oublia vite Wynn, trop pressé de retrouver Ava.

Ava bouillonnait d'impatience en s'observant dans la glace. Ses cheveux, séparés par une raie au milieu, encadraient son visage. Elle avait choisi une robe noire mi-longue au corsage serti de pierres, assez décolleté pour révéler ses formes. Un bracelet en diamant s'accordait à la perfection avec sa tenue, tout comme ses talons qui soulignaient les lignes de ses jambes.

Cette soirée la rendait si nerveuse qu'elle sursauta presque en entendant un bruit de portière. Elle jeta un coup d'œil par la fenêtre ; Wade s'avançait à grands pas vers l'entrée. Elle fondit sur-le-champ face à son costume charbon style western, sa chemise blanche et ses bottes noires. Une brise légère souleva une mèche de sa chevelure de jais pour la déposer sur son front.

Elle aurait voulu se jeter dans les bras du plus bel homme qu'elle avait jamais connu et le laisser la porter dans son lit. Mais elle désirait également sortir avec lui. Elle s'amusait bien en sa compagnie. Elle observa alors sa maison. Ici, elle ne disposait que de deux chambres. Wade ne s'en formaliserait certainement pas. Autant ne plus y penser.

Et autant ne pas se soucier de l'avenir pour le moment.

Elle se précipita vers l'entrée. En ouvrant la porte, elle le trouva déjà prêt à sonner. À peine surpris, Wade lui passa une main autour de la taille et s'invita à l'intérieur où il l'embrassa tendrement.

— Je t'ai promis un dîner et tu n'y couperas pas, lança-t-il en la relâchant pour l'admirer. Tu es merveilleuse, j'aurai du mal à me concentrer sur le menu.

— Arrête un peu, s'exclama-t-elle en riant.

Ava activa l'alarme, prit son petit sac à main noir et verrouilla en sortant avec Wade, main dans la main.

Il l'emmena dans un restaurant privé du centre-ville. Malgré le steak savoureux dans son assiette, Ava n'avait guère d'appétit, il lui tardait trop de rentrer.

Tant pis pour ces sentiments doux-amers, elle voulait passer un peu plus de temps avec lui. Elle ne pouvait s'empêcher de penser qu'il s'agirait de la dernière fois.

Dans l'air frais du matin, le soleil brillait sur Fort Worth. La ville dormait encore à moitié, mais le bruit de la circulation retentissait de plus en plus. Ava avait enfilé une blouse bleue à volants, un jean, des sandales, et avait noué un foulard de soie azur à ses cheveux. Elle savourait déjà cette journée avec Wade à l'arène.

Lorsqu'ils arrivèrent sur le parking, deux hommes discutaient devant leurs pick-up. En les voyant approcher, ils les observèrent se garer. Tous deux portaient un chapeau de cow-boy, un gris et un noir, des santiags, un jean et une chemise style western.

— Tes cousins ? s'enquit Ava sans prendre de risque.

— Oui, tous les deux. Jake et Luke.

— Je n'aurais peut-être pas dû venir. Je serai la seule femme.

— Fais-moi confiance, ils seront ravis de ta présence. Ils ne vont pas te lâcher. Ils feront semblant de s'intéresser à l'arène, mais ils vont te harceler de questions. Avec Luke, en revanche, ce ne sera peut-être que de la politesse.

— C'est lui qui a perdu sa famille il y a deux ans, non ?

— Oui, il n'est plus le même depuis.

— C'est normal. Comment s'en remettre ? Tout doit lui paraître si insignifiant. Ça m'étonne qu'il arrive encore à sortir de chez lui.

— La vie continue, et il est extraordinaire. Il ne parle plus beaucoup, mais tu l'apprécieras.

— Quand même, c'est une journée entre hommes.

— Non, pas du tout, ne t'inquiète pas. Crois-moi, c'est mille fois mieux avec toi. Et ce soir, je t'ai préparé une surprise pour te remercier de m'avoir accompagné.

Il lui souriait. Elle sentit sa peau la picoter. Alors Wade coupa le moteur. Se coiffant de son stetson brun clair, il sortit de voiture, vint ouvrir la portière à Ava et l'invita à descendre en lui prenant la main. Elle apprécia la chaleur de ses doigts délicats sur sa paume, heureuse de passer du temps avec lui, même si elle ne se sentait pas à sa place. L'arène représentait beaucoup pour la ville, particulièrement en raison du prix exorbitant couvert par Wade et ses cousins.

— Jake, Luke, lança Wade tout sourires en s'avançant vers eux. Content de vous voir.

— On se demandait si tu allais venir, plaisanta Jake.

— Ava, je te présente Luke Grayson et Jake Reed.

— Ravi que vous vous joigniez à nous, affirma Luke, d'un ton amical.

— Merci. J'ai tellement entendu parler de cette arène. Ce sera fantastique pour la ville et la région.

— Espérons-le, c'était le cas de l'ancien bâtiment, commenta Luke en se tournant vers Wade. Comment va Wynn ?

— Pour tout dire, il va y avoir du changement. Je pense qu'il va arrêter de se faire passer pour moi. Et toi, Jake ? Toujours en froid avec ton voisin ? Combien de procès t'a-t-il fait ce mois-ci ?

— Tout va bien. Pas un seul procès ni la moindre dispute en huit mois. Au moins, nous ne nous tirons pas dessus comme nos grands-parents, d'après ce qu'on m'a raconté.

Ava les écoutait, mais restait fascinée par le grand édifice. Le bois sombre se mariait à la perfection avec le verre à l'étage afin de laisser passer la lumière.

— C'est vraiment magnifique, dit-elle.

— Tu vas adorer, assura Wade avant de s'adresser

à ses cousins. Et vous deux devriez venir en ville plus souvent au lieu de rester dans vos ranchs.

— Dit celui qui n'est jamais à Dallas ou Forth Worth, rétorqua Jake.

— C'est vrai que vu d'ici, ça a l'air pas mal, fit Luke. Heureusement, quand on connaît le prix.

— Tu verras, Ava, reprit Wade, il y a onze mille trois cent soixante places assises et trois cent cinquante-six box pour les chevaux. L'architecte a aussi prévu un bar et un espace restauration. Nous attendons Bart Kingston pour la visite guidée.

Peu après, une voiture noire arriva sur le parking. Un grand blond mince en sortit pour se diriger vers eux.

— Voilà Kingston, dit Wade. Il adore ce bâtiment. Je pense que le conseil de gestion a bien fait de l'engager.

— Bonjour. Désole pour le retard, un train a causé des embouteillages. Content de vous voir.

Wade fit les présentations le temps que Bart les salue tour à tour.

— C'est un vrai plaisir, ajouta Kingston. Je tiens à tous vous remercier pour vos dons si généreux. Nous disposons désormais d'une arène hors du commun, d'ailleurs nous avons déjà un certain nombre d'événements prévus. C'est une bénédiction pour les environs. Mademoiselle Carter, je suis également ravi que vous vous joigniez à nous, ce matin. J'espère que vous êtes prêts pour une visite incroyable.

— J'ai vraiment hâte après tout ce qu'on m'en a raconté, affirma Luke.

Bart les invita alors à le suivre vers l'entrée, où

il déverrouilla les impressionnantes portes en bois sculptées à l'effigie de chevaux.

— Nous accueillerons les finales de rodéo pour l'ouest des États-Unis ainsi que des spectacles de pur-sang arabes, d'appaloosas, de *quarter horses* et le championnat Morgan. Nous attendons aussi trois rodéos, dont un championnat national des moins de dix-huit ans.

Il marqua une pause le temps de déverrouiller un nouveau portail massif. Luke, Jake et Wade s'avancèrent pour l'aider à ouvrir. Wade prit doucement Ava par le bras, et ils entrèrent dans un vestibule colossal aux colonnes de marbre et au parquet rutilant. L'odeur de bois encore frais encensait l'air.

— C'est très beau, assura-t-elle à Wade.

— Et encore, attendez de voir la piste et les installations pour les bêtes, intervint Bart. Nous avons construit des enclos et une immense grange derrière ce bâtiment. On se croirait presque à la campagne. Nous n'avons pas terminé la peinture partout et il manque certains détails, toutefois.

Quand il les mena au centre de la piste, Ava n'en revint pas.

— Je n'y connais absolument rien, mais je sais que c'est superbe, dit-elle à Wade.

— C'est vrai, répondit-il.

Ava resta admirative devant les luxueux strapontins rembourrés, équipés de tablettes pour les boissons et la nourriture, et laissant assez d'espace pour les jambes. Un peu plus haut, d'autres sièges encore plus somptueux trônaient au milieu d'allées bien dégagées.

— On dirait qu'ils ont bien investi notre argent, déclara Jake en regardant Wade. Cet endroit va marquer l'histoire. J'en aurais presque envie de reprendre la chevauchée de taureau… Presque, je connais mes limites.

— Je suis d'accord, acquiesça Wade en étudiant les lieux.

— Vous aimez le rodéo ou les chevaux, Ava ? demanda Jake.

— Les deux, mais je n'ai jamais vu de spectacle équestre.

La visite continua une bonne heure après cela. Ensuite, ils discutèrent encore un peu avec Bart et le saluèrent. Wade n'avait pas lâché le bras d'Ava de toute la matinée, même en regagnant la sortie.

— Ça va être génial, dit Luke encore une fois.

— Oui, fit Wade. Mais le conseil doit encore décider d'une date d'ouverture et trouver d'autres spectacles avant. Nous n'avons plus qu'à attendre que Bart nous rappelle.

— Et ils doivent officialiser le nom, intervint Jake. L'Arène Cal Brand. Ça sonne bien, mais je préférerais que Cal soit là avec nous.

— Bien, vous voulez aller manger quelque part ? s'enquit Wade.

— Seulement si Ava vient avec nous, lança Jake en souriant à la jeune femme.

— Bien sûr.

Ils trouvèrent donc un restaurant, et Ava découvrit à quel point les trois cousins étaient drôles, heureux de passer du temps ensemble. Plus elle apprenait à connaître Wade, plus elle s'attachait à lui et se faisait du mal. Comment pouvait-il ne pas vouloir de bébé quand il s'entendait si bien avec ses proches ? Ses enfants finiraient peut-être comme Jake et Luke. Au milieu des rires, elle ne put s'empêcher de repenser au moment inéluctable où elle allait le quitter. Cette matinée n'avait que renforcé ses sentiments pour lui, et cela lui brisait le cœur.

Elle se tortura ainsi jusqu'au soir. Elle parvint cependant à se détendre autour d'un dîner au restaurant pour mieux savourer leur nuit d'amour sauvage, chez lui.

Elle se réveilla seule, l'odeur de Wade encore sur les draps. Elle pivota pour enfouir le visage dans son oreiller, s'imprégner de son parfum. Elle savait que l'heure avait sonné, ils venaient de passer leur dernière nuit ensemble.

Se traînant hors du lit, elle prit une douche et remit sa robe noire, ses seuls vêtements disponibles. Elle le rejoignit dans la cuisine où il avait préparé le petit déjeuner. D'après ses cheveux humides, il s'était lavé lui aussi. Comme toujours, il l'ébahissait avec un simple jean, une chemise en denim et ses bottes.

Wade se leva pour lui donner un long baiser fougueux. Elle sentit ses jambes la lâcher et crut ne jamais pouvoir lui annoncer sa décision.

Lorsque leurs regards se croisèrent, il pencha la tête sur le côté d'un air hésitant. Elle se demanda s'il savait. Mais, une seconde plus tard, il lui sourit pour la serrer de plus belle.

— Tu es toujours aussi merveilleuse.

Malgré un petit déjeuner copieux à base d'œufs, de pain grillé, de fraises, de myrtilles et de café, Ava n'avait que peu d'appétit. Sa gorge se nouait un peu plus à chaque bouchée.

Wade se pencha en arrière sur sa chaise.

— J'aimerais te faire visiter mon ranch, aujourd'hui.

Les yeux ancrés aux siens, elle aurait voulu accepter de tout son être. Il n'avait jamais invité d'autres femmes sur sa propriété auparavant ; elle occupait une place particulière dans sa vie. Cela suffirait-il seulement à le faire changer d'avis ? Elle se retrouva tiraillée entre le quitter tout de suite et tenter de le convaincre petit à petit.

Alors, le téléphone de Wade sonna. Il répondit, fronça les sourcils et se leva pour faire les cent pas. Il parlait doucement, d'une voix inquiète. Sans vouloir se montrer indiscrète, Ava perçut quand même quelques bribes de conversation.

Quand Wade raccrocha, il se tourna vers elle. Il devait s'agir d'une mauvaise nouvelle.

- 10 -

— C'était Jack. Papa est à l'hôpital. On lui pose un pacemaker.

— Mais, c'est terrible. Va les rejoindre, je rentre en taxi.

— Non, je te dépose en passant, mais nous partons tout de suite.

— D'accord. J'attrape mon sac à main et c'est bon, fit-elle en se précipitant dans la chambre, inquiète pour lui et sa famille.

Ils prirent la route en silence quelques instants plus tard. Une fois chez elle, elle se tourna vers lui en détachant sa ceinture.

— Ne coupe pas le moteur, Wade. Je descends et tu y vas. Appelle-moi quand tu auras des nouvelles ou si je peux faire quoi que ce soit. Toi et ta famille m'êtes très chers.

— Merci, répondit-il en souriant. Je te contacterai quand j'en saurai plus.

Elle se dépêcha de rentrer tandis que la voiture s'éloignait. Sur les marches de l'entrée, elle jeta un coup d'œil en arrière. Le véhicule tournait au coin de l'allée. Elle avait l'impression de le voir disparaître de sa vie.

Cette crise cardiaque renforcerait la volonté de

Wade de ne pas se marier ou avoir d'enfant, il allait la placer sur les exploits de Wynn. Ava fut en proie à une tristesse incomparable.

Il aurait beau insister, elle n'irait pas à son ranch. Elle ne pouvait plus sortir avec lui. L'heure était venue de lui dire adieu à tout jamais.

Une douleur monumentale la transperça, bien plus forte qu'elle ne l'avait imaginé.

Environ deux heures passèrent avant son appel.

— Désolé de t'avoir ramenée si vite. Mon père se porte bien, ce n'était pas aussi grave que ce que Jack pensait. Le pacemaker est en place, et papa doit rester à l'hôpital pour des examens supplémentaires. Heureusement, il va bien.

À sa voix agitée, Ava comprit à quel point il était nerveux. Et à raison. Il aimait tant son père. Sans lui laisser le temps de réagir, Wade ajouta :

— Tu veux dîner avec moi ? Rien d'extraordinaire. Un repas et une soirée ensemble. Je préfère ne pas rester seul et j'aimerais te voir.

Elle sentit sa poitrine s'alourdir. Elle aurait espéré ne pas avoir à l'éconduire quand il s'inquiétait pour son père. Cependant, cela ne pouvait plus durer.

— D'accord, fit-elle, désemparée.

— Bien. 19 heures ?

— Parfait. On se rejoint si jamais tu dois retourner à l'hôpital ?

— Non, ça ira. Je suis assez confiant pour papa. J'ai hâte de te retrouver.

— Moi aussi, murmura-t-elle, la gorge nouée et le souffle court de tant d'émotions contraires.

Si elle en arrivait là au téléphone, dans quel état se trouverait-elle une fois face à Wade ?

— Tu sais quoi, disons 18 h 30. Nous pourrons retourner chez moi plus tôt comme ça.

— Si tu veux, affirma-t-elle, attristée, désireuse de sentir ses bras puissants sur son corps.

— À tout à l'heure.

Ava mettrait un terme à leur histoire. Elle enfouit son visage dans ses mains, incapable de retenir ses larmes face à tant de peine, face à la vérité. Dès les premiers instants, elle avait éprouvé pour lui un amour encore inimaginable jusque-là.

Le soir, elle enfila un haut rouge et une jupe marron. Elle regrettait de ne pas avoir laissé ses cheveux lui retomber sur le visage ; son cœur saignait déjà assez, inutile de voir Wade au moment où elle lui annoncerait. Comment avait-elle pu autant s'attacher à lui en si peu de temps ? Facile, il se montrait si incroyable en tout. Lorsque Ava entendit une voiture devant chez elle, elle alla ouvrir.

Wade portait un jean, une chemise en denim bleue et ses habituelles bottes. Il gravit les marches du porche deux par deux. Là, il observa la jeune femme de pied en cap.

— Salut, toi, lança-t-il en entrant puis en refermant la porte derrière lui. Tu es plus appétissante que tous les repas du monde. La journée n'a pas été facile, mais ça va mieux, maintenant.

Il lui passa les bras autour de la taille et se pencha pour l'embrasser.

Ava en oublia sa décision. Rien n'existait plus que ses lèvres sur les siennes et ses muscles saillants collés à elle.

Elle ignora combien de temps ils restèrent ainsi, mais il finit par la soulever pour lui demander où se trouvait sa chambre. Elle lui montra d'un geste de la main. Il la porta jusque sur son lit et lui fit l'amour. Ils se blottirent ensuite l'un contre l'autre. Wade jouait avec les cheveux d'Ava, soulevait ses mèches pour les laisser retomber.

— Tu es tellement belle. J'avais juste envie d'être seul avec toi. Mais si tu mets une robe, je t'emmène dîner.

— Si tu veux faire dans la simplicité, j'ai de la viande hachée au congélateur. Je peux préparer des hamburgers au gril.

— C'est toi qui vois, assura-t-il en la serrant contre lui.

Ils prirent une douche et se rhabillèrent.

— Je m'occupe de la viande, et toi du reste, proposa Wade en la suivant dans la grande cuisine jaune et blanche aux vastes fenêtres.

Ava n'avait pas faim. Pendant le dîner, ils parlèrent de l'opération d'Arlo et de l'arène.

— La direction envisage une superbe fête pour l'ouverture, l'an prochain. J'aimerais que nous y allions ensemble.

Elle força un sourire.

— C'est encore trop loin pour prévoir.

— C'est donc un non.

— C'est un « c'est encore trop loin », répliqua-t-elle dans l'espoir de changer de sujet. Comptes-tu prendre part aux rodéos ?

— Non, ça fait des années que j'ai arrêté, mais j'adore l'ambiance, répondit-il en regardant l'assiette d'Ava. Tu n'as pas faim ? Quelque chose ne va pas ?

L'heure était venue, elle le savait.

— Rentrons. Je m'occuperai de la vaisselle plus tard.

— Laisse-moi t'aider, ça ira plus vite, fit-il en portant assiettes et couverts dans l'évier.

Elle le prit alors par le poignet.

— Viens, il faut qu'on parle.

Elle l'emmena dans le salon. De grandes fenêtres donnaient sur des rosiers en fleur orientés vers l'est.

Ils s'assirent face à face sur le sofa.

— Que se passe-t-il, Ava ?

Elle espérait parvenir à garder son sang-froid.

— Wade, ces derniers jours ont été merveilleux. J'en ai apprécié chaque instant. Mais toutes les bonnes choses ont une fin. Je ne veux plus souffrir et, avec toi, je crois que je ne m'en remettrais pas aussi bien qu'avec mon ex.

— C'est à cause de mes opinions sur le mariage et les enfants ? demanda-t-il, soudain plus intense.

— Exactement. Tu t'es montré très clair à ce sujet.

— Oui, je te le répète, c'est à cause de Wynn si papa a des problèmes cardiaques.

— Et son opération n'a pas dû te faire changer d'avis.

— Non, effectivement, reconnut-il.

— Mais moi, je veux me marier, fonder une famille. Je dois te dire adieu avant de tomber follement amoureuse et ne pas savoir comment me remettre de notre rupture. Il n'y a pas de compromis permis, ici.

— Non, assurément pas.

Ils s'observèrent pendant un long moment douloureux. Elle se mit debout dans l'espoir de s'éloigner de ses yeux sombres plongés au fond de son âme. Elle refréna ses larmes, elle devait recouvrer son calme avant de continuer.

— Il vaudrait mieux ne plus nous voir du tout. Les sentiments sont trop importants pour moi. Je n'ai rien à ajouter, il faut que ça s'arrête.

Il se leva, toujours concentré sur elle. Puis, il hocha la tête.

— Je ne veux pas te dire au revoir, mais je ne veux pas te faire de peine. Je ne pensais pas te causer autant de souffrance.

— C'est ma faute, tu as été franc dès le départ.

Il se tut encore un instant, la tête baissée.

— Ça ne me plaît pas, mais je comprends.

Avant qu'il ne s'en aille, Ava croisa son regard hanté par la même peur que la sienne. Elle le suivit vers la sortie. Il ouvrit la porte et se retourna, les sourcils froncés.

— Tu es parfaite, et je t'ai fait du mal. Ce n'est pas ce que je voulais.

— Je le sais, Wade. Mais nous ne sommes simplement pas compatibles.

— Oui, c'est pour le mieux, maugréa-t-il, la mâchoire crispée. J'espère seulement que tu me comprends.

— Wade, je ne comprendrai jamais. La famille, il n'y a rien de plus beau dans la vie… L'amour d'un conjoint, d'enfants, de frères et sœurs. Je n'ai jamais souhaité rien d'autre et je trouve dommage que tu t'en prives à cause de Wynn. Si tu te mariais, tu ne serais pas comme ton père, ta femme ne serait pas comme ta mère, et tes enfants grandiraient différemment de Wynn. Je sais qu'il vous a fait du mal, mais tu ne laisserais pas le même schéma se reproduire.

Ava dut se détourner à ces mots. Elle serra les poings, mais ne put retenir ses larmes cette fois-ci.

— Bon sang, je t'ai fait pleurer, pesta-t-il en s'avançant pour lui prendre le visage en coupe et lui essuyer les joues. J'aimerais ne pas te dire adieu, mais une femme si séduisante et si intelligente que toi m'oubliera facilement.

Elle en doutait. Où trouverait-elle un autre homme si bon, attentionné, accompli et au charme si troublant ? Elle ne put s'empêcher de se répéter qu'elle aurait dû couper court à cette histoire bien plus tôt.

Encore une fois, elle tenta de se ressaisir, de ne pas laisser ses émotions lui dicter sa conduite. Ils ne s'étaient jamais rien promis. Elle devait sécher ses larmes, relever la tête.

Wade resta là, à passer les doigts sur ses joues en douceur, à écarter ses longues mèches blondes de son visage.

— Tu as occupé une place particulière dans ma vie, Ava. Si tu changes d'avis pour le ranch, pour sortir ou si tu veux simplement discuter, tu sais où me trouver.

— Je sais, souffla-t-elle en lui déposant un baiser sur la joue avant de s'éloigner.

Cependant, Wade la prit par les hanches pour la serrer contre lui de toutes ses forces. Il l'embrassa avec une fougue incomparable. Ava frissonna contre lui, perdue dans le flou de ses lèvres, de sa langue et leur étreinte.

Quand il la relâcha enfin, ils s'observèrent, à bout de souffle.

— Je ne t'oublierai jamais, déclara-t-il d'une voix rauque.

Puis, il se retourna et regagna sa voiture à grands pas.

Elle referma la porte, incapable de bouger. Elle pleura à chaudes larmes dans cette maison si froide, si silencieuse.

Wade n'était pas celui qu'elle attendait.

Le visage enfoui dans les mains, Ava sanglota pour cet amour perdu, cette histoire incomparable. Wade représentait la perfection à bien des égards, hormis les deux plus importants. Elle n'envisageait pas la vie à sa manière. Lui n'imaginait pas l'avenir selon ses termes. Par ailleurs, il ne partageait même pas ses sentiments.

Elle alla se blottir dans un fauteuil en quête d'un quelconque réconfort.

— Je t'aime, Wade Sterling, murmura-t-elle entre

deux sanglots. Mais je ferai tout pour t'oublier. Je suis sûre que toi, tu y arriveras sans problème.

Malgré tout, elle désirait encore se trouver près de lui. Elle l'aimait. Elle devait se l'avouer, elle l'aimerait pour le reste de ses jours.

- 11 -

En rentrant chez lui, Wade ne put réprimer sa peine. Il voulait montrer son ranch à Ava, passer la nuit avec elle, lui faire l'amour.

De tels sentiments le laissèrent sans voix. Aucune femme ne s'était jamais immiscée dans son cœur de la sorte. Ava lui manquait.

Elle hantait ses pensées. Et ses baisers… Ils déchaînaient des tempêtes en lui, le faisaient frissonner des pieds à la tête. Il devrait s'en passer dorénavant. Il ne lui restait qu'une solution : aller de l'avant.

Il comprit qu'il n'avait éprouvé cela avec aucune autre. Il avait toujours su mettre un terme à ses aventures sans s'impliquer. Olivia en incarnait le meilleur exemple. Il tenta de se persuader que tout serait pareil avec Ava. Il n'était pas amoureux. Il s'en remettrait. Il n'avait pas le choix.

Le lendemain, il se rendit au ranch Bar S. Il était resté en ville plus longtemps que d'habitude. S'il avait pensé avoir prolongé son séjour afin de recouvrer la mémoire, il se rendit vite compte qu'il n'avait pas voulu quitter Dallas à cause d'Ava.

La nuit dernière s'était avérée longue et empreinte de solitude. Il songeait trop à elle, cherchait à l'oublier, à se convaincre qu'une autre femme croiserait sa route, en vain. Il devait travailler pour se changer les idées.

Il avait donc pris un pick-up qu'il gardait à Dallas. Le shérif l'avait appelé plus tôt dans la matinée, il avait retrouvé sa voiture. Ainsi, avant de partir, il avait fait livrer au shérif Ellison, Gerald et Molly de gros cartons de saumon d'Alaska en plus de pâtisseries d'une célèbre enseigne texane.

Il aurait souhaité montrer une telle gratitude à Ava. Elle allait devoir se contenter de cette soirée au restaurant privé.

Il ouvrit la fenêtre en roulant, espérant sentir la brise balayer ses souvenirs d'elle.

Une fois au ranch, il se consacra à son travail. Entre l'entraînement des chevaux avec les autres cow-boys, les rénovations d'une grange et la construction d'une niche pour un chien errant qu'il avait adopté, il lui restait peu de temps libre.

Les week-ends s'avéraient cauchemardesques. Il priait presque pour qu'une tâche harassante se présente et lui permette de s'écrouler de sommeil à la fin de la journée.

Dans l'espoir de se détendre, il appela une ancienne conquête, un soir. Il avait fréquenté plusieurs femmes dans les environs du ranch.

Toutefois, rien ne se déroula comme prévu.

Il n'avait pensé qu'à Ava toute la soirée pour finir par ramener Nan chez elle très tôt. Sur le pas de la porte, elle lui avait dit :

— Je me suis bien amusée, ce soir, mais depuis le

temps qu'on se connaît, Wade, je sens que quelque chose te tracasse. Serait-ce la santé de ton père ?

— Non, Nan, répondit-il en souriant à la jolie rousse. Certaines choses ne se sont pas déroulées comme je l'espérais dernièrement.

Elle rigola et lui donna une tape sur l'épaule avant de se pencher pour l'étudier de plus près.

— Une femme t'aurait-elle fait du mal ? Ça devait bien arriver un jour, même à toi.

— Je ne crois pas, dit-il. Tu me connais.

— Moi, oui, mais ton cœur peut-être pas. Quelque part, tu le mérites, en vérité. Tu as tellement fait pleurer de filles sans savoir ce que ça fait.

— C'est bon, arrête, la coupa-t-il en secouant la tête et en souriant. Désolé si j'étais ailleurs.

— Je ne pensais pas voir ce jour arriver, continua-t-elle en l'embrassant sur la joue. Mon petit, tu es amoureux et tu ne t'en rends même pas compte, ou alors tu fais exprès de te voiler la face. Ma foi, tu t'en remettras, comme tout le monde. Merci pour la soirée. On s'appelle.

Elle ricana en refermant derrière elle.

Wade regagna son ranch ensuite. Un gros chien poilu l'accueillit quand il passa la clôture.

— Salut, Buster. Tu veux aller voir les cow-boys ou me tenir compagnie ?

L'animal s'assit pour le lorgner. Wade lui fit un signe de tête et rentra chez lui, laissant ouvert pour Buster.

Sa grande maison lui semblait bien morose malgré la présence du chien. Il s'imagina Ava sur le sofa, en jean moulant et en talons hauts. Elle l'obnubilait, il se demandait ce qu'elle faisait. Songeait-elle à lui ou fréquentait-elle déjà quelqu'un d'autre ? Il ne comptait plus les fois où il avait fixé l'écran de son téléphone, à lutter pour ne pas l'appeler.

Il erra jusqu'à la cuisine, le claquement de ses bottes pour seul bruit dans la demeure. Dans le vide caverneux, il lui sembla entendre l'écho de la remarque de Nan. « Tu as tellement fait pleurer de filles sans savoir ce que ça fait. »

Elle marquait un point. Il avait toujours réussi à les oublier. Pas cette fois-ci. Personne ne lui avait jamais sincèrement manqué. Et cette peine l'empêchait même de se concentrer, sentiment tout aussi inédit.

Son estomac se noua. Nan avait-elle raison ? Était-il amoureux ? Cette découverte l'ébranla.

— Bon sang, s'exclama-t-il.

Wade s'installa dans un fauteuil en grommelant et caressa le dos de Buster. Comment pouvait-il avoir Ava dans la peau en si peu de temps malgré leurs rêves opposés ? Il se passa la main dans les cheveux. Il ignorait les réponses à tant de questions, mais une chose restait sûre, il irait bientôt mieux.

— Bon, c'est l'heure de transpirer, dit-il à Buster en se levant. Tu viens avec moi dans la salle de sport ? J'aimerais qu'Ava soit avec nous.. Tu l'aimerais bien, et elle t'adorerait aussi. Qu'est-ce qu'elle me manque !

Il allait devoir courir longtemps dans l'espoir d'écarter Ava de ses pensées.

Un dimanche après-midi, alors qu'il profitait d'un café, un de ses employés lui apprit que Wynn venait d'entrer sur la propriété. Ce dernier évitait le ranch, il détestait les chevaux, les fermes et tout ce qui s'en approchait. Wade ignorait donc les raisons de sa visite. Il le saurait bien assez tôt. Il s'installa dans un rocking-chair blanc sous le porche, les pieds sur la rambarde. Puis, il resongea à son père. Un froid glacial lui étreignit le cœur, de peur qu'il ne lui fût arrivé autre chose.

Il aperçut les premiers nuages de poussière et la voiture de sport rouge. Wynn n'avait pas changé depuis l'adolescence, il aimait toujours autant les bolides. Il fit un dérapage pour s'arrêter puis ne sortit qu'une fois la fumée éparpillée au vent. Il contourna le véhicule et s'avança vers la maison. Malgré sa tenue décontractée, une chemise turquoise au col ouvert, un pantalon charbon et des mocassins, il semblait nerveux.

La curiosité et l'inquiétude de Wade grandirent d'un coup car, à l'exception d'un cas extrême, il se serait contenté d'appeler.

— Est-ce que papa va bien ? lui demanda Wade.

— Aux dernières nouvelles, oui. Je ne viens pas pour ça.

Wade poussa un soupir de soulagement.

— Alors que me vaut l'honneur ?

Wynn avait l'air hésitant, la mâchoire crispée, une lueur sombre dans le regard. D'habitude, il se montrait si franc et facile à lire que Wade se fit presque du souci pour lui.

— Assieds-toi, Wynn, déclara-t-il en pivotant pour désigner le fauteuil à côté du sien. Ce sera peut-être plus simple.

— Bien, tu sais que je suis papa. Tu n'as pas dit à Violet que c'était à toi qu'elle parlait au téléphone.

— Ah, oui, dit-il, surpris de voir cette conversation accidentelle resurgir aujourd'hui. J'ai pensé que tu n'avais pas dû lui préciser que tu avais un frère jumeau, alors je n'ai pas insisté.

Le silence s'installa. Wade se posa de plus en plus de questions sur l'attitude si étrange de Wynn.

— Tu lui as dit que le chèque arriverait par la poste. C'est comme ça que j'ai su que tu lui avais parlé. Elle m'a plus ou moins menacé de tout révéler si je lui mentais.

— J'étais surpris et j'ai essayé de trouver quelque chose que tu aurais pu dire.

Wynn acquiesça, apparemment satisfait de cette réponse. Il se détourna alors, concentré sur quelque chose au loin, les doigts agités sur une corde attachée à son fauteuil.

— Wynn, tu n'as pas fait tout ce chemin pour ça. Qu'y a-t-il ?

— Tu n'as rien dit aux parents, fit-il en le regardant de nouveau. Tu as gardé le secret. Pourquoi ?

— C'est ton problème, répondit Wade en haussant les épaules. En y réfléchissant, j'ai pensé que tu savais ce que tu faisais, que ce serait préférable pour maman et papa de ne pas l'apprendre.

— Je ne te comprends pas. Tu tenais l'occasion de te venger de tout le mal que je t'ai causé. Une vraie revanche. Tu aurais même pu pousser Olivia à rompre avec moi.

— Non, mais c'est dingue…, maugréa Wade, abasourdi de voir à quel point son frère ne saisissait pas pourquoi on ne voudrait pas lui causer de tort. Tu es absolument incapable de comprendre comment agir de façon décente ou juste. Bon sang, Wynn, d'après moi, la vie est bien plus agréable et on a bien plus d'amis quand on est sympathique. Tu devrais essayer, un jour. Tu es vraiment perdu, je me trompe ?

Wynn le fixait encore de cet air confus.

— Je sais à quel point j'ai déjà pu te pousser à bout.

— C'est vrai. Mais je n'ai pas envie de te rendre la pareille pour autant. La méchanceté et la vengeance ne m'amusent pas.

Wynn lâcha la corde et se pencha en arrière, silencieux.

— Tu sais quoi, Wynn ? Pour la première fois de ma vie, tu me fais de la peine. Tu ne sais même pas ce que tu rates.

Ils s'observèrent encore un moment. Wynn aurait paru moins choqué face à un monstre de l'espace. Cependant, Wade se sentait obligé de venir en aide à son jumeau.

— Wynn, nous avons passé notre vie à nous disputer. Toi et moi devrions être frères, au sens véritable du terme. Regarde, nous n'arrivons même pas à partager un café. C'est triste de ne trouver aucun terrain commun.

— Je t'ai pris Olivia, la femme parfaite, le rêve de tout homme, et tu ne m'en veux pas ?

Wade l'étudia un moment avant de secouer la tête.

— Mais non, Wynn. Olivia est superbe, mais elle te correspond mieux... Tu sais quoi ? Il n'est pas trop tard pour devenir de vrais frères. Tu veux un café ?

Wynn sourcilla, de toute évidence intrigué.

— Tu ne plaisantes pas ?

— Non. C'est comme ça avec Lucy, Jake, papa et maman. Nous sommes heureux de passer du temps ensemble. C'est ça, la famille. Il n'est pas trop tard pour toi.

Wynn se figea puis finit par hocher la tête.

— J'imagine que ça ne coûte rien d'essayer... Allez, c'est d'accord.

— Ne bouge pas. J'en ai préparé tout à l'heure. J'arrive.

Wade se rendit dans la cuisine, se demandant s'ils allaient se supporter dix minutes de plus. Il posa deux tasses, du sucre, du lait, des cuillers et des serviettes sur un plateau puis ressortit presque aussitôt.

— Il y a un début à tout, ironisa Wynn en observant son frère mettre le tout sur une petite table.

— Oui, mais nous devrions faire cet effort.

Wynn prit sa tasse pour boire une gorgée.

— Merci, ça me rassure que tu gardes mon secret.

— De rien. Tu devrais essayer ma façon de vivre, un jour... Et ça ne veut pas dire de te faire passer pour moi.

— Olivia m'a fait jurer de ne plus recommencer, se défendit Wynn d'une manière qui lui ressemblait déjà plus.

— Elle apprendra, répondit Wade en secouant

la tête. C'est génial que vous soyez amoureux. Tous mes vœux de bonheur.

— Tu le penses vraiment, en fait.

— Mais oui. Tout ce que je t'ai dit aujourd'hui était sincère.

Wade tendit la main à son frère qui la lui serra en retour. Il sourit alors et lui donna un petit coup de poing à l'épaule.

— Je n'en reviens pas que mon jumeau se marie.

Le mariage… Cette idée ramena Wade à Ava. Même après toutes ces semaines, les souvenirs le percutèrent de plein fouet.

Wade prit une grande inspiration. Il se rappela l'agitation de son cœur et les réactions de son corps en sa compagnie. Ses yeux bleus l'achevaient. Qu'il la voie en rêve ou là, tout près, le désir le consumait de la même manière. Rien dans l'univers n'aurait pu le pousser à regarder une autre femme comme il admirait Ava, merveilleuse, unique, spéciale. Seulement, elle ne serait jamais sienne, pas comme Olivia avec Wynn.

Il sortit de sa rêverie quand son frère reprit la parole.

— Je pense écouter ton conseil et essayer d'agir à ta manière. Je connais déjà le rôle, peut-être atteindrais-je le bonheur.

— Inutile de m'imiter dans les moindres détails, contente-toi d'être plus aimable avec tout le monde. Tu te trouveras peut-être des amis insoupçonnés. Tu peux mener une vie meilleure. Commence déjà avec nous. Nous portons tous les stigmates de ta frustration et tes manigances.

— C'est vrai. D'autres ne se seraient pas privés pour se venger. Merci pour le bébé. C'est une fille, d'ailleurs. Je lui enverrai de l'argent jusqu'à ce qu'elle soit indépendante. Je ferai les choses correctement.

— Tu es vraiment sûr de ne pas vouloir l'apprendre à papa et maman ?

— Oui. Ils n'aimeraient pas la mère.

— La petite leur donnerait un terrain d'entente, Wynn.

Ils se turent un instant, à savourer leur café, Wynn perdu dans ses pensées, l'air plus grave.

— J'y songerai.

— Bien. Tu ne regretterais pas de leur présenter leur petite-fille, c'est certain.

— Je n'y ai jamais réfléchi.

— Même s'ils n'apprécient pas la mère, ils aimeront cet enfant. Ils pourraient avoir une bonne influence sur cette femme.

— Tu as sans doute raison, Wade… Tu sais, j'ai demandé à maman pourquoi elle a épousé papa. Je continuerai de l'appeler papa, soit dit en passant.

— Tant mieux. Malgré les liens du sang, il reste notre père. Alors, pourquoi se sont-ils mariés ?

— Apparemment, elle était célibataire, enceinte, sans le sou et ne voulait pas élever un enfant toute seule. Papa a fini par l'inviter à sortir et, à sa manière discrète, il l'a séduite et lui a demandé sa main. Maman ne lui a jamais avoué qu'elle était déjà enceinte, mais elle n'a pas tardé à l'aimer. Elle avait compris qu'elle avait trouvé le meilleur père au monde pour ses bébés.

Wynn reposa sa tasse pour se pencher en avant.

Il adressa à son frère un regard empreint d'une sincérité rare.

— Wade, cette fille qui est venue à la maison, Ava, elle comptait pour toi. Je crois même que tu l'aimes si je ne m'abuse.

— En effet.

Les mots lui avaient échappé. Quel choc ! Seulement, à quoi bon nier, par tous les diables ? Il était tombé amoureux fou d'Ava Carter.

— Alors, va la retrouver.

Là, Wade se refroidit. Impossible de retourner à Dallas afin de reconquérir la femme de sa vie.

— Sérieusement, Wade, dit son frère tout en ricanant. Je ne l'ai peut-être pas fait de manière conventionnelle, mais je me suis battu pour celle que je désirais. Et je vais me marier. Je n'en reviens toujours pas, mais j'aime Olivia. Je ne m'imagine pas encore en père, cela dit, cette simple idée me fait trop peur.

— Mais pourquoi ? s'enquit Wade, curieux de savoir ce que redoutait son frère.

— Je ne connais rien aux enfants. J'étais méchant avec Jack, je le considérais comme une vraie plaie.

— Je crois qu'on voit ses frères différemment de ses enfants, commenta Wade, incapable de se figurer Wynn en adulte responsable.

— Je vais te laisser, fit alors Wynn en se levant et en reposant sa tasse. Merci encore pour tout.

— Aucun problème, répondit Wade en l'accompagnant.

— Nous avons survécu à un café, nous pourrions survivre à un déjeuner un de ces jours.

— Je veux bien, acquiesça Wade. Je t'appelle, la semaine prochaine. En attendant, essaye de suivre mes conseils. Après tout, la famille passe avant tout.

— À bientôt.

Wynn descendit les marches du porche et regagna sa voiture. Wade l'observa reprendre la route. Son frère allait-il changer ? Deviendrait-il un bon père ?

Après avoir sermonné Wynn, il repensa à sa situation. Il comprenait mieux sa solitude et sa peine des trois dernières semaines. Il aimait éperdument Ava, impossible de le nier plus longtemps. Cela suffirait-il à la combler de bonheur ?

Des enfants avec elle... Tout à coup, cette perspective lui semblait parfaite. Il ne s'imaginait devenir père avec aucune autre. Il le savait, il allait devoir accepter cette idée s'il désirait vivre avec elle. Si elle l'avait quitté pour éviter les peines à venir, il connaissait désormais un meilleur moyen de ne plus la faire souffrir.

Il saisit son téléphone pour appeler Ava. Il devait la voir.

- 12 -

Wade venait chez elle.

Après trois semaines, elle ne s'attendait plus à un appel de sa part. Elle ne comprenait pas trop, il ne lui avait fourni aucune explication. Mieux valait ne pas fonder de faux espoirs au cas où il n'avait pas changé d'avis. Pourquoi aurait-ce été le cas ? Après l'opération de son père, Wade s'était montré encore plus réticent envers le mariage et les enfants.

Dès son retour chez elle, elle s'était plongée corps et âme dans son travail. Elle devait s'occuper, passer le moins de temps possible toute seule dans l'espoir de ne plus repenser à leurs étreintes, à lui. Cependant, tout la ramenait à la vivacité de Wade, sa façon de flirter et lui faire l'amour passionnément. Il lui manquait tant, et elle l'aimait comme elle n'aimerait plus jamais, mais elle ne pouvait oublier ses rêves.

Peu importent ses raisons, elle savait que cela ne fonctionnerait pas.

Malgré tout, elle s'était maquillée et attaché les cheveux avec un foulard écarlate. Elle avait enfilé une robe rouge à manches courtes à col en V et à la jupe ample qui retombait en plis sous la taille. Elle avait même mis des talons assortis.

En entendant sa voiture, elle ne put s'empêcher de

se rendre à la fenêtre, le cœur battant. Elle tenta de se calmer au cas où il venait sans arrière-pensées, en vain. Il sonna, elle lui ouvrit.

Une tempête se déchaîna en elle ; il était si beau dans son costume bleu marine style western, sa chemise blanche avec ses habituels poignets mousquetaires à boutons de manchettes dorés et ses bottes noires. Elle se demanda si elle l'aimerait jusqu'à la fin de ses jours sans jamais trouver d'autre homme tant il les surpassait tous. Elle aurait voulu se pendre à son cou. Cependant, elle inspira et, d'une voix assez calme en vertu des tambours dans sa poitrine, le salua.

— Je peux entrer, Ava ?

— Ah… Euh, oui, bredouilla-t-elle quand elle réalisa qu'elle était restée là à le dévisager.

Fendu d'un sourire, l'œil pétillant de curiosité, il s'avança, referma et se tourna vers elle.

— Tu es magnifique.

— Merci, dit-elle en l'invitant à la suivre dans le salon. Assieds-toi.

Il ne bougea pas, trop occupé à la regarder.

— Tu m'as manqué, Ava.

— Toi aussi.

Elle se demanda ce qu'il avait en tête. Pourquoi venir lui briser le cœur ainsi ?

— Je ne sais pas par où commencer, murmura-t-il d'une voix presque inaudible. Je ne suis rien sans toi, Ava. Je t'aime. Personne ne compte plus au monde que toi.

Encore une fois, elle aurait voulu obéir à ses pulsions, mais, s'il n'existait aucun avenir entre eux, elle préférait s'en garder. Elle resta donc là, debout, hypnotisée par le désir dans ses yeux.

Wade s'avança pour lui passer les bras autour de la taille.

— Je t'aime, Ava, reprit-il d'une voix chevrotante. Je veux t'épouser, te faire des enfants. Avec toi pour mère, ils seront incroyables.

Était-ce la réalité ? Elle en avait rêvé toutes les nuits depuis leur séparation.

— Ava ? Tu m'entends ? lança-t-il, inquiet, en la serrant un peu plus contre lui.

Elle recouvra ses esprits.

— Tu es sincère ? lui demanda-t-elle en se reculant légèrement, à la fois ébahie et pleine d'espoir. Tu souhaites vraiment avoir des enfants ?

— Tant que tu es heureuse. Si c'est ce que tu désires, alors moi aussi.

— Tu en es sûr ? Tu ne changeras pas d'avis ?

— Absolument certain. Je ne peux plus vivre seul, encore moins sans toi. C'était un vrai calvaire. Veux-tu m'épouser ?

Elle ne put s'empêcher de pleurer.

— Tu m'as manqué et je t'aime.

— Pourquoi tu pleures ? fit-il en séchant ses larmes.

— Je suis si heureuse, balbutia-t-elle entre deux baisers, à la fois soulagée et abasourdie.

Elle ne fut pas au bout de ses surprises quand il la relâcha pour poser un genou à terre et fouiller dans sa poche.

— Ava Carter, je t'aime de toute mon âme. Je

ne peux pas me passer de toi et nous aurons autant d'enfants que tu voudras.

Elle riait et pleurait en même temps. Si elle n'en revenait toujours pas, elle croyait en lui.

— Et si j'en veux six ? s'enquit-elle.

— Tant que je suis près de toi, j'en serai ravi. Mais est-ce que tu vas me répondre ? Accepteras-tu ma main ?

— Oui. Je t'aime.

Il lui tendit alors un petit écrin enrobé de papier blanc et d'un ruban rose. Elle l'ouvrit, le cœur battant. Elle resta sans voix face à l'énorme diamant serti sur l'anneau d'or.

— Je l'adore.

Wade se releva afin de lui passer la bague au doigt, son regard ténébreux ancré au plus profond du sien.

— J'ai tant rêvé de cet instant, tu n'imagines même pas combien de fois. Mais, pourquoi, Wade ? Je ne pensais pas que tu changerais d'avis.

— Il faut parfois revoir ses convictions. Olivia a eu une influence sur mon frère, et toi sur moi. En discutant avec Wynn, j'ai compris que tu avais raison depuis le départ. La famille est ce qui compte le plus au monde. Et tes enfants seront de bonnes personnes, tout comme toi. Je t'aime. Je ne me lasserai jamais de toi.

Il l'embrassa. Un long et tendre baiser qui rappela à Ava à quel point il la chérissait, la désirait. Elle s'agrippait à lui, des tambours dans la poitrine, submergée d'amour et du bonheur à venir.

— J'ai une condition, reprit-elle quand elle retrouva son souffle. Je veux me marier bientôt.

— Nous ne pouvons pas gâcher les noces de mon frère, c'est en décembre, répondit-il. Mais nous pouvons organiser une petite réception et prévoir une lune de miel.

— Et si nous disions début novembre ?

— Parfait, s'exclama-t-il. C'est dans quelques jours à peine.

— La date importe peu, je n'ai plus de famille.

— Nous allons y remédier.

Il la souleva, l'embrassa puis l'amena dans la chambre. Elle rouvrit les yeux pour les poser sur lui puis sur sa bague étincelant à la lumière douce.

— Je t'aime, tu as fait de moi la femme la plus heureuse au monde.

— As-tu déjà songé à l'avenir ? Pourrais-tu vivre dans un ranch ?

— Avec toi, oui. Je devrais peut-être passer ce diplôme d'enseignante. J'imagine qu'il y a une petite école de campagne là où tu habites.

— C'est le cas.

— Je garderai la maison à Persimmon pour les vacances. Des vacances ensoleillées par nos enfants.

— Il me tarde déjà de te montrer la ferme.

— Est-ce que tu as une dépendance pour les amis ? lui demanda-t-elle tandis qu'il la couvrait de baisers et de caresses.

— J'en ai même trois.

— Nous pourrons inviter Gerald et Molly.

— Qui tu voudras, murmura-t-il. Tu as fait de moi un homme comblé.

— Attends d'avoir des enfants. Je te promets que tu connaîtras le vrai bonheur, alors.

— Comment peux-tu le savoir ? répliqua-t-il en riant. Il n'y a pas de garanties pour ça.

— Tu veux parier ?

Il rit de nouveau puis elle l'embrassa. Elle le serrait de toutes ses forces. Elle venait de retrouver l'amour de sa vie et la promesse de fonder la famille dont elle rêvait tant.

SARA ORWIG

Un si brûlant désir

Traduction française de
AGNÈS JAUBERT

PASSIONS

HARLEQUIN

Titre original :
ONE WILD TEXAS NIGHT

- 1 -

Au volant de son pick-up qui cahotait sur la route pleine d'ornières, Jake Reed fonçait à travers la plaine immense de son ranch du Texas. Partout, des cow-boys à cheval rassemblaient le bétail, le poussant vers l'est pour les mettre à l'abri du gigantesque feu de forêt qui ravageait l'ouest de la propriété. Ni les cris des hommes, ni les mugissements des animaux terrifiés, ni le bruit des moteurs des divers véhicules ne parvenaient à couvrir le crépitement des arbres qui brûlaient, le craquement des branches qui cédaient, le fracas sinistre de la chute des arbres.

Les flammes qui dévoraient l'herbe sèche de février soulevaient des tourbillons de fumée grise cachant le soleil.

Jake n'avait jamais connu un tel désastre.

Un avion piloté par Hap Green, l'un de ses employés, survolait la plaine pour filmer l'incendie du ciel. Jake pouvait ainsi en suivre la progression sur l'écran qu'il avait installé dans son pick-up et communiquer avec le pilote par radio. Visiblement, sa maison n'était pas menacée. C'était un grand soulagement.

Tant que le vent soufflerait vers l'ouest, elle ne serait pas en danger. Elle était bien trop à l'est. Il savait néanmoins à quelle vitesse un incendie de forêt pouvait s'étendre, que la moindre étincelle d'un cèdre en feu pouvait atterrir sur un toit et embraser une habitation. Il était donc impératif de rester vigilant. Deux de ses hommes l'avaient aidé à retourner la terre sur de larges surfaces de sécurité autour des diverses habitations et dépendances du ranch dans l'espoir de les protéger du feu. Mais, si le vent tournait au nord, plus aucun bâtiment ne serait à l'abri des flammes.

Il arrivait à hauteur de la clôture qui séparait ses terres de celles de sa voisine et ennemie, Claire Blake. Le conflit entre leurs deux familles remontait à leur arrivée au Texas, après la guerre de Sécession, plus de cent cinquante ans auparavant. Seule Blake vivant désormais dans la région, Claire était maintenant propriétaire du ranch familial. Ils se croisaient à des foires au bétail, à des rodéos, à la banque ou au supermarché de Persimmon, la petite ville voisine. Et, bien sûr, au tribunal. Mais, sauf pour aller régler leurs comptes devant un juge, ils n'avaient jamais vraiment discuté.

Soudain, il aperçut une silhouette agenouillée à côté d'un animal.

Il changea de direction pour approcher et, après quelques secondes, reconnut Claire Blake. Que faisait-elle là ?

Il fit signe à l'un de ses hommes de continuer puis poursuivit sa route vers la clôture. Le dos au feu, Claire avait garé son pick-up trop loin pour pouvoir le regagner rapidement. C'était très imprudent avec ce brasier attisé par de violentes bourrasques.

Le grand-père Blake avait fait une grosse erreur

en plantant des cèdres rouges du Texas dans le but de créer une barrière contre le vent. En fin de compte, ces arbres n'apportaient que des ennuis. Ils absorbaient toute l'eau du sol et, incontrôlables, ils se multipliaient à vive allure. Jake constata qu'ils étaient en train de s'embraser l'un après l'autre à une vitesse vertigineuse.

Il fallait que Claire parte immédiatement, c'était une question de minutes. Sinon, le feu lui serait fatal. Malgré la rivalité ancestrale entre leurs deux familles, il ne pouvait pas la laisser périr dans l'incendie.

Un souvenir inopiné lui traversa l'esprit. Un dimanche, il était passé en voiture devant l'église qu'elle fréquentait et l'avait vue en train de rire avec un ami. Elle était si jolie que, si elle n'avait pas été une Blake, il l'aurait abordée. Il ne la voyait jamais avec ses frères, Clyde et Lee, qui, aux dires des gens, ne venaient plus au ranch familial. Enfants et adolescents, ces deux voyous avaient multiplié des méfaits qu'ils qualifiaient de blagues inoffensives et causé nombre de problèmes à son père. Peut-être Claire ne s'entendait-elle pas plus avec eux ? Toujours est-il qu'elle dirigeait le ranch familial seule. Elle n'en restait pas moins une Blake, sûrement aussi antipathique que le reste de sa famille. Mais même s'ils ne s'adressaient pas la parole, ou rarement, il devait aller voir ce qu'elle faisait là, si près des flammes. Peut-être avait-elle besoin d'aide ?

L'animal à côté duquel elle était agenouillée était un chien. Son véhicule était garé à une centaine de mètres derrière elle, bien trop près d'une rangée de cèdres et de chênes embrasés.

Il descendit de voiture et, levant la tête, offrit son visage au vent qui changeait de direction, ce qui ne le surprit pas. Il avait pourtant prié pour que cette catastrophe ne se produise pas. Maintenant, une grande partie de ses terres allait être saccagée. Et, pour avoir survolé son ranch et celui des Blake, il savait que si le vent soufflait du nord, la maison de Claire partirait en fumée.

Toujours penchée sur le chien, Claire paraissait totalement inconsciente du danger. Ce qui étonna Jake, étant donné sa réputation d'excellent rancher qu'elle avait dans la région. Il l'appela, mais son cri se perdit dans le bruit du feu et du vent.

Se penchant, il écarta les barbelés pour passer prestement à travers sans se blesser et s'élança en courant dans sa direction.

— Hé ! hurla-t-il de nouveau.

Elle leva les yeux, bondit et recula comme s'il représentait une menace. Bon sang ! Il était en train de risquer sa vie pour elle. Elle avait intérêt à ne pas résister et à le suivre. Et à se montrer aimable !

Quittant des yeux la chienne qui était en train de donner naissance à ses chiots, Claire Blake regarda derrière elle. Surprise, elle vit Jake Reed courir vers elle en agitant les bras. Elle se redressa d'un bond. Que faisait-il sur ses terres ? Même s'il était beau à se damner, il appartenait à une famille diabolique. Quelles que soient ses intentions, il ferait bien de la laisser tranquille, comme il l'avait toujours fait par le passé.

Et si la chienne lui appartenait ? Si elle s'était aventurée sur ses terres pour mettre bas ? Qu'importe ! Elle n'avait à obéir à Jake Blake en rien. Il importait seulement de protéger les chiots et leur mère du feu. Elle s'accroupit de nouveau près du labrador chocolat allongé sur une couverture et sur le minuscule chiot tout fripé qu'elle était en train de nettoyer. Heureusement pour elle et pour la mère épuisée, c'était le dernier.

Derrière elle, le feu faisait rage et elles devaient absolument partir. Jake allait-il l'aider, avec les chiots ? Non. Elle n'avait jamais compté sur lui en rien, ce n'était pas maintenant qu'elle allait commencer. Elle allait devoir se débrouiller seule pour mettre tout le monde en sûreté.

Décidant de donner un nom temporaire à la chienne, elle déclara en lui caressant la tête :

— Queenie, tu as vraiment très mal choisi ton moment pour avoir tes chiots. Il faut vite partir d'ici. Et même si je ne t'en blâmerais pas, s'il te plaît, ne mords pas mon voisin.

Queenie remua la queue.

— Vous devez partir ! hurla Jake en courant vers elle.

— Crétin, marmonna-t-elle sans cesser de s'affairer auprès des animaux. Je le sais bien.

— Le vent est en train de tourner ! Les chiens et vous, vous allez cramer !

Alors qu'il était tout près d'elle, à présent, elle se leva et lui fit face. Et, en dépit des circonstances, elle trouva que c'était vraiment le plus bel homme des six comtés avoisinants…

Elle jeta alors un regard à l'incendie et se figea. Le feu avait changé de direction et arrivait droit sur eux. Pourtant, elle avait l'impression de s'être assurée, quelques minutes plus tôt, que le danger n'était pas immédiat. Perplexe, elle se tourna de nouveau vers Jake. Que faisait-il ici ? Venait-il la sauver ? Elle n'arrivait pas à le croire. Non, la chienne devait lui appartenir.

— Je n'avais pas vu que le feu se propageait si vite, expliqua-t-elle. Il faut que je porte les chiens dans mon pick-up. Si je prends…

Elle s'interrompit et poussa un cri d'horreur. Les flammes dévoraient déjà son véhicule.

— Oh non !

— À votre place, je changerai de plan, lui fit-il remarquer. Je vais prendre la mère. Prenez les chiots et allons-y.

— Mon pick-up… Il était en parfait état il y a un instant, et maintenant… maintenant, balbutia-t-elle.

Elle ne savait pas trop ce qui la surprenait le plus. Son pick-up détruit ou bien que Jake propose de l'emmener à l'abri.

— C'est votre chienne ? demanda-t-elle.

— Mais non ! Allons-y ! Vite ! Prenez les chiots et montez dans mon pick-up. Dépêchez-vous ! ajouta-t-il d'une voix cassante. Votre pick-up est fichu. Et nous, nous allons bientôt cramer ! Venez, bon sang !

— Je ne me suis rendu compte de rien…, murmura-t-elle.

Un frisson de terreur la traversa. Elle avait été si concentrée sur la naissance des chiots qu'en ignorant le feu l'espace de quelques minutes, elle avait commis une erreur qui aurait pu lui être fatale. Elle se mit à trembler de tous ses membres.

— Posez deux ou trois des chiots sur la mère, lui ordonna Jake. Il ne faut pas qu'elle croie qu'on les lui enlève.

Docile, elle s'exécuta.

— Et maintenant, venez ! lança-t-il. Il faut partir d'ici pendant que nous le pouvons encore.

Son ordre donné d'un ton brusque la tira de sa stupeur. Prenant les chiots restants, elle s'élança derrière lui, en direction de son pick-up. Elle jeta un nouveau coup d'œil en arrière. Malgré la chaleur du brasier proche, elle était glacée.

En regardant Jake courir devant elle, elle songea soudain qu'elle lui devait la vie. Son pire ennemi venait de les sauver des flammes, les chiens et elle. Comment pourrait-elle le remercier, quand elle évitait de le croiser en ville et lui avait si rarement adressé la parole ?

Si elle avait fait une terrible erreur en tournant le dos au feu, accepter d'être secourue par Jake Reed était tout aussi grave. N'était-il pas l'ennemi de toujours de chaque membre de sa famille, elle comprise ? Comment allait-elle affronter le fait qu'il venait de lui éviter une mort atroce ? Pire encore : comment allait-elle pouvoir lutter contre cette attirance irrépressible qu'il lui inspirait et qu'elle semblait incapable de contrôler ?

- 2 -

Jake sentait la chaleur de l'incendie. Des gouttes de transpiration coulaient sur son visage et dans son dos. La rumeur du feu derrière eux était entrecoupée du grésillement incessant des cèdres qui explosaient, dévorés par les flammes.

En cette mi-février, attisé par le vent chaud du Texas, l'incendie détruisait tout sur son passage. Les arbres s'embrasaient, se consumaient en un éclair, et la sécheresse de l'herbe alimentait la violence du brasier. Dieu merci, il avait fait arracher tous les cèdres de sa propriété.

Arrivé à la clôture, les chiens serrés contre lui, il se glissa entre les fils de fer barbelé. Claire se faufila entre deux piquets et le rattrapa.

Quelques minutes plus tard, la chienne et ses chiots étaient installés à l'arrière de son pick-up, sur une couverture.

— Je vais monter avec eux, annonça Claire.

— Non ! Pas question.

Il la prit par le bras et, au contact de sa main, elle tressaillit et le regarda.

L'espace d'un instant, il se noya dans les profondeurs de ses yeux émeraude ombrés d'interminables cils qui n'avaient pas besoin de mascara pour rehausser leur beauté. Il en oublia le danger, le feu, les circonstances, tout hormis sa voisine et pire ennemie debout à quelques centimètres de lui. Le craquement d'un arbre le fit brusquement reprendre pied dans la réalité.

— Ils vont bien. Montez dans la cabine, lui ordonna-t-il.

À la hâte, il contourna son pick-up et sauta au volant tandis qu'elle s'installait sur le siège passager. Il démarra sur les chapeaux de roues et s'éloigna rapidement de l'incendie qui, gagnant du terrain, n'était plus qu'à quelques dizaines de mètres d'eux. En changeant de direction, le vent l'avait fait gagner en vigueur. Dans la fournaise de plus en plus ardente, deux autres cèdres s'enflammèrent derrière eux.

Claire se retourna et frissonna.

— Vous nous avez sauvés, murmura-t-elle. Si vous n'aviez pas crié, je n'aurais pas pu sortir de cet enfer. Les chiens non plus.

Il jeta un coup d'œil dans le rétroviseur. Ils n'étaient pas encore tout à fait sauvés, mais il avait bon espoir.

Il coula un regard vers Claire. Elle avait les bras croisés, comme pour s'empêcher de trembler. Il était surpris qu'elle n'ait pas remarqué la progression du feu. Elle gérait son ranch seule, il l'avait donc toujours crue compétente. Il était tout aussi étonné d'avoir sauvé la vie de sa plus grande ennemie.

En fait, ce n'était pas elle mais sa famille qu'il maudissait. Mais le même sang coulait dans ses veines et elle avait grandi avec eux. Elle devait être exactement comme eux. Pourtant, même si ses ordures de frères avaient été en danger, il n'aurait jamais pu partir en les laissant brûler. Et il était content d'avoir sauvé les chiens. Il n'aurait pas pu les abandonner à leur triste sort non plus.

Il s'éloigna à vive allure du ranch Blake, ignorant les bosses du terrain. Il s'en fichait. Tout ce qu'il voulait, c'était creuser la distance entre eux et le feu qui avançait maintenant vers eux à grande vitesse. Il savait à quel point il était facile de se retrouver pris au piège, encerclé par les flammes.

— Ça va ? demanda-t-il au bout de quelques minutes, quand, enfin, il put ralentir.

— Non, rétorqua-t-elle sèchement. Je sais trop ce que je perds.

Il réprima un soupir de soulagement. Elle avait parlé d'une voix ferme et ne semblait pas sur le point de craquer.

— J'ai vraiment baissé ma garde, poursuivit-elle. J'ai commis une énorme erreur en omettant de surveiller le feu. Ça me fait vraiment enrager quand j'en commets d'aussi stupides. Si vous n'aviez pas été là, celle-là aurait pu m'être fatale. Et puis je m'inquiète pour les chiens qui sont secoués à l'arrière. Ils ne savent pas qu'ils sont en train d'être sauvés.

— Ne vous en faites pas pour eux. Ils iront bien et nous allons les mettre en sécurité. Mais ne tournez jamais le dos à un feu de forêt, à part pour le fuir.

Son téléphone sonna, et elle répondit.

Au même instant, il reçut aussi un appel qui ne dura que quelques secondes. Quand il eut fini, il vit qu'elle aussi avait raccroché.

— C'était le shérif, annonça-t-il. Ils demandent à

tout le monde d'évacuer la zone. Il faut que je fasse partir tous mes employés, poursuivit-il en appelant son contremaître.

— Juste avant que vous arriviez, j'ai eu le même appel de l'un de ses adjoints. Ma maison est sur la trajectoire du feu. J'ai déjà dit à tous mes employés de partir, mais je dois quand même vérifier, ajouta-t-elle en composant un numéro.

Quand le feu avait démarré, il avait eu le réflexe de faire déplacer son bétail. Maintenant que le vent avait viré au nord, propageant le brasier vers leurs deux ranchs, il se félicitait de son initiative. Même si une partie de ses terres allait brûler, il était soulagé de savoir que sa maison était trop à l'est pour être en péril.

— Je suis vraiment navré pour vous, dit-il au bout d'un moment.

Elle se tourna sur son siège pour regarder derrière elle.

— Je vais perdre ma maison et tout ce qu'elle contient, murmura-t-elle d'un ton si bas qu'il l'entendit à peine.

Cette fois, il remarqua que sa voix tremblait. Après un coup d'œil dans le rétroviseur pour déterminer la distance parcourue, rassuré de voir le feu loin derrière eux, il ralentit et s'arrêta.

Claire lui tournait toujours le dos, les épaules légèrement affaissées.

— Eh bien, c'est une première depuis plus d'un siècle. Un Reed et une Blake ensemble qui ne se disputent pas, déclara-t-il, plus pour lui-même que pour elle. Je suis désolé pour votre ranch. C'est une terrible épreuve.

Il était sincère.

Certes, les Blake étaient infréquentables, et même s'il ne connaissait pas Claire, il avait eu affaire à ses ordures de frères. Il s'était battu avec l'aîné dans les cours de récréation, avait joué contre eux au football et avait assez souvent été témoin de leurs frasques pour savoir qu'il ne les aimait vraiment pas. Pas plus qu'il n'aimait leur père. Cependant, aucun rancher ne méritait de perdre son ranch dans un incendie.

Claire le regarda de nouveau et, une fois encore, il fut fasciné par ses immenses yeux de jade. Hâlée par la vie au grand air, sa peau satinée était parfaite. Elle portait ses cheveux d'or roux tressés en une natte épaisse qui lui tombait dans le dos. Ses lèvres pulpeuses étaient rouges, alléchantes. Sa bouche douce appelait les baisers... Avec un sursaut, il s'aperçut que ses pensées étaient en train de dériver. De toutes les femmes sur la Terre, elle était celle qu'il ne voulait pas trouver séduisante, sur laquelle il ne voulait pas se mettre à fantasmer !

— Je sais que nous avons été ennemis toute notre vie et que nous ne nous sommes jamais adressé une parole civile, mais je suis désolé de savoir que vous allez perdre votre maison, dit-il. J'imagine que c'est très dur.

Il était le premier surpris de sa compassion. N'avaient-ils pas connu d'âpres luttes au tribunal, dans le but de régler leurs différends entre ranchers ?

— Merci, chuchota-t-elle, en baissant les yeux. Oui, c'est terrible.

Ils gardèrent un instant le silence.

— Vous ne savez peut-être pas grand-chose de moi, reprit-elle d'une voix sourde.

Voyant qu'elle hésitait, il pensa qu'elle n'allait rien rien dire de plus mais elle poursuivit :

— Il y a longtemps, j'ai perdu tout ce qui comptait pour moi, à part le ranch. Mon grand-père maternel en était propriétaire, comme vous le savez. Mon père et mes frères n'ont jamais aimé la terre, aussi mon grand-père me l'a légué. Et maintenant il ne me restera plus que les terres et le bétail. Je n'aurai plus de chez-moi.

Dans un murmure, elle ajouta :

— Je suis désolée, mais ça a été difficile et je ne vois pas d'amélioration en perspective.

Jake sentit son cœur se gonfler de pitié. Le père et les frères de Claire avaient quitté la région depuis longtemps, et sa mère était morte des années auparavant. Quant à Regina, sa sœur aînée, elle s'était enfuie avec son frère Sam pour se marier. Une Blake épousant un Reed… On ne parlait jamais d'eux.

Il songea au secret qu'il connaissait sur les Blake, dont Claire ignorait tout. Et dont elle ne saurait jamais rien.

Avait-elle des amis ? Quelqu'un pour qui elle comptait ?

Mû par une impulsion, il passa un bras autour de ses épaules, surpris lui-même de son geste. Comment pouvait-il éprouver de la compassion pour quelqu'un qui lui était si antipathique et depuis si longtemps ? Ce qui l'étonna plus encore, ce fut de la trouver si fragile, si séduisante. Il chassa aussitôt ces pensées de son esprit.

— Désolé, dit-il. Pour le moment, il n'y a aucun moyen d'arrêter ce fichu feu. Cela fait partie des risques, quand on vit ici.

À l'instant où il l'attira plus près, la laissant s'appuyer contre lui, il fut pris au dépourvu par les sensations qu'elle fit naître en lui. Elle était souple et sentait bon, bien qu'elle se soit occupée des chiens. Elle posa une main sur son torse comme pour le repousser. Mais n'en fit rien.

Elle l'observa, et il se sentit englouti dans ces immenses yeux verts qui lui coupaient le souffle et faisaient battre son cœur à coups redoublés.

Un silencieux rappel à l'ordre lui traversa l'esprit. Il ne pouvait en aucun cas se permettre de réagir ainsi au contact de cette femme. Il ne voulait surtout pas découvrir que, d'un simple regard, elle pouvait le bouleverser. Quand il la contemplait, tout disparaissait en lui : sa raison, sa prudence, le conflit entre leurs familles qui n'avaient pas dû échanger plus d'une dizaine de civilités de toute leur vie. Et il refusait d'éprouver une once d'attirance pour elle. Or c'était le cas. Et ce sentiment était réciproque, il l'aurait juré.

En ce moment, il n'avait personne dans sa vie. Mais il aurait besoin de trouver une femme rapidement, s'il voulait éviter ce genre de réaction avec une Blake. Leurs familles ne se parlaient plus depuis plus d'un siècle. Un siècle de terribles querelles et de vols de bétail, selon les témoignages de ses aïeux. Du moins, c'était les histoires qu'il avait entendues, transmises de génération en génération.

Claire et lui avaient tous les deux un héritage de bagarres, de pendaisons, de règlements de comptes au couteau ou au fusil, sans parler des vols de bétail et des clôtures arrachées. Aujourd'hui encore, il existait des secrets.

Et elle, quelle était sa vie ? C'était une voisine solitaire. Il avait l'impression qu'elle ne sortait pas, ne voyait pas d'amis.

Il réfléchit à ce qu'il devait faire. Mais le regard de Claire l'envoûtait. Il était incapable de se détourner de ses grands yeux verts, de ses lèvres ravissantes qui l'aimantaient. Que diable lui arrivait-il ? Un grognement faillit lui échapper et leurs regards se croisèrent de nouveau. La lueur qui vacillait dans les prunelles de Claire lui indiqua qu'il ne se trompait pas. Elle aussi était troublée.

Certes, il ne voulait pas lui inspirer la moindre émotion, mais savoir qu'elle ressentait visiblement la même chose que lui lui fit prendre conscience de sa présence, et les battements de son cœur s'accélérèrent.

Il lui était arrivé de l'apercevoir, de la croiser en ville, et malgré ses trois ans de plus qu'elle, ils étaient allés à la même école. Par le passé, ils s'étaient soit querellés, soit ignorés.

Jusqu'à cet instant.

Il avait toujours laissé à son contremaître ou à l'un de ses cow-boys le soin de régler les petits problèmes créés par le voisinage de leurs deux ranchs. Elle faisait de même. Aussi, tout se traitant entre leurs deux régisseurs, ils ne se parlaient presque jamais, ce qui leur convenait parfaitement.

Il se rendit compte que c'était la première fois qu'il la regardait vraiment.

Il aurait été incapable de dire combien de temps ils se dévisagèrent ainsi, mais il eut l'impression que sa vie venait d'être bouleversée d'une manière aussi subtile qu'irréversible. Jamais plus il ne la verrait comme avant. Pire, à cet instant précis, il ne souhaitait qu'une chose : nouer ses bras autour d'elle, l'attirer contre lui et l'embrasser.

Choqué par cette pensée, il recula et la relâcha.

Elle fit un bond en arrière, ses joues se colorant de rose. Ce qui accentua encore sa beauté.

Comment pouvait-il soudain la trouver si séduisante ? Son ennemie de toujours et celle de tous les siens. Et voilà qu'il était en proie à une attirance aussi incontrôlable que torride ? Il était temps de se ressaisir. D'appeler une jolie femme qui l'amuserait et de l'inviter à dîner.

Une nouvelle fois, elle regarda derrière elle, en direction de son ranch.

— Seigneur ! s'exclama-t-elle. Toutes mes terres sont en feu et maintenant les flammes arrivent tout droit sur ma maison. C'est ce que je redoutais depuis le début. J'espérais pourtant la voir épargnée.

Il ouvrit la boîte à gants et en sortit deux bandanas propres. Il lui en tendit un.

— Mettez ça. Cela vous aidera peut-être à vous

protéger de la fumée. Je vais nous tirer de là, les chiens et nous.

— Merci.

Elle le noua derrière sa tête, le tissu couvrant son nez et sa bouche, rehaussant la sublime couleur de ses yeux. Il prit une profonde inspiration et toussota. Combien il aurait aimé contrôler son trouble en sa présence. Jamais aucune autre femme n'avait suscité en lui réaction aussi violente. Désormais, il savait que quoi qu'il arrive entre eux, plus jamais il ne la verrait comme avant.

— Le shérif a dit d'évacuer, c'est donc ce que nous allons faire, dit-il en redémarrant.

Sans répondre, elle lui jeta un coup d'œil. Puis se frôla le visage d'un revers de main. Il était certain qu'elle essuyait des larmes.

L'écran du pick-up s'anima, et la voix de son pilote s'éleva.

Claire jeta un coup d'œil surpris à l'installation.

— Qu'est-ce que c'est ? demanda-t-elle.

— Je peux faire transmettre des images de l'un de mes avions. J'ai quelqu'un qui survole le feu, qui prend des photos. Ainsi, je sais ce qui se passe. La fumée l'a obligé à quitter cette partie du ranch. Même s'il pouvait prendre une photo, je ne pense pas que vous voudriez voir votre maison.

— Non, vraiment pas.

— Ne vous inquiétez pas. À moins d'avoir des instructions différentes, il prend juste des photos de chez moi.

Elle hocha la tête et regarda de nouveau par la vitre arrière.

Il espérait pour elle que la pluie annoncée tombe vite. Il leva les yeux vers le ciel masqué par la fumée qui se répandait dans toutes les directions.

Ayant survolé la propriété des Blake, il savait que Claire habitait une grande ferme que l'on disait vieille de plus d'un siècle. Si perdre sa maison dans n'importe quelles circonstances était déjà une expérience douloureuse, ce l'était encore plus pour un bâtiment si ancien. Il devinait qu'il devait être rempli de souvenirs de famille, de meubles et d'objets que Claire chérissait. Elle allait tout perdre. À sa grande surprise, il en était accablé pour elle.

— Gardez espoir, Claire, dit-il. On a annoncé de la pluie.

C'était la première fois de sa vie qu'il l'appelait par son prénom. Et le prononcer lui rappela l'instant où, leurs regards enchaînés, il avait remarqué sa bouche qui appelait les baisers. Il dut se faire violence pour retenir un gémissement. Il ne devait pas oublier qu'il s'agissait de Claire Blake. Une Blake. Ses ennemis jurés de toujours.

De plus, il savait qu'elle ne sortait jamais avec qui quc cc soit.

C'était une solitaire qui ne quittait pas son ranch. Il ne la voyait pas dans les endroits qu'il fréquentait les vendredis et samedis soir. Il pensait rarement à elle et ne s'était jamais demandé pourquoi il ne la croisait pas. Maintenant, il se posait la question… et n'aima pas la réponse.

D'un simple regard, elle avait bouleversé sa vie et il aurait tout voulu connaître d'elle.

Il se reprit rapidement et revint à un sujet plus actuel : ce soir, elle aurait besoin d'un endroit où dormir. Dans moins d'une heure, elle n'aurait plus de toit. Depuis le départ de son père et de ses frères, aucun membre de sa famille ne vivait plus dans la région. Mais elle devait rester, ne pouvant pas abandonner son ranch et tous ses employés.

Il pouvait lui offrir l'hospitalité dans sa cabane au bord de la rivière, à quelques kilomètres de là, loin des flammes. Il allait lui-même s'y installer quelques jours. Mais il aimait son intimité, et Claire et lui venaient de deux clans rivaux. Pouvait-il vivre sous le même toit qu'elle pour un temps indéfini ?

Ce qui l'inquiétait le plus, c'était ce désir aussi fâcheux qu'irrationnel, qu'elle faisait naître en lui. Il ne voulait pas se sentir attiré par une Blake, et encore moins par cette femme solitaire qui vivait presque en recluse. Combien il aurait voulu la chasser de ses pensées ! Mais sa proximité rendait ce souhait impossible. L'avoir sous son toit une nuit ou, pire encore, plusieurs jours n'était pas envisageable. Il tenta de se raisonner. Cette attirance allait sans doute disparaître aussi vite qu'elle avait surgi. Peine perdue ! Il venait de se rappeler à quel point ses lèvres semblaient douces…

Mais l'hospitalité texane eut le dernier mot.

— Claire, j'ai une cabane au bord de la rivière, à quelques kilomètres d'ici. Assez loin d'ici pour être en sûreté. Je vais y passer quelque temps. Vous pouvez venir vous y installer. Elle est grande. Il y a beaucoup de place.

Il prononça ces mots en espérant qu'elle refuserait. Mais il savait bien qu'elle n'avait pas d'autre choix. Où pouvait-elle aller ?

Elle se tourna vers lui, les yeux écarquillés par la surprise. À voir les fines lignes aux coins, il devina qu'elle souriait. Cette simple pensée lui noua encore une fois l'estomac, faisant naître une nouvelle inquiétude. Si elle s'installait chez lui, allait-il continuer à réagir ainsi en sa présence ?

Enfant, il l'avait trouvée banale et ne lui avait accordé que peu d'attention. Leurs trois années de différence les avaient empêchés de partager des activités.

Il était sensible au charme des femmes, des jolies femmes, des femmes spirituelles. Mais sa réaction vis-à-vis de Claire Blake, qu'il avait passé sa vie à éviter, était malvenue, imprévisible, choquante. Sans parler de l'hostilité entre leurs familles et, parfois, entre eux. Une hostilité que, tout comme lui, elle semblait avoir mise sur pause.

— Venez chez moi, répéta-t-il néanmoins. C'est une grande maison et nous devrions pouvoir nous supporter quelques jours sous le même toit.

Un léger sourire illumina de nouveau le regard de Claire. Furtif, il disparut presque aussitôt.

Encore une fois, il sentit son cœur se serrer. Comment expliquer que sa plus grande ennemie, sa seule ennemie dans la région, fasse naître en lui des réactions d'une telle intensité ?

Il n'était pourtant pas sans ignorer que les deux

aînés des frères Blake le détestaient et que c'était réciproque. Ironiquement, leurs raisons étaient probablement aussi justifiées que les siennes. Il ne voulait rien avoir affaire avec eux. Et il savait que s'ils apprenaient un jour qu'il connaissait leur secret de famille, le choc serait terrible.

Sans parler du fait qu'il avait toujours gardé le contact avec son frère Sam, et donc avec Regina. À bien y réfléchir, il en savait beaucoup sur la famille de Claire, alors qu'il la soupçonnait de ne presque rien connaître de la sienne. Mais jamais il ne lui dévoilerait ces secrets. Il en avait fait la promesse.

— Je suis désolé que ce soit en de telles circonstances, reprit-il, mais hormis mon frère et votre sœur, c'est la première fois depuis des générations que je vois un Reed et une Blake se montrer civils l'un avec l'autre.

— Eh bien, vu ce qui se passe…, murmura-t-elle avec un haussement d'épaules résigné. Vous nous avez sauvés, les chiens et moi. Et maintenant, vous m'offrez l'hospitalité. Je ne sais que dire.

Il était sur le point de lui répondre d'accepter quand elle se tourna de nouveau vers lui et ajouta :

— À part que je vous suis reconnaissante. Je vais venir chez vous. En fait, nous allons tous venir, précisa-t-elle avec un geste du menton en direction des chiens. Merci.

— Je vous en prie, dit-il avec un sourire.

C'était une première dans ses rapports avec elle, mais il avait passé trop d'années en conflit avec sa famille pour envisager une amitié. Et il était sûr qu'elle partageait son sentiment. Mais à situation exceptionnelle, mesures exceptionnelles, songea-t-il en se concentrant sur la route et sur l'incendie.

— Nous sommes assez près du feu pour que je puisse le surveiller jusqu'à ce qu'il s'éteigne, fit-il remarquer. Une chose est sûre, nous ne sommes pas en sécurité et le vent est imprévisible.

— Je suis contente d'avoir fait partir mes bêtes et tous mes employés. Et que leurs familles soient en sécurité et toutes au complet.

— Je sais. Nous avons été alertés suffisamment tôt.

Après quelques minutes de silence, il reprit :

— Comme je vais souvent à la cabane pour pêcher, j'y ai toujours des stocks de nourriture. Je ne manque donc pas de provisions.

— Pour le moment, je n'ai pas faim. Je n'arrive pas à chasser ma maison de mes pensées. Sans parler de celles de mes employés sur le ranch. Quand elles brûleront, ils vont tout perdre.

Elle poussa un nouveau soupir à fendre l'âme et, du coin de l'œil, il la vit une nouvelle fois se frotter les yeux furtivement.

— Je suis désolée, mais ça me fait une peine immense, poursuivit-elle. J'ai l'impression de subir une nouvelle perte. C'est la loi des séries.

Comme il lui lançait un regard intrigué, elle déclara :

— J'ai perdu ma mère quand j'avais sept ans. Regina, ma sœur aînée l'a remplacée. Je la considérais comme une nouvelle mère. Puis, quatre ans plus tard, quand elle avait dix-huit ans, elle s'est enfuie avec votre frère. Elle m'a laissé une lettre m'expliquant pourquoi ils devaient couper les ponts. Elle ne m'a plus donné signe de vie depuis. Maintenant, j'ai trente ans et elle en a trente-sept. Je ne sais même pas où elle est…

Jake ne fit aucun commentaire, soudain très mal à l'aise. Il le savait, lui, où vivaient Sam et Regina.

— Après leur départ, mon père et mes frères ne m'ont pas vraiment montré de compassion, reprit Claire.

Voyant qu'elle se tournait vers sa vitre, il pensa qu'elle avait fini, ce dont il se félicita. Mais…

— Ma mère avait de l'argent de sa famille, indiqua-t-elle. Elle l'avait laissé à Regina pour moi. Si, pour une raison quelconque, ma sœur cessait de s'occuper de moi avant ma majorité, cet argent devait me revenir. J'ai donc touché une grosse somme quand elle a épousé votre frère. Ça a toujours été un sujet de discorde avec mon père et mes frères. Ils espéraient que je réglerais leurs dettes au cas où ils ne le pourraient pas. Heureusement, ce n'est jamais arrivé.

Tout en l'écoutant parler, Jake lui lançait des regards discrets. S'il était attristé par son histoire, il ne pouvait s'empêcher de l'admirer. Ces immenses yeux émeraude qu'il n'avait jamais remarqués auparavant. Ces épais cheveux roux foncé. À quoi ressemblerait-elle avec sa natte dénouée ? Tout à ses pensées érotiques, il ne put éviter une ornière, et le pick-up fit une embardée. Il se concentra de nouveau sur sa conduite et le récit que Claire lui faisait.

— Mon père s'est remarié et il a déménagé dans le sud du Texas. Puis, quand je suis allée à l'université, j'ai échappé à mes frères. Ils sont partis à leur tour, leur travail les appelant à Dallas et à Houston. Ni l'un ni l'autre n'était attiré par le métier de rancher. Ils ne viennent donc pas souvent. J'essaye de renouer avec eux, ce qui est compliqué, à cause de notre éloignement géographique.

Pour sa part, il se réjouissait de les savoir si loin, mais se garda bien de le dire.

— Je me demande si, aux nouvelles, ils verront mon ranch brûler. Je suis sûre que cet incendie va faire la une des journaux télévisés.

En l'entendant mentionner l'incendie, il jeta un nouveau coup d'œil à l'écran pour suivre les informations transmises par son pilote. Il était désolé de savoir la maison de Claire en feu, mais cela ne changerait rien à leur âpre querelle familiale qui était gravée dans le marbre. Depuis cent cinquante ans, chaque membre de la famille Reed avait connu un conflit avec un membre de la famille Blake. Ils avaient tous grandi ainsi, et cela n'allait pas changer de sitôt. Il ne voyait aucun événement bouleversant, pas même ce feu, qui puisse mettre un terme à cette guerre ancestrale. C'était impossible. Dès que la vie reprendrait son cours normal, Claire refuserait de nouveau de lui adresser la parole et il ferait de même.

Ses pensées revinrent à l'incendie. Ils continuaient à s'en éloigner, mais il surveillait l'évolution des foyers. Jusqu'ici, tout allait bien.

— J'ai organisé ma vie, reprit-elle. Et j'aime mon métier de rancher. J'adore mes chevaux.

— Je les ai vus. Vous en avez de très beaux.

Certes, elle avait peut-être de très beaux chevaux mais aussi une famille de minables. Et elle avait sans doute la même opinion de la famille Reed.

Au bout de quelques minutes, elle brisa le silence et reprit dans un murmure à peine perceptible :

— J'avais fait faire des travaux pour m'arranger une maison à mon goût. Et elle est en train de partir en fumée… Peut-être n'est-elle déjà plus qu'un tas de cendres.

— Claire, vous la reconstruirez. Vous avez déjà traversé des catastrophes et vous avez survécu. Vous survivrez à celle-ci, la rassura-t-il d'un ton apaisant.

Voilà qu'il réconfortait une femme qui avait été son ennemie toute sa vie ! Il en fut le premier étonné. Et l'appeler par son prénom lui procurait un sentiment encore plus étrange. Jusqu'à ce jour, elle n'était dans ses pensées que « ma voisine ennemie ».

Du coin de l'œil, il remarqua qu'elle le dévisageait avec intensité et il sentit son pouls s'affoler. Une fois de plus, il éprouva ce besoin impérieux de l'enlacer pour la consoler. Et il savait qu'il voulait faire plus que la consoler. Il mourait d'envie de lui retirer son bandana pour admirer son visage avant de l'embrasser… Le sang lui battait aux temps. Comment une simple pensée pouvait-elle susciter un tel trouble en lui ?

Le week-end, il sortait avec des femmes aussi amusantes que ravissantes, qui flirtaient avec lui. Mais jamais il n'avait connu réaction plus intense qu'avec Claire, alors qu'elle ne lui était même pas sympathique.

Bon sang ! Comment allait se passer leur cohabitation ?

Il tenta de se raisonner. Ils vivaient une trêve, et même si elle durait quelques jours ou quelques semaines, ce dont il doutait sérieusement, il lui était impossible de se laisser aller à une quelconque attirance pour Claire. Sauf que… c'était en train d'arriver.

L'estomac noué par une myriade de sensations indésirables, il sentait des flammes courir dans ses veines et n'avait plus qu'un désir, prendre la jeune femme dans ses bras et goûter à ces lèvres voluptueuses…

Ignorant visiblement tout de son agitation, elle continuait à parler.

— Tout mon personnel est sain et sauf. Dès que nous avons entendu qu'il y avait le feu, nous avons commencé à évacuer les bêtes, les familles et leurs animaux de compagnie. J'ai chargé un groupe de cow-boys de s'occuper de mon bétail et j'étais en train d'aller en rejoindre un autre quand vous m'avez vue avec les chiens.

Elle leur jeta un coup d'œil. Satisfaite de constater qu'ils allaient bien, elle ramena son attention sur lui.

— J'étais la seule à pouvoir les protéger. Mais si vous n'étiez pas arrivé… Merci encore de nous avoir sauvés. Vous êtes allé à l'encontre de tous les principes inculqués par votre famille, mais vous nous avez sauvé la vie. Je vous dois une fière chandelle. En fait, je vais être obligée d'être aimable avec vous.

Elle prononça cette dernière phrase comme s'il s'agissait de la pire des calamités.

— Jamais je ne vous aurais laissés brûler, dit-il, retenant un sourire.

— Franchement, je ne sais pas si mes frères seraient venus à votre secours. Le différend est toujours aussi profond, dans notre génération. J'ai toujours entendu dire que votre arrière-grand-père avait abattu le mien d'un coup de fusil.

Sentant une pointe d'irritation le transpercer, Jake secoua la tête.

— Dans ma famille, on a toujours parlé de légitime défense, expliqua-t-il. Votre arrière-grand-père aurait tiré sur mon arrière-grand-père avec l'intention de le tuer. Et le conflit entre nos deux familles est bien antérieur à cet événement. Cela dit, quelle que soit la vérité, jamais je n'aurais pu laisser brûler personne. Pas même vos frères ou votre père. Au moins, je n'ai jamais tiré sur votre famille et j'espère que personne d'entre nous ne l'a fait. Seuls nos arrière-grands-pères ont échangé des coups de feu.

— On me l'avait dit, mais je ne savais pas si c'était la vérité. Je pensais que oui.

Il la regarda. Elle était en train de l'observer. Son bandana glissa par inadvertance, et il remarqua que ses joues étaient rose vif. Quelles pensées pouvaient bien l'animer ? Il ne devait pas songer à la raison pour laquelle ses joues s'étaient enflammées. Il la connaissait.

Il essaya de se distraire, de se concentrer sur une idée neutre, impersonnelle. Mais, avec Claire si proche, c'était impossible.

Il était de plus en plus étonné de la réaction qu'elle

provoquait en lui. Il l'avait toujours vue, de loin en loin. Mais, comme c'était une Blake, il n'avait pas fait très attention à elle.

— À propos, dit-elle en se tournant de nouveau vers lui, puisque nous nous parlons, désormais, j'ai vu dans le journal local et dans un magazine spécialisé, que vous êtes l'un des quatre ranchers à avoir financé d'une somme importante la reconstruction de la vieille arène qui a brûlé à Fort Worth. Pendant des années, cela a été un sujet grinçant pour ma famille.

— Il paraît. J'ai entendu dire qu'il y a des dizaines d'années, quand ce terrain a été mis en vente, votre famille avait l'intention de l'acheter, mais que, la court-circuitant, ma famille s'est interposée et a donné l'argent à la ville pour édifier cette arène.

— Ça se rapproche de la version que j'ai entendue. À cela près que votre famille aurait un peu triché pour pousser la ville à construire cette arène. Quoi qu'il en soit, nous ne le saurons jamais, conclut-elle, un sourire plissant ses yeux.

— C'était bien avant nous. Alors en effet, nous ne le saurons jamais, renchérit-il, fasciné par son sourire qui lui donnait envie de lui sourire en retour.

Ses yeux pétillaient, ce qui décuplait son charme. De plus en plus perturbé, il se répéta qu'il devrait sortir plus souvent. Ces derniers week-ends, il était resté au ranch. Il ne le ferait plus. Surtout si une Blake lui inspirait ce type de réaction !

— Je me réjouis que l'on reconstruise l'arène, reprit-elle. Je suis une grande fan de rodéo. J'adorais l'ancienne arène. Merci beaucoup à vous et à vos cousins d'avoir contribué à en faire une nouvelle.

— Je vous en prie. Nous l'aimions tous. Mes cousins, mes amis, moi. Nous y avons tous concouru. Nous voulions la voir reconstruite, pour que la tradition soit perpétuée.

— Je ne connais pas vos cousins.

— Cal, l'un de ceux qui ont contribué à la reconstruction de l'arène, avait un ranch au Texas. Il était parti en mission à l'étranger pour le gouvernement. Hélas, il est mort dans un accident. Nous avons demandé que l'arène porte son nom en son honneur. L'Arène Cal Brand.

— Oh. Je suis désolée. Je ne savais pas.

Il fut sensible à sa compassion.

— Merci. C'était quelqu'un de bien et il nous manque à tous. Même si nous ne l'avions pas beaucoup vu, ces dernières années. Je suis heureux que vous vous intéressiez à l'arène. Qui aurait pu croire que, l'espace de quelques minutes, nous pouvions être d'accord sur un point ?

L'air un peu surpris, elle murmura :

— J'espère que c'est vraiment le cas.

Pensait-elle à leurs disputes du passé, à leur froideur mutuelle quand, au tribunal, ils avaient réglé des querelles de limites de propriété, de droits sur l'eau et autres plaintes ? Des occasions qui n'avaient jamais débouché sur la moindre conversation. C'était une première. Néanmoins, il ne s'attendait pas à voir naître une soudaine amitié entre eux. Leur héritage familial était trop lourd.

— Vous avez mis une grande distance entre le feu et nous maintenant, remarqua-t-elle. L'espace d'une minute, j'ai eu peur que nous ne partions pas à temps. Il a dû atteindre ma maison, ajouta-t-elle dans un soupir.

Elle prit son téléphone et consulta les nouvelles.

— Je pense que la fumée empêche de photographier ma maison, dit-elle. Le vent la dissipe par endroits, mais on distingue juste les prairies. De toute façon, je ne suis pas sûre de souhaiter assister à ça.

— Les photos sont probablement prises d'un drone. Ne regardez pas. Cela vous ferait plus de mal que de bien. Nous nous en sommes sortis vivants. C'est le principal. Concentrez-vous là-dessus.

Elle hocha la tête et resta silencieuse un instant avant de reprendre :

— Comme je vous le disais, quand ma sœur s'est enfuie pour épouser votre frère, elle a laissé une lettre dans laquelle elle m'expliquait qu'ils devaient partir à cause de mon père et de mes frères. Je l'ai toujours gardée. C'était mon seul souvenir d'elle. Elle doit avoir brûlé, maintenant…

Il garda le silence et, une nouvelle fois, se sentit très mal à l'aise. Claire semblait si triste. Bon sang ! À cause de cette maudite querelle entre leurs deux familles et la promesse qu'il avait faite à son frère, il ne pouvait même pas lui dire où se trouvait sa sœur !

Il se força à revenir au présent.

Il n'arrivait toujours pas à croire qu'il était en train de la conduire chez lui. Ils allaient vivre sous le même toit. Sa pire ennemie allait habiter chez lui, prendre ses repas avec lui, lui parler ? Ils allaient apprendre à se connaître. Mais il ne se faisait pas d'illusions. S'ils se montraient courtois l'un envers l'autre, il savait que c'était à cause du feu, du danger, de la perte du ranch de Claire. C'était aussi temporaire que superficiel. Une haine ancestrale ne pouvait disparaître par un simple coup de baguette magique. Il allait l'aider, en bon voisin qu'il était, mais elle ne lui était pas plus sympathique pour autant. Il songea soudain qu'elle n'avait que les vêtements qu'elle portait, plus rien d'autre.

Quand il le pourrait, il l'emmènerait à Persimmon où elle pourrait acheter quelques affaires de première nécessité.

Leurs regards se croisèrent de nouveau, et il sentit une sensation électrique parcourir tout son corps.

Le pick-up bondit sur d'énormes pierres, et il ramena son attention sur la route.

Mais il avait beau se concentrer, il ne pouvait pas effacer le visage de Claire de son esprit. Ne l'avait-il pas toujours trouvée incroyablement banale ? Il comprenait maintenant que c'était dû à ses tenues, une salopette ou un jean, sans maquillage, avec sa natte épaisse qui lui tombait dans le dos. Alors pourquoi lui paraissait-elle si séduisante, à cet instant ?

Il regrettait qu'elle n'ait pas refusé de venir dans sa cabane. Elle avait dû penser que les seuls motels du voisinage seraient pris d'assaut par les gens fuyant l'incendie. Et, maintenant qu'il lui avait offert l'hospitalité, il était coincé. Coincé avec elle… Dommage qu'il s'agisse de sa cabane de pêche et non de son ranch qui comportait plusieurs maisons d'invités. Allait-il pouvoir supporter de l'avoir sous son toit ?

À cette perspective, il grimaça.

Claire s'était murée dans le silence. Regrettait-elle, elle aussi, d'avoir accepté son invitation ? Ne lui avait-elle pas dit, un jour, qu'elle ne l'aimait pas et qu'elle le considérait comme son pire ennemi ?

Ils ne tardèrent pas à se retrouver sur l'autoroute. Il ne savait pas encore s'il suffirait de s'enfoncer plus à l'est pour les protéger de l'incendie. Il devrait suivre avec attention les informations et surveiller la vitesse du feu et la direction du vent. Mais, pour le moment, ils étaient en sécurité.

D'un signe, il indiqua à Claire qu'ils pouvaient enfin retirer leur bandana. Puis, brisant de nouveau le silence qui régnait dans l'habitacle, il déclara :

— Il faut prier tous les deux pour la pluie. Elle était annoncée pour aujourd'hui. Mais, avec toute cette fumée, on ne voit pas le ciel.

— Maintenant, la pluie arrivera trop tard pour ma maison, répondit-elle d'un ton monocorde.

— Désolé. Vous avez raison. Et votre bétail, vos chevaux ? Où sont-ils allés ?

— Vous connaissez Dan Sloan ?

— Bien sûr.

— Hier, quand nous avons reçu la première alerte, Dan m'a contactée. Il a envoyé des hommes pour m'aider à mettre provisoirement mon bétail à l'abri chez lui. Il est sur la route, plus à l'est que votre ranch, comme vous le savez.

— Dans ce cas, vous avez dû contourner mes

terres pour arriver chez lui. Prévenez-moi quand vous ramènerez vos bêtes chez vous. Vous pourrez traverser mon ranch.

Le bandana maintenant autour de son cou, elle sourit, d'un sourire éblouissant qui le réchauffa comme le soleil et fit battre son cœur plus vite.

— Merci, Jake. Ce sera bien plus rapide et plus facile, en effet. Les Sloan sont très gentils. Dan m'a offert l'hospitalité, mais il a déjà son frère et sa femme, avec cinq enfants, soit sept personnes de plus. Je ne voulais pas m'imposer chez eux, pas plus que je ne veux m'imposer chez vous.

— Pas du tout. Nous ne serons que tous les deux.

À peine avait-il prononcé ces mots qu'il eut le souffle coupé. Il avait répondu sur un ton dégagé, impersonnel, mais l'effet était tout autre.

« Nous ne serons que tous les deux. »

Sa phrase plana entre eux, prenant soudain une connotation très intime. Trop. Quelle était donc cette alchimie qui semblait les aimanter l'un à l'autre ? Jamais il n'aurait pu l'imaginer. Très naturelle, Claire n'essayait même pas de le charmer. En outre, elle était très quelconque. À cette pensée, son visage s'imposa nettement à lui. Il l'observa et se perdit derechef dans les magnifiques yeux au vert rehaussé par les reflets d'or roux de ses cheveux. Elle était tout sauf quelconque. C'était juste l'image qu'elle présentait au monde, et qui changeait, maintenant qu'il était proche d'elle. Cette prise de conscience le surprit. Il aurait voulu s'arrêter, se tourner vers elle et la regarder vraiment.

Non. Ce serait parfaitement ridicule. Claire était une Blake, il ferait bien de ne pas l'oublier.

— Bon sang ! jura-t-il,

Quand elle le fixa, il comprit qu'il avait parlé à haute voix.

— Quelque chose ne va pas ? demanda-t-elle, l'air inquiet.

— Désolé. Je pensais juste à l'incendie et à tout ce que vous avez perdu, prétendit-il.

— C'est gentil de votre part. Je me disais que cela vous était peut-être égal. Je suis heureuse de constater qu'il n'en est rien.

Il lui jeta un nouveau coup d'œil et, encore une fois, resta fasciné. Il s'empressa de revenir à sa conduite.

— Bon sang, répéta-t-il, cette fois dans sa barbe.

Ils poursuivirent leur route sans rien dire.

Soudain, un petit bruit attira son attention. Il tourna la tête et s'aperçut que, les mains sur le visage, Claire tremblait. Après avoir vérifié dans le rétroviseur que l'incendie était loin derrière eux, il s'arrêta et coupa le contact.

— Claire, je suis vraiment désolé pour tout ce qui vous arrive, déclara-t-il, avec la plus grande sincérité, en passant son bras autour de son épaule.

Elle leva les yeux vers lui et, nichant la tête contre son torse, se mit à pleurer. Après avoir laissé libre cours à ses sanglots, elle finit par reprendre le contrôle de ses émotions.

Voyant qu'elle n'avait pas de mouchoir pour s'essuyer le visage, il lui tendit un bandana propre.

— Tenez, prenez ça.

Elle l'accepta mais ne l'utilisa pas.

— Vous avez une provision sans fin de bandanas, fit-elle remarquer en esquissant un petit sourire triste.

Mais, alors qu'elle s'essuyait les yeux, son sourire s'évanouit.

— Je me sens stupide de pleurer. C'est juste que j'ai tout perdu. J'ai passé ma vie à perdre ce que j'aimais, murmura-t-elle si bas qu'il l'entendit à peine. Je ne veux même pas tomber amoureuse parce que je perdrais la personne que j'aimerais. Je ne veux même plus me faire de vrais amis. J'étais heureuse d'avoir mon ranch et il va brûler !

Il la sentit tressaillir.

— Pleurez autant que vous voulez, Claire. Vous n'avez plus de maison. C'est un terrible traumatisme.

Il resserra son étreinte, désireux de la réconforter.

Mais il avait beau faire, il ne pouvait lutter contre la sensation aiguë de ce corps féminin aux courbes délicieuses contre le sien. Souple et douce au creux de ses bras, Claire sentait divinement bon. La serrer contre lui était bien trop agréable. Il ne voulait pas se risquer à regarder ses yeux ni ses lèvres si tentantes. Une nouvelle fois, il dut se faire violence pour étouffer un gémissement. À deux reprises déjà, il l'avait prise dans ses bras. Il n'en revenait toujours pas car, jusqu'à ce jour, ils avaient à peine fait attention l'un à l'autre. Il ne connaissait ni ses occupations ni ses goûts. Il ne l'avait vue que très rarement et n'avait jamais pensé à elle plus de deux secondes. C'était une première dans sa vie. Et pas une première bienvenue.

Il refusait d'apprécier la chaleur de son corps

contre lui. Refusait d'admettre qu'il mourait d'envie de l'embrasser. Refusait de la trouver désirable.

Claire Blake lui était interdite. Comme l'était un poison. Alors pourquoi la serrait-il contre son cœur, à présent ? Pourquoi était-il si sensible à ses formes et au parfum de sa peau ?

Il devrait la laisser partir. Il devrait la laisser quitter ses bras, son pick-up et sa vie aussi vite que possible.

Mais comment faire, maintenant qu'il lui avait offert l'hospitalité ? Comment allait-il pouvoir la traiter en invitée ?

Pire, comment allait-il pouvoir dormir, cette nuit, alors qu'il n'avait qu'une seule envie, l'embrasser ?

- 3 -

Son ranch était en train de brûler. Sa maison de famille était détruite. Un héritage transmis de génération en génération. De précieuses photos de famille réduites en cendres.

Accablée par ce désastre, Claire pleurait doucement. Elle avait beau essayer de ne pas y penser, de retrouver le contrôle de ses émotions, elle en était incapable.

Peu à peu, elle prit conscience des bras de Jake autour d'elle, forts et rassurants. Il la serrait contre son torse aussi dur qu'un roc, et c'était comme un peu de solidité dans sa vie soudain en miettes. L'espace de quelques secondes, elle s'agrippa à lui, cédant au sentiment enivrant que tout n'était peut-être pas perdu, qu'il y avait encore de l'espoir, qu'elle était en sécurité, au creux de l'étreinte d'un ami.

Un ami ? Depuis qu'elle était née, Jake Reed et sa famille étaient leurs ennemis. Elle avait grandi bercée par les histoires de cette querelle ancestrale. Aussi loin que remontaient ses souvenirs d'enfance, elle avait entendu raconter que leurs voisins leur avaient volé leur bétail, leurs chevaux, essayé de revendiquer leur droit sur l'eau dans les parties limitrophes de leurs deux ranchs. Sans parler des duels qui avaient opposé des membres de leurs deux familles, les Reed les attaquant pour les dépouiller, mettant le feu à leurs terres et à leurs maisons.

Elle ignorait ce qu'il y avait de vrai dans tout ça, ou si les faits étaient exagérés par la colère et la haine. Mais on lui avait appris à détester chacun des membres de cette famille. Y compris Jake.

À cet instant, pourtant, elle oubliait leurs rivalités pour savourer l'amitié et le réconfort que Jake lui procurait. Il leur avait sauvé la vie, à elle et aux chiens. Et elle lui en serait éternellement reconnaissante. Présentement, il lui était impossible de le considérer comme un ennemi. Loin de là !

Ses bras autour d'elle lui procuraient une sensation de bien-être incomparable. Quand elle l'avait regardé dans les yeux, elle avait souhaité qu'il l'enlace. Pour être honnête, elle avait aussi désiré qu'il l'embrasse. Cette pensée la choquait. Des baisers ne pouvaient que déboucher sur toutes sortes de complications pour eux. Il y avait une autre raison pour laquelle elle ne voulait pas céder à l'attirance que Jake suscitait en elle. Il était connu pour être un séducteur. Il avait eu de nombreuses femmes dans sa vie. Or, si elle se fiait à la rumeur, c'était toujours lui qui rompait.

Entre la guerre familiale et sa réputation, elle ne voulait prendre aucun risque pour son cœur.

En outre, ils ne pourraient jamais sortir ensemble. La moindre liaison entre eux réveillerait l'hostilité entre leurs deux familles. Non, ils devaient rester adversaires. Comme lors des batailles juridiques qu'ils s'étaient livrées parce qu'il avait essayé de détourner deux des rivières les plus importantes des terres des Blake pour son usage personnel. Dans les deux cas, elle avait eu gain de cause. Par la suite, il avait à son tour gagné un procès concernant l'accès à une troisième rivière qui traversait son ranch.

Hélas, à cet instant précis, accablée par son sentiment de solitude et de détresse, elle n'aurait voulu être nulle part ailleurs qu'au creux de ses bras. Elle savait bien pourtant qu'elle n'aurait pas dû s'en délecter ainsi. Seulement son étreinte virile et ses paroles rassurantes semblaient apaiser la profonde peine que lui causait la perte de sa maison. Jamais ses frères et son père ne feraient preuve d'une telle bonté. Quant à ses amis, ils étaient partis habiter Dallas et elle n'avait pratiquement plus de contact avec eux. Bien sûr, elle était proche de certains de ses employés, mais elle n'en restait pas moins leur patronne.

Alors, lovée contre cet homme aussi beau que séduisant, elle décida de savourer ces instants de réconfort sans la moindre honte. Elle le méritait bien, non ?

Jake était un homme d'action, capable de réagir avec autant de rapidité que d'efficacité, comme lorsqu'il avait volé à son secours, tout à l'heure. Et lui offrir l'hospitalité avait dû lui être pénible, compte tenu de leurs rapports tendus. C'était aussi un homme d'honneur qui aidait son prochain, quel qu'il soit.

— Ça va mieux ? demanda-t-il d'une voix grave.

Elle s'immergea dans la douceur veloutée de ses yeux noirs, bordés de cils épais. Se figeant soudain, elle éprouva comme un vertige. Fascinée, envoûtée, elle sentit son cœur se mettre à battre la chamade. Comme elle aurait voulu qu'il l'embrasse…

Surtout pas ! C'était de la pure folie. Cela ne ferait que leur compliquer la vie. Jusqu'à cette seconde précise, elle avait été certaine que jamais il n'en aurait eu envie. Mais le désir qui illuminait le regard brûlant dont il l'enveloppait était indéniable.

Elle laissa échapper un petit grognement.

— Nous ne devrions pas, chuchota-t-elle.

Les yeux brillant de curiosité, il répliqua d'une voix rauque :

— Nous ne devrions pas quoi ? Nous embrasser ? Nous en avons autant envie l'un que l'autre. Nous sommes des adultes, libres tous les deux. Alors pourquoi pas ?

Elle était perdue. La barbe noire qui ombrait les joues et le menton de Jake rehaussait la beauté de son visage buriné. Elle avait l'impression que son regard la transperçait, qu'il lisait en elle à livre ouvert.

Bien sûr, elle savait que l'embrasser n'était pas une bonne idée. Mais elle était captive de ces prunelles étincelantes qui attisaient son désir. Un désir d'une violence que jamais aucun homme ne lui avait inspiré. Ni les cow-boys, ni les ranchers de la région.

Jusqu'à aujourd'hui.

Désemparée, elle soutint son regard dans lequel elle lisait la même passion. Ce qui n'était ni opportun ni raisonnable. N'étaient-ils pas des ennemis jurés ?

Prisonnière des flammes du désir, elle peinait à respirer. Depuis combien de temps n'avait-elle pas été embrassée par un homme ? Depuis combien de temps n'avait-elle pas eu d'amoureux ?

Trop longtemps.

Et, à cet instant précis, seule comptait son envie d'embrasser cet homme qui lui apportait tant de réconfort.

Les bras de Jake se resserrèrent autour d'elle, puis il se pencha vers elle jusqu'à ce que sa bouche couvre la sienne… Et ce fut comme si elle tombait dans un grand trou. Elle n'entendait plus rien, ne voyait plus rien, avait soudain l'impression d'être dans un cocon.

Jake la tenait contre lui, à présent, sa bouche moelleuse caressant sensuellement la sienne, prenant son âme au piège. De sa langue, il effleura ses lèvres qui s'ouvrirent comme une fleur. Elle planta ses doigts dans ses hanches et le monde bascula.

Comment ne pas se laisser emporter par le tourbillon de la sensualité, même si elle mettait son pauvre cœur en danger ?

Alors que toutes les fibres de son corps s'embrasaient, une petite voix intérieure la rappela à l'ordre. Elle était en train d'embrasser le seul homme avec lequel il lui était interdit de vivre une relation. Et elle ne devait pas s'abandonner totalement aux sensations divines d'une volupté que jamais elle n'avait connue auparavant. Elle devait mettre fin à ce baiser. Tout de suite.

Mais quand Jake la serra plus étroitement encore, grisée, elle s'abandonna à la force de ses bras vigoureux, alors que tout son corps, souple et consentant, se coulait dans cette étreinte magique.

Des décharges électriques couraient dans ses veines. Le ballet de leurs langues gagna en volupté, et elle laissa échapper un soupir de plénitude.

Le temps cessa d'exister. Combien de minutes dura leur baiser ? Elle aurait été incapable de le dire. Mais elle finit par comprendre qu'elle devait y mettre un terme. Ils s'embrassaient comme s'ils étaient les deux seuls êtres restant au monde et qu'ils n'avaient plus que quelques heures à vivre.

Dans un effort surhumain, elle recula et se pencha en arrière. Le souffle court, elle se dégagea de l'étreinte de Jake et le dévisagea.

Son expression indéchiffrable l'empêchait de deviner quelles pensées l'animaient. Elle dut se faire violence pour ne pas le reprendre dans ses bras.

Pourquoi avait-elle l'impression qu'aucun homme ne pourrait l'embrasser ainsi ? N'était-il pas son seul véritable ennemi sur Terre ? À cet instant, elle voulait oublier leur hostilité réciproque. Elle ne voulait qu'une chose : se serrer contre lui, s'enivrer de ses baisers et oublier que tous ses biens étaient partis en fumée.

Au lieu de cela, elle se dégagea et le regarda comme si elle ne l'avait jamais vu de sa vie .

— Comment allons-nous…, commença-t-elle, hésitante. Je veux dire, redeviendrons-nous ce que nous étions ? Ce que nous avons toujours été ? Des voisins en conflit permanent ?

— Tu peux penser ce que tu veux, répondit-il d'une voix altérée. Tu peux recommencer à me détester. En ce qui me concerne, il me sera impossible d'effacer ce baiser de mon esprit, ou de le regretter.

Son cœur s'emballa. Il venait de la tutoyer… et elle adorait ça.

— Peut-être ne pouvons-nous pas revenir à ce que nous étions, murmura-t-elle. Mais nous devons passer à autre chose.

— Oui, je suis d'accord. Pas question de revenir à ce que nous étions. Nous avons franchi la ligne rouge. Notre relation vient de changer à jamais.

Elle secoua la tête.

— Non, Jake. Je ne pense pas que notre relation puisse vraiment changer. Cette vieille querelle est trop ancrée dans nos deux vies. Nous marchions à peine que nous vivions déjà avec elle.

Il haussa les sourcils, l'air un peu amusé.

— Plus jamais je ne pourrai te voir comme je te voyais avant notre baiser, affirma-t-il doucement, sa voix chaude l'enveloppant comme une caresse.

Il la fixait comme s'il la voyait pour la première fois, et elle sentit ses joues s'enflammer.

— Tu ne peux pas interrompre une dispute vieille d'un siècle comme tu coupes l'eau d'un robinet, rétorqua-t-elle.

De l'index, il lui souleva le menton.

— Nous venons tout juste de prendre un nouveau départ qui me plaît assez. Je suis prêt à essayer. Et toi ?

Son cœur s'affolant de nouveau, elle se grisa de l'expression avide de son regard, du goût de leur baiser qui persistait sur ses lèvres.

— Oh oui, je veux bien essayer, répondit-elle dans un chuchotement.

Seigneur ! Pourquoi avait-elle dit ça ? Il était encore

temps de reculer. Sinon, d'une seconde à l'autre, elle allait se retrouver de nouveau dans les bras de cet homme ensorcelant, et ils allaient de nouveau s'embrasser.

Or si une partie d'elle-même le souhaitait, l'autre la mettait en garde. Elle le regretterait. Il leur était impossible de gommer leur passé, leur méfiance mutuelle, leur antipathie. Deux ennemis jurés ne pouvaient pas, en une matinée, faire table rase des sentiments de haine de toute une vie.

Puis elle se rassura. Cette attirance serait passagère. Ils n'avaient pas enterré la hache de guerre. Elle doutait fort que quelques baisers puissent changer quoi que ce soit à leur situation. À peine cette idée eut-elle traversé son esprit, qu'une nouvelle la chassa : jamais personne ne l'avait embrassée comme lui…

Il ne serait pas facile d'oublier Jake. Son baiser non plus.

Elle le considérait toujours sans un mot. Son regard avait pris une expression insondable. Elle savait si peu de chose de lui. Pouvait-elle vraiment lui faire confiance ?

Il fixa sa bouche, et elle sentit son pouls s'accélérer. À cet instant précis, elle se fichait de leur relation future. Elle voulait juste sentir ses lèvres sur les siennes, ses mains sur son corps, oublier l'incendie et tout ce qu'elle avait perdu…

Ses nerfs tendus comme des cordes, elle cligna des yeux et essaya de rassembler ses esprits.

Elle recula sur son siège pendant que Jake se remettait au volant. Il démarra et la dévisagea de nouveau.

— Tu es prête à repartir ?

— Oui, répondit-elle avec conviction.

D'un côté, il l'avait un peu rassérénée et elle se sentait plus tranquille. De l'autre, elle se rendait compte qu'elle avait de nouveaux problèmes. Elle venait de vivre le baiser le plus fabuleux de sa vie avec l'ennemi ancestral de sa famille. N'était-ce pas aller au-devant des pires complications ?

Jake se concentra sur la route. Devant le silence de Claire, il la soupçonnait d'être aussi abasourdie que lui. Elle devait s'inquiéter du feu, de sa terre calcinée, de sa maison ravagée. Et aussi, peut-être, penser à leur baiser.

Elle venait de chambouler son monde. Jamais il n'oublierait ce baiser. Il ne cessait d'y penser.

Ils étaient en train de fuir un brasier, et il luttait contre le brasier intérieur qui le dévorait, lui donnait envie de sortir de la route, de la prendre dans ses bras et de l'embrasser à perdre haleine.

Jamais une femme qu'il ne connaissait pratiquement pas, qu'il avait à peine remarquée par le passé, n'avait provoqué en lui pareil séisme.

Il quitta l'autoroute pour retrouver enfin l'un des chemins menant à son ranch, une piste de terre qui n'était rien de plus que deux longues ornières, envahie d'herbes folles au centre. Mais il savait où il était. Il allait rejoindre une route meilleure et arriver enfin à sa cabane de pêche.

D'ordinaire, les moments qu'il passait dans sa

cabane lui apportaient calme et sérénité. Une oasis de bonheur loin du travail au ranch.

Or cette fois, Claire allait habiter avec lui pendant les prochains jours. Les prochaines semaines, peut-être. Cette idée faillit lui arracher un grognement. S'il n'avait pas résisté à l'envie de l'embrasser aujourd'hui, comment le pourrait-il quand elle serait sous son toit ? La raison lui soufflait de se maîtriser. Étant donné leur passé, le moment était mal choisi pour nouer une relation profonde et intime avec elle. La perte de son ranch la rendait vulnérable, et il ne voulait pas la faire souffrir.

Pas plus qu'il ne voulait souffrir, car elle pourrait totalement bouleverser sa vie. Il était à la fois inquiet devant le désir qu'elle faisait naître en lui, et désireux de reprendre le contrôle de ses émotions et de revenir aux sentiments habituels qu'il ressentait pour elle.

Mais il était déjà trop tard. Il avait suffi d'un simple baiser pour qu'il se sente perdu…

Et, pire que tout, il n'avait qu'une envie : l'embrasser encore…

Il pouvait évoquer des tas de raisons pour lesquelles c'était une très mauvaise idée. Leur rivalité ancestrale, leurs problèmes de voisinage, l'absence de toute sympathie l'un pour l'autre. En fait, pour ce dernier point, qu'en savait-il ? Ils ne se connaissaient pas vraiment. Lui, il n'avait que des idées préconçues sur elle. Quant à elle, elle ne le connaissait absolument pas. Quoi qu'il en soit, leurs familles seraient furieuses s'ils devenaient amis.

— Tu es bien silencieux, lui fit-elle remarquer d'une voix sourde.

Il lui jeta un rapide coup d'œil et vit qu'elle l'observait avec attention. Son regard se posa sur ses lèvres, et leur baiser remonta à sa mémoire. Les yeux braqués droit sur la route, il prit une profonde inspiration et répondit :

— Je conduis, c'est tout.

— Si tu regrettes de m'avoir proposé de venir chez toi, je peux faire en sorte de ne pas te croiser. Demain, tu n'auras qu'à m'emmener en ville et je pourrai me trouver un logement.

— T'héberger chez moi ne me pose aucun problème. Tu as besoin d'un endroit où habiter et ma cabane est assez spacieuse pour que nous ne nous gênions pas. Arrête de te tracasser. Je ne t'aurais pas fait cette offre si je n'étais pas sincère.

Il garda pour lui son inquiétude. Allait-il pouvoir se retenir de la toucher et de l'embrasser de nouveau ?

Leur baiser lui avait enflammé les sens, et il n'allait pas l'oublier avant longtemps. Avoir Claire sous son toit ne l'aiderait pas.

Il réprima un soupir à fendre l'âme et essaya de penser au feu, à sa cabane, à ses employés, à son bétail. N'importe quoi pour distraire son esprit de Claire.

Il se força à regarder les ornières desséchées et les mauvaises herbes. Puis, une fois qu'il sentit qu'il avait repris son sang-froid, il s'autorisa à lui lancer un coup d'œil. Elle fixait le paysage, droit devant elle, ses émotions manifestement sous contrôle.

Elle se tourna vers lui et, l'espace d'un instant,

leurs regards se fondirent l'un dans l'autre. Une flèche d'un désir fulgurant le traversa. Cela commençait à devenir inquiétant. Allait-il jamais parvenir à se ressaisir ? La même furieuse envie de s'arrêter pour l'embrasser venait de le reprendre.

Il devrait absolument sortir, passer du temps avec ses amies les plus sexy, les plus jolies, les plus drôles. Il en connaissait plusieurs qui correspondaient à cette description. Pourtant, jamais aucune d'entre elles ne l'avait embrasé comme sa voisine ennemie aujourd'hui. Songeur, il hocha la tête.

— Quelque chose ne va pas ? demanda-t-elle d'une voix douce.

Refusant de lui dévoiler ses vraies pensées, il choisit de mentir.

— Je pensais juste à mon bétail, répondit-il. Les hommes ont sauvé les bêtes du feu, c'est un immense soulagement. Je suppose que tu ressens la même chose.

— Oh oui ! Savoir que mes troupeaux ont pu être évacués à temps me réconforte vraiment.

Satisfait, il lui sourit. Elle semblait avoir refoulé sa tristesse et avoir recouvré un peu d'optimisme. Elle avait l'air moins soucieuse. Il en fut heureux pour elle.

Quant à lui, il ne lui restait qu'à effacer leur baiser de sa mémoire, et sa vie reprendrait son cours normal.

Malheureusement, il avait le pressentiment qu'il lui faudrait un certain temps avant de retrouver sa routine.

Il se mura dans le silence.

Claire semblait perdue dans ses pensées. Peut-être

était-elle en train de s'adapter à la situation, tout simplement, et de réfléchir à son proche avenir ?

Au bout de quelques instants, il s'engagea dans l'allée menant à sa cabane.

— Nous y sommes ! annonça-t-il.

Ce qu'il appelait sa « cabane » était en fait une très belle demeure, même si elle se situait au fond des bois. Construite en rondins, elle se dressait sur la rive d'une large rivière, ombragée de peupliers. Vaste et spacieuse, elle était entourée d'une véranda et comptait deux étages. À l'avant, une cascade artificielle se jetait dans un étang bordé de plantes exotiques et de bacs de nénuphars multicolores. Une statue de pêcheur s'élevait sur la rive. Le jardin était parsemé de statues d'animaux grandeur nature : un puma dans un arbre, quelques chèvres, un colley.

Le pick-up s'engagea dans la large allée bordée d'arbustes et de fleurs qui contournait la bâtisse jusqu'au garage qui pouvait accueillir six voitures.

Claire se mit à rire et lança d'une voix enjouée :

— Ainsi, voilà ta *cabane* de pêcheur perdue dans la forêt ? Je ne crois pas que nous allons camper, si tu veux mon avis.

Il lui sourit et, devant ses yeux pétillant de malice, son cœur fit un bond dans sa poitrine.

— J'ai pensé que, quitte à me faire construire une maison, autant qu'elle me plaise, expliqua-t-il.

— Elle est très belle. Et tellement bien située, sur la rivière. C'est un endroit merveilleux.

— Merci. J'y suis bien.

Il se gara près de la porte et se tourna vers Claire.

— Je vais mettre la chienne et ses chiots dans la véranda fermée. Comment s'appelle-t-elle ?

— Je ne sais pas, en fait. Je l'appelle « Queenie ». Je ne l'avais jamais vue. Je l'ai trouvée alors qu'elle était en train de mettre bas.

— Vraiment ? Heureusement que tu étais là !

Il fut récompensé par un nouveau sourire qui raviva son besoin de l'embrasser.

— Elle a peut-être fui sa maison par peur du feu, reprit-elle. Je ne me souviens pas de l'avoir vue avant. Elle n'a pas de collier. Pendant un moment, j'ai cru qu'elle était à toi.

— Si elle n'a pas de collier, je connais les personnes idéales pour la recueillir. Mes voisins, les Anderson.

— Je les connais.

— Charley Anderson a trois filles adolescentes qui aiment les chiens et les chats. À chaque fois que nous trouvons des animaux perdus, au ranch, je les appelle. Ils viennent les chercher et soit les rendent à leur propriétaire, soit les gardent, soit les font adopter. Tu serais d'accord pour que nous leur donnions Queenie et ses chiots ?

— C'est une excellente idée.

Il sortit son téléphone.

— Je vais leur envoyer un message, dit-il. Et Queenie et ses chiots seront bientôt rendus à leur propriétaire. Sinon, ils trouveront une bonne maison.

— Tant mieux ! Tu n'imagines pas combien ça me soulage.

Une fois son message envoyé, il contourna le pick-up

pour monter sur le plateau à l'arrière. Claire le suivit. Prenant deux des chiots, il les lui tendit.

— Prends ces deux-là. Je vais porter Queenie et les autres dans la véranda jusqu'à l'arrivée de Charley.

Ils venaient d'installer la chienne et les chiots quand son téléphone vibra, annonçant un message.

— Les Anderson sont en route, annonça-t-il en le lisant. Tu n'as pas à t'inquiéter, les chiens seront en bonnes mains.

— Merci encore. Je suis sûre que tout ira très bien pour eux.

Il fut saisi d'une nouvelle envie de la serrer dans ses bras. Mais il devait résister. Ne plus y penser.

Qu'est-ce qui, chez elle, l'attirait ainsi ? Elle ne faisait rien pour tenter de le séduire. Avait-elle seulement conscience de son pouvoir de séduction ?

Il ne devait pas oublier qui elle était. Ne pas oublier que les Reed et les Blake ne se mélangeaient pas.

Il n'aimait pas la famille Blake. Loin de ressembler à ses voyous de frères, Claire n'en était pas moins leur sœur. Ils venaient de la même lignée, avaient eu les mêmes parents, le même foyer. Et cela ne pouvait que ressortir dans sa personnalité.

Par ailleurs, le père et les frères de Claire n'apprécieraient pas du tout qu'ils se fréquentent, pas plus que sa propre famille. Si cela devait arriver, ils devraient se montrer prudents.

Il était incapable d'analyser cette attirance. Il connaissait pourtant beaucoup de jolies femmes qui ne venaient pas d'une famille de vauriens qui le haïssait. Alors, pourquoi Claire Blake ?

Pourquoi sa présence semblait-elle lui voler tout son oxygène ? Lui faisait battre le cœur plus vite ? Pourquoi, lorsqu'elle le contemplait, remuait-elle de telles émotions en lui ? Encore maintenant, alors qu'ils se dirigeaient vers la porte d'entrée, il n'avait qu'une envie : la prendre dans ses bras, la porter dans sa chambre et passer le reste de la journée et de la nuit avec elle, à lui faire l'amour.

Choqué par cette idée, il s'arrêta et se tourna vers elle. Les sourcils froncés, elle l'observait d'un air intrigué.

— Qu'est-ce que j'ai ? s'enquit-elle. Un truc entre les dents ? De l'encre sur le visage ? Tu me regardes comme s'il y avait un souci.

— Il y a un souci, avoua-t-il d'un ton sans équivoque.

Elle cligna des yeux et leva la main, paume ouverte, comme pour lui signifier de se taire.

— Oublie ma question, dit-elle. Je ne veux pas savoir.

— Non, tu ne veux pas savoir, mais je vais te le dire quand même parce que je suis perplexe. Je ne comprends pas pourquoi notre baiser a été si…

Il s'interrompit et plissa les yeux, réfléchissant.

— Si intense, si inoubliable… si sexy. Nous nous sommes à peine parlé jusqu'à aujourd'hui et nous ne nous connaissons même pas.

— Oh ! Nous connaissons toutes les raisons de nous détester, répliqua-t-elle. Mais que savons-nous l'un de l'autre qui pourrait nous faire changer d'avis ? C'est là que nous sommes des inconnus.

Après quelques secondes de silence, elle enfonça le clou.

— Mais tout ce qu'il nous suffit de savoir, c'est que je suis une Blake et que tu es un Reed. Je pense donc que nous devrions oublier notre baiser, passer à des sujets sans danger et garder nos distances.

— Tu as raison. On oublie ce baiser. Nous parlerons de sujets sans danger. Ah ! voilà les Anderson, ajouta-t-il, heureux de leur arrivée.

Un imposant pick-up était en train de se garer dans l'allée. Un grand homme blond et trois adolescentes en descendirent. Repoussant son chapeau d'un doigt, l'homme déclara, souriant :

— Ainsi tu as une maman et ses chiots, Jake. Des victimes du feu ?

— Content de te voir, Charley. Bonjour, les filles. Oui, nous avons une maman et ses chiots. Nous pensons que l'incendie lui a fait fuir sa maison. Je suppose que vous connaissez tous ma voisine, Claire Blake.

Après avoir échangé des salutations, Charley reprit :

— Nous allons embarquer les chiens et rentrer. Les filles ont hâte de dorloter les chiots.

Les Anderson installèrent tout ce petit monde dans le pick-up et, après un dernier signe de la main, repartirent.

— Merci, Jake, dit Claire. Je suis sûre que les Anderson vont très bien s'en s'occuper. En plus, Charley m'a dit de l'appeler si je trouvais d'autres chiens errants.

— Ils sont vraiment très dévoués et ne semblent jamais être débordés. Et maintenant je voudrais me porter volontaire pour aider à lutter contre l'incendie. Je suis sûr qu'ils ont besoin d'aide. Ce feu bat tous les records.

Il voulait aider, bien sûr, mais aussi s'éloigner de Claire quelques heures, chasser leur baiser de ses pensées.

— Je viens avec toi, annonça-t-elle. Moi aussi, je voudrais aider. Ils ne me prendront pas comme pompier, mais je peux sûrement me rendre utile.

Bon sang ! Il avait pensé qu'elle aurait aimé se reposer un peu. Retenant un juron, il hocha la tête.

— Tu as sans doute raison, dit-il. Nous allons aller à la caserne temporaire des pompiers. Mais d'abord je vais te montrer ta chambre.

Claire suivit Jake à l'intérieur. Ils traversèrent un grand vestibule au parquet ciré. Des tableaux de paysages, dans des cadres dorés, ornaient les murs.

Ils entrèrent dans une pièce spacieuse équipée d'un immense écran plat de télévision, d'une table de billard, de fauteuils et de canapés. Au bout d'un autre couloir, elle aperçut une salle de cinéma et une grande salle à manger avec une table en chêne qui pouvait aisément accueillir vingt personnes. Tout en admirant les lieux, elle ne pouvait s'empêcher de regarder Jake à la dérobée. Il marchait à côté d'elle, grand, imposant, et ses épaules et ses bras musclés la frôlaient légèrement à chacun de ses pas. Elle repensa au moment qu'elle avait passé dans ses bras, ce moment où plus rien n'avait d'importance sauf cette sensation de plénitude, de sécurité…

Soudain, le souvenir de sa ferme brûlée la rattrapa et elle se sentit submergée par une nouvelle vague de chagrin.

— Je suis désolée, murmura-t-elle dans un souffle. Tout ici me rappelle ma maison. Je vais m'habituer à sa perte, mais c'est encore trop récent.

— Je compatis, pour ta maison. Je te comprends et tu n'as pas besoin de t'excuser.

Il s'arrêta devant une porte ouverte.

— Cette suite est la tienne. Entre et visite. Je suis sûr que les draps sont propres. Je suis de l'autre côté du couloir.

Elle ne retint qu'une phrase : « Je suis de l'autre côté du couloir », et cet autre côté lui sembla vraiment très proche… En outre, Jake semblait du genre à dormir dans le plus simple appareil. Un frisson la parcourut à cette image. Comment pouvait-elle se laisser aller à de telles pensées ? Elle s'empressa de les chasser, leva les yeux vers Jake qui continuait à parler. Elle était fascinée par sa beauté. Une nouvelle fois, le souvenir de leur baiser la rattrapa.

Se faisant violence, elle s'obligea à se concentrer sur ce qu'il disait.

— Quand je suis absent, quelqu'un vient faire le ménage tous les quinze jours. Et une fois par semaine quand je suis ici. Quand je reste quelque temps, j'ai aussi une cuisinière et une équipe de jardiniers.

— Ils viennent tous de Persimmon ? demanda-t-elle, à peine consciente de ses paroles.

Seuls importaient la large carrure de Jake, ses fascinants yeux de jais, qui faisaient s'emballer son cœur. Maintenant, ils étaient sous le même toit, chacun d'un côté du couloir, et pour combien de nuits ? Comment pourrait-elle résister ? Comment pouvait-elle nier cette alchimie entre eux ? Et, surtout, comment allait-elle pouvoir s'en protéger ?

— Presque tous mes employés habitent à proximité, répondit Jake.

Elle essaya de se concentrer sur ce qu'il était en train d'expliquer et s'empressa de répliquer :

— Ne change rien à cause de ma présence. Je peux très bien me débrouiller. Un toit et un lit me suffiront.

— Je vais aller nous préparer des sandwichs. Il se peut que nous travaillions toute la nuit. Retrouve-moi dans la cuisine.

Il s'éloigna dans le couloir et, un moment, elle le suivit des yeux. Ses longues jambes étaient moulées dans son jean étroit, délavé à force d'être porté. Quand il eut disparu dans sa chambre, elle entra dans celle qui allait être la sienne.

À peine la porte franchie, elle poussa un cri d'admiration.

La pièce était meublée de magnifiques antiquités, une décoration qui correspondait parfaitement à son goût. Le lit, immense, était surmonté d'un baldaquin à volants et recouvert d'un couvre-lit blanc. Une salle de bains spacieuse complétait l'ensemble.

— Sacrée cabane ! s'exclama-t-elle.

À part Jake, jamais personne n'aurait qualifié une bâtisse d'une telle élégance ainsi. Et, maintenant, elle allait y passer la nuit.

Seule avec lui.

Jake entra dans sa suite en laissant échapper un soupir résigné. S'il parvenait à s'occuper pendant tout le temps que Claire resterait, il réussirait sans doute à ne pas l'embrasser de nouveau. Il savait qu'il devait essayer. Il pensa au mariage de Sam et de Regina, à quel point cette union avait bouleversé leurs vies à jamais. Tous deux avaient rompu avec leur famille, vivaient loin et gardaient leur adresse secrète. Ce n'était pas une vie.

Alors, même s'il lui était impossible de refouler la réaction que Claire provoquait en lui, il devait absolument lui résister.

— Bien sûr, marmonna-t-il en traversant son salon pour entrer dans sa chambre.

Sa suite était meublée d'un lit fabriqué sur mesure, d'une immense armoire et d'un bureau surmonté d'un grand écran de télévision qu'il alluma. Les images de son ranch filmées par Hap Green se mirent à défiler, lui montrant l'étendue des dégâts : des acres de terres carbonisées. Consterné, il regarda quelques instants avant d'éteindre.

Il devait se dépêcher de se préparer. Les pompiers allaient avoir besoin de son aide, c'était certain.

Il passa dans sa salle de bains, et quand il en ressortit, ses yeux se posèrent sur son grand lit. Son esprit se mit soudain à vagabonder… Claire, étendue sur les draps, nue. Son souffle se faisant soudain court, il s'imagina la rejoignant, lui faisant l'amour… À cette pensée, il sentit des flammes courir dans ses veines.

Avec un grognement de frustration, il se passa une main dans les cheveux.

— Bon sang !

Claire dans son lit.

— Avec sa famille et la tienne, c'est la voie directe pour les ennuis, mon vieux.

Alors pourquoi était-il sûr… qu'il allait bientôt l'emprunter, cette voie ?

- 4 -

Moins d'une demi-heure après, Claire le rejoignait dans la cuisine. Il posa l'assiette de sandwichs qu'il avait préparés sur la table, et tous deux s'installèrent.

Voulant faire oublier à Claire tout ce qu'elle avait perdu dans l'incendie et aussi mieux la connaître, il lui demanda :

— Tu as quelqu'un dans ta vie ?

L'air d'abord surpris, puis amusé, elle répondit :

— Non. Personne. Je ne sors pas souvent. Je pense que pour certains hommes je suis un peu intimidante. Et que d'autres ne m'aiment pas, tout simplement, parce que je suis rancher et que je suis la patronne. Ce qui a peut-être tendance à me rendre autoritaire.

— J'ai passé assez de temps avec toi, maintenant, pour savoir que tu n'es ni l'un ni l'autre. Quand je vois comment tu réussis à t'adapter à ce bouleversement dans ta vie, tu me sembles être une femme forte et courageuse, et non intimidante. Quant à être autoritaire, tu serais un piètre rancher si tu ne l'étais pas. Il faut bien un patron.

— Je sais, mais certains hommes n'ont pas envie d'inviter à dîner une femme autoritaire qui dirige un ranch.

— Je suis sûr que cela ne me dérangerait pas. Viens

dîner avec moi samedi soir. Ainsi, nous pourrons voir par nous-mêmes comment je gère une soirée avec une femme autoritaire, déclara-t-il en lui souriant.

Il fut surpris de l'avoir invitée à dîner sans penser un instant aux conséquences. Mais il savait qu'il voulait qu'elle accepte. Il n'avait donc aucune volonté ? Après s'être convaincu de garder ses distances, voilà qu'il essayait d'amorcer une relation avec elle !

Il la connaissait à peine, mais il voulait passer une soirée en sa compagnie. À l'instant même où cette pensée fusa en lui, sa raison le rattrapa, lui rappelant qu'elle n'aurait même pas dû l'effleurer, ne serait-ce qu'une fois. Claire était une Blake. Leur querelle familiale n'avait rien perdu de sa virulence. Elle n'était pas une femme pour lui.

Les yeux écarquillés par la surprise, elle laissa échapper un rire plein de gaieté.

Souriant, il se sentit à nouveau saisi par l'envie de la serrer contre lui.

— Tu plaisantes, sans doute, répliqua-t-elle. Nous mettrions la ville en émoi, et les membres de nos familles en seraient aussi indignés que furieux. Je les imagine d'ici, écumant de rage ! Je ne pense pas qu'un seul membre de mon clan se féliciterait de nous voir dîner ensemble. Tu pourrais te retrouver à te battre avec mes frères. D'ailleurs, je doute que quelqu'un de ta propre famille approuve. Je n'ai pas besoin de les connaître pour savoir que cela ne les réjouirait pas. Alors, ils approuveraient ou pas ? conclut-elle en se penchant vers lui.

Il ne répondit pas tout de suite, une nouvelle fois

fasciné par ses grands yeux de jade, sa bouche en bouton de rose appelant les baisers… Et il oublia sa question.

— Je n'ai jamais rencontré quelqu'un comme toi, murmura-t-il, envahi par le désir de l'embrasser.

Elle cligna des yeux. Prenant une profonde inspiration, elle se redressa et le dévisagea. Puis son regard glissa sur ses lèvres, et il sentit son cœur cogner contre sa poitrine. Allait-elle accéder à son désir ?

Mais, secouant la tête comme si elle revenait soudain à la réalité, elle se leva et prit son assiette avec son sandwich à moitié entamé et alla s'installer au comptoir. Elle le fixa d'un air grave un instant avant de reprendre dans un murmure, comme si elle se parlait à elle-même :

— Je ne peux pas expliquer cette… Je ne sais pas comme décrire ce qui se passe entre nous.

Il se leva pour lui faire face.

— Je ne peux pas non plus, dit-il. Mais nous raterons vraiment quelque chose si nous l'ignorons et laissons passer cette chance. C'est la toute première fois de ma vie qu'une femme me trouble à ce point. Et je suis prêt à parier mon ranch qu'il en est de même pour toi.

Il s'interrompit, un peu hésitant, se félicitant toutefois de s'être enfin livré.

Elle hocha lentement la tête.

— Cela ne simplifie pas la situation pour autant, fit-elle remarquer.– Je reste convaincu que nous ne devons pas l'ignorer, répondit-il, esquissant un sourire.

Elle lui sourit.

— Ne précipitons rien, dit-elle d'une voix plus ferme. Je suggère que tu réfléchisses à ton invitation pour samedi soir. Ton frère et ma sœur se sont mariés, et ils ont disparu. S'ils ne sont jamais revenus depuis, c'est que Regina connaît notre père et nos frères. Elle sait qu'ils prennent notre différend familial très au sérieux. Tu m'invites un soir et tu seras dans leur ligne de mire. De mon côté je t'avoue qu'accepter cette invitation dont les conséquences pourraient nous être très néfastes ne m'emballe pas.

— Je ne crois pas que cela prendrait de telles proportions. Et quand bien même, de toute façon, je n'ai pas peur de tes frères. Mais je ne veux pas te causer des problèmes avec ta famille. Alors, à ce stade de notre vie, nous pouvons résister à notre envie de dîner ensemble un soir. Inutile de provoquer un scandale avec nos familles. Rien ne nous lie, d'un point de vue sentimental. Nous pourrons aller chacun notre chemin sans nous faire souffrir. Nous ferions aussi bien d'oublier tout ça.

Après tout, elle avait raison, songea-t-il. Toutefois, il ne put s'empêcher d'être déçu.

— Tu es pleine de bon sens. Pourtant, je ne suis pas sûr d'être d'accord avec toi, marmonna-t-il.

Devant ses yeux d'un vert fascinant, il sentit de nouveau ses lèvres le picoter.

— Nous n'avons pas besoin d'aller à la rencontre des ennuis, Jake.

— C'est vrai, mais peut-être ne nous amuserons-nous jamais autant de notre vie, répliqua-t-il d'une voix suggestive.

Elle prit une profonde inspiration et, tout en rinçant son assiette pour la mettre dans le lave-vaisselle, déclara :

— Jake, nous ferions mieux d'y aller, de nous contenter d'aider les volontaires et de tirer un trait sur tout projet d'avenir ensemble. À part nous saluer de la main des deux côtés de la clôture.

— Tu as raison. Je te retrouve dans cinq minutes. J'ai quelques coups de fil à passer.

Quand il revint, elle l'attendait dans le rocking-chair, sur la terrasse.

— Allons-y, dit-il. J'ai appelé le centre des volontaires. Ils ont besoin de tous ceux qui veulent aider. Alors oui, ton aide sera bienvenue.

— Je suis prête à faire mon possible.

— Parfait ! Parce que la pluie annoncée n'est toujours pas tombée. Et ils ne pensent pas qu'elle tombe maintenant.

Quand Jake s'engagea sur l'autoroute, Claire regarda droit devant elle, abasourdie. Le ciel avait totalement disparu sous la fumée, et les flammes qui dansaient au loin cachaient la ligne d'horizon.

— On dirait que toute cette partie du Texas est en feu, grommela-t-elle. Il va détruire de nombreuses maisons, des granges et des dépendances. J'espère simplement que les ranchers et leurs bêtes ont pu se mettre à l'abri. Ça doit être le pire des incendies qu'ait connu l'État.

Manifestement, beaucoup de gens allaient tout perdre.

Une nouvelle fois, elle refoula ses larmes. Son cœur ne saignait pas simplement pour elle mais pour toutes les autres victimes de la catastrophe.

— Essaye juste de te concentrer sur ce que tu as sauvé, lui conseilla Jake d'une voix réconfortante. Tu as tes bêtes. Elles n'ont pas brûlé.

— Et grâce à toi, je n'ai pas péri dans les flammes. Mais c'est tout de même atroce.

— Sois prudente ce soir. Un accident est vite arrivé.

Elle se tourna vers lui, les battements de son pouls s'accélérant, comme chaque fois qu'ils abordaient des sujets personnels.

— Ne t'inquiète pas, répondit-elle. Je sais que je l'ai échappé belle, aujourd'hui. Grâce à toi. Nous avons toujours été des ennemis, mais maintenant...

Elle ne finit pas sa phrase.

— Oui, dit-il. Un baiser change bien des choses.

Incapable de sourire, elle hocha la tête.

Il avait raison. Sa remarque lui rappelait toutefois à quel point leur trêve était temporaire. Comment pourrait-il en être autrement, après cent cinquante ans de haine entre leurs deux familles ?

Ils n'auraient pas dû s'embrasser. À la minute où elle se rappela cela, son trouble s'intensifia.

Jamais aucun homme ne l'avait embrassée avec une telle sensualité. Et elle avait le sentiment que ce souvenir persisterait longtemps, bien longtemps. Il fallait qu'elle s'efforce d'oublier ce baiser qui n'aurait pas dû être, d'arrêter de penser à Jake et, surtout, de s'obliger désormais à lui résister. Avec l'histoire de leurs deux familles, ils ne pourraient jamais en sortir indemnes.

Son attention fut distraite par le monde qui grouillait autour de la caserne des pompiers. Des tentes avaient été dressées avec des pancartes écrites à la hâte indiquant « assistance médicale », « matériel ». L'une d'entre elles faisait office de bureau d'inscription des volontaires. Une autre était dédiée aux services d'urgence. On y affichait la liste des disparus et les autres sources d'information. Une dernière abritait la cantine.

— C'est quasiment une ville, qu'ils ont installée, fit-elle remarquer, alors que Jake se garait au milieu d'une rangée de véhicules. Tu sais ce que tu dois faire ?

— Je vais aller voir où je peux me rendre utile. Je te retrouve ici, plus tard. Tu ne peux plus changer d'avis, maintenant. Si tu veux partir, tu devras attendre que je revienne pour te ramener chez moi.

— Ne t'inquiète pas pour moi. Je suis contente de pouvoir aider. Et j'ai l'impression qu'ils ont grand besoin de volontaires. Allons-y !

Sur ces mots, elle ouvrit sa portière et descendit.

— À plus tard ! lança Jake, avant de disparaître.

Elle le suivit des yeux alors qu'il s'avançait au milieu des gens qu'il dominait de sa haute taille. Avec ses larges épaules, il donnait l'impression d'être capable de soulever des montagnes.

Quand elle l'eut perdu de vue, elle rejoignit la queue des volontaires. À peine quelques minutes plus tard, elle se vit confier la tâche de conduire quelques personnes à l'hôpital à Persimmon.

Jake surgit soudain à côté d'elle, la prenant par surprise. Une pelle à la main, il était équipé d'un casque, d'une combinaison de protection, de lunettes et de gants.

— Je creuse des tranchées, expliqua-t-il. Nous attendons des renforts de pompiers professionnels qui arrivent en avion, ce qui est une bonne nouvelle. Je te retrouve ici quand ils nous libéreront. Sois prudente.

Elle hocha la tête, ne pouvant s'empêcher de se faire du souci pour lui. Cet incendie ne dévorait-il pas tout sur son passage ? Puis elle se mit à rire. Depuis quand s'inquiétait-elle pour un Reed ? La réponse lui arriva aussitôt. Depuis qu'il l'avait embrassée. Un baiser inoubliable. Et puis, ne lui avait-il pas sauvé la vie ?

Hélas, si son père et ses frères l'apprenaient, cela n'aurait pas la moindre importance pour eux. Ils seraient juste furieux qu'il lui ait offert l'hospitalité. Pourvu qu'ils ne découvrent jamais ce qui s'était passé entre eux. Elle les connaissait assez pour savoir qu'ils s'empresseraient de casser la figure à Jake et de le menacer s'il s'approchait encore d'elle. Combien elle détestait les voir se mêler ainsi de sa vie ! Elle voulait que cela cesse. S'ils touchaient à un seul cheveu de Jake, jamais elle ne pourrait le leur pardonner !

Cette pensée soudaine lui fit comprendre… que Jake comptait pour elle et que ce qui se passait entre eux était important.

Le plus simple était que son père et ses frères ignorent même que Jake et elle s'étaient adressé la parole.

Ce qui était possible, après tout. Tous trois habitaient

loin. Alors, avec un peu de chance, ils ne sauraient jamais rien de Jake et elle. Cette pensée la soulagea.

Mais si elle sortait avec Jake, ne serait-ce que deux ou trois fois, et que son père et ses frères l'apprenaient – il y avait toujours une âme charitable pour colporter ce genre d'informations –, ils la banniraient de la famille et ne lui adresseraient plus jamais la parole. Exactement comme avec Regina.

Ses grands-parents paternels et son père l'avaient déshéritée et avaient interdit que son nom soit mentionné en leur présence. Pour eux, elle ne faisait plus partie de la famille. En épousant un Reed, elle était devenue une Reed.

Elle soupira. Penser à sa sœur lui gonflait toujours le cœur de mélancolie. Elle l'avait admirée, aimée. Elles avaient été si complices.

Au début, elle avait tenu les Reed responsables de tous ses malheurs. Les avait haïs de lui avoir pris Regina. Puis, peu à peu, au fil des ans, elle s'y était résignée.

Jusqu'à aujourd'hui.

La proximité de Jake avait réveillé son ressentiment ; la douleur et l'amertume qu'elle avait ressenties quand sa sœur l'avait quittée avaient refait surface. Maintenant, les souvenirs l'assaillaient, toujours aussi douloureux.

Et Jake ? En voulait-il à Regina de lui avoir pris son frère aîné ?

Elle se rabroua. Le moment était mal choisi pour ressasser le passé.

L'urgence de sa mission l'aidant momentanément

à oublier ses problèmes familiaux, elle passa les heures suivantes à travailler en compagnie des autres volontaires, à satisfaire les besoins de tous.

Elle trouva des voitures pour ceux qui avaient dû évacuer leur maison et organisa leur hébergement. Puis, dans un véhicule prêté par un bénévole, elle conduisit plusieurs rescapés à l'hôpital de Persimmon.

La nuit passa à toute allure. Alors que l'aube pointait, le flot des sinistrés se tarit peu à peu et, après l'avoir remerciée de son aide, l'un des responsables la libéra. Ils l'appelleraient s'ils avaient de nouveau besoin d'elle.

Elle s'apprêtait à attendre Jake quand elle l'aperçut qui venait vers elle à grandes enjambées. Elle remarqua la vigueur de sa démarche, ses cheveux bruns en bataille, une barbe naissante ombrant son menton, ses vêtements couverts de traînées de terre. En le voyant, son cœur fit un bond dans sa poitrine. Elle se réjouissait de le retrouver.

Arrivé à sa hauteur, il s'arrêta devant elle et annonça d'une voix égale, au timbre ferme :

— Ils renvoient les pompiers volontaires chez eux. Et vous ?

— Nous aussi. On doit me rappeler en cas de besoin.

— Bien. Alors, allons-y. Les renforts arrivés hier soir ont fini par contrôler le feu et commencent à le maîtriser. Viens, rentrons, conclut-il avec un mouvement de tête en direction de sa voiture.

— Je ne vais pas me faire prier, répondit-elle en lui emboîtant le pas.

— Tu es fatiguée ?

— Épuisée. Vraiment. Mais j'étais prête à rester si nécessaire.

Une fois au pick-up, il lui ouvrit la portière. Elle s'installa sur le siège en poussant un soupir d'aise.

— Je vais sans doute dormir toute la journée, déclara Jake, en s'installant au volant. Si tu as faim, je connais un restaurant ouvert toute la nuit. Nous pouvons nous arrêter prendre quelque chose.

— J'ai plutôt sommeil que faim.

— Moi aussi. Nous allons rentrer directement et nous coucher, alors. Merci de ton aide.

— J'ai été contente de pouvoir me rendre utile.

Malgré sa très grande fatigue, elle n'avait que trop conscience de la proximité de Jake. Même exténué et couvert de sueur et de poussière, il était toujours aussi sexy…

Perdue dans ses pensées, elle garda le silence jusqu'à la cabane.

Elle ne comprenait pas ce qui se passait, entre Jake et elle.

Ils avaient passé des années à quasiment s'ignorer. S'étaient à peine parlé, avant le moment où il était venu la sauver des flammes. Et maintenant elle réagissait comme s'ils étaient des amis de toujours. Alors que c'était loin d'être le cas ! Mais inutile de se bercer d'illusions. Leur courtoisie mutuelle n'allait pas durer. La seule raison de leur bonne entente, actuellement, c'était qu'elle avait perdu sa maison dans le feu et que Jake compatissait à son drame. Et peut-être aussi à cause de leur baiser… À cette pensée, un long frisson lui parcourut de nouveau le dos et elle inspira profondément.

Une fois arrivés, ils entrèrent et prirent le couloir menant à leurs chambres. Il s'arrêta devant la sienne et se tourna vers elle.

— Entrons. Je voudrais m'assurer que tu as tout ce qu'il te faut.

Elle plongea dans ses yeux de jais.

— Tout va bien, dit-elle. Je n'ai besoin de rien. Je vais dormir avec l'un des T-shirts que tu m'as prêtés. Je veux juste quitter ces vêtements, ajouta-t-elle en baissant les yeux sur son jean couvert de suie.

— Je peux t'aider ? demanda-t-il.

Étonnée, elle remarqua la lueur de malice dans ses yeux et laissa échapper un petit rire.

— Je pense que je peux me débrouiller toute seule, pour cette fois, répliqua-t-elle d'un ton moqueur.

Il sourit, mais une flamme se mit à danser au fond de ses prunelles sombres.

— Pour cette fois, répéta-t-il, d'une voix soudain grave. Je me souviendrai de te reposer la question.

— Je résisterai, affirma-t-elle d'un ton solennel.

Elle était sérieuse. Elle ne devrait même pas flirter avec lui. Et sûrement pas l'embrasser.

Il lui frôla l'épaule, ses doigts aussi légers que des plumes.

— Nous avons le droit de nous amuser un peu, après la journée que nous venons de passer, murmura-t-il. Merci encore d'être venue aider. Une personne en plus peut faire une grande différence.

Elle inspira longuement et soutint son regard qui flamboyait d'un désir indéniable.

La tension sexuelle entre eux était palpable Il était impossible de nier l'avidité de ce regard. Jake voulait l'embrasser. Et elle, elle devrait se détourner et ignorer le trouble que provoquait sa main sur son épaule, la convoitise dans ces prunelles qui la fascinaient. Il sentait la fumée, ses joues et sa chemise étaient couvertes de suie, mais elle s'en fichait. Elle voulait ses baisers, s'en étourdir, s'en griser. Cessant de s'inquiéter des conséquences ou de leur rivalité familiale, elle prit une profonde inspiration.

— Jake…, souffla-t-elle.

Il glissa un bras autour de sa taille, et elle effleura son torse d'une main légère. Il était chaud, dur et musclé. Son cœur s'emballa.

— Tu sais que nous ne devrions pas, chuchota-t-elle.

Malgré tout, elle se rapprocha légèrement de lui, sentant ses lèvres la picoter.

— Oui je sais, répondit-il d'une voix grave qui résonna en elle.

Elle le sentit renforcer son étreinte et l'attirer plus près.

— Je ne peux pas te résister…, lâcha-t-elle.

Elle pencha la tête en arrière, contempla sa bouche, puis de nouveau ses yeux assombris. Tout son corps parcouru de picotements, elle avait chaud, le voulait de toutes les fibres de son être. Ils étaient si proches qu'elle pouvait sentir la chaleur de son torse contre elle.

— Viens là, dit-il d'une voix brûlante de sensualité.

Il resserra son étreinte et, de sa main libre, la prit

par la nuque. Il la regardait comme s'il voulait la dévorer.

Elle ferma les paupières tandis que les lèvres de Jake se posaient avec délicatesse sur ses paupières, son nez, sa bouche.

Elle ne put retenir un petit gémissement. Le baiser de Jake était chaste, presque doux, jusqu'à ce que sa langue se mette à jouer avec la sienne. Soudain secoué de tremblements, il se mit à dévorer sa bouche comme si sa vie en dépendait. C'était bon, tellement bon... Ils s'embrassaient maintenant avec désespoir, avidité. Jake se montrait-il aussi fougueux avec toutes les femmes qui passaient dans sa vie ?

Qu'importe ! Tant que son souffle chaud qui lui caressait l'oreille mettait tous ses sens en fusion, rien d'autre n'avait d'importance.

— Claire, je te veux, murmura-t-il d'une voix rauque.

Tremblante, elle allait s'abandonner à son étreinte chaude et puissante quand elle sentit soudain sa raison la rattraper. Elle savait qu'elle devait s'arracher à ses lèvres avant de se retrouver nue dans ses bras, dans son lit. S'extirper de son étreinte et des flammes de la passion.

Cesser de mettre son cœur en danger.

— Je ne peux pas, chuchota-t-elle, le repoussant doucement.

Il la libéra aussitôt et, sans un regard en arrière, elle entra dans sa chambre et ferma sa porte.

Puis, les yeux clos, elle s'appuya contre le battant,

happée par un tourbillon de pensées et de sensations inconnues.

Le baiser de Jake, ses bras vigoureux autour d'elle, son attention et le soin qu'il prenait d'elle… C'était tout ce qu'elle désirait d'un homme. Mais pas de Jake Reed. Elle aurait dû tout mettre en œuvre pour oublier cette attirance pour lui. Pourtant, elle était impuissante à lui résister. En tombant amoureuse de lui, elle verrait son cœur voler en éclats. Jamais ils ne pourraient envisager le moindre avenir ensemble. Pas même simplement sortir dîner tous les deux. Lui aussi avait une famille qui ne lui laisserait aucun répit et se montrerait odieuse.

Au bout de longues minutes qui lui semblèrent une éternité, elle entendit enfin le bruit de ses bottes s'éloigner dans le couloir.

Toutes les parcelles de sa peau étaient embrasées. Les mains de Jake sur elle, sa bouche, son corps contre le sien, son désir flagrant… C'était comme si elle était toujours dans ses bras.

Pourrait-elle vraiment passer les quelques jours à venir sans lui céder ? Elle refusa de répondre à cette question.

En attendant, il fallait qu'elle aille en ville pour s'acheter des vêtements, trouver un nouveau logement. Il fallait qu'elle dise au revoir à Jake avant que se séparer de lui devienne trop douloureux.

En dépit de leur voisinage, elle ne l'avait jamais vraiment connu, n'avait presque pas eu affaire à lui, hormis quand ils avaient réglé des problèmes de mitoyenneté au tribunal.

Mais tout avait changé. Et, s'ils ne mettaient pas un terme à ces baisers enflammés, elle était perdue. Elle allait se laisser emporter par des sentiments si forts qu'elle serait incapable de les maîtriser. Il était si tendre, si attentionné, si désirable…

Bien sûr, si elle l'avait voulu, elle aurait pu coucher avec lui dès maintenant. Faire l'amour avec lui pourrait être la plus belle expérience de sa vie. Elle n'attirait pas les hommes, n'avait pas de rendez-vous amoureux. Hormis quelques rares occasions avec des amis à Dallas, elle ne sortait pas faire la fête. Alors pourquoi ne pas avoir une aventure avec Jake ? Pourquoi laisser passer cette chance qui ne se représenterait peut-être jamais plus ?

Parce que le risque de tomber amoureuse de lui était trop grand, trop angoissant. Un amour profond, pour la vie, qu'il ne lui rendrait pas. Un amour maudit. À moins de s'enfuir, comme l'avaient fait Regina et Sam. Mais si Jake et elle se mariaient, accepterait-elle de se retrouver en exil, elle aussi, jusqu'à la fin de ses jours ?

Voulait-elle vraiment prendre ce risque ?

— Non, chuchota-t-elle.

Elle ne voulait pas qu'il lui brise le cœur. Elle ne voulait pas l'épouser et couper tout lien avec ses grands-parents qu'elle adorait. De plus, elle nourrissait le sincère espoir de renouer les liens avec son père et ses frères qui comptaient beaucoup pour elle. Elle ne voulait pas d'une vie de paria. Et puis Jake n'était pas un homme à se marier. C'était un séducteur. Ne collectionnait-il pas les aventures ? Les femmes passaient dans sa vie et disparaissaient.

Si elle voulait se protéger de toute souffrance, elle avait tout intérêt à garder ses distances. Mais, pour le moment, elle avait besoin de son aide et d'un endroit où vivre, à proximité de son ranch.

Elle prit une douche et se fit un shampooing, soulagée de se débarrasser de l'odeur de la fumée. Puis elle lava ses sous-vêtements qu'elle fit sécher dans la salle de bains. Elle fit de même avec son jean et son chemisier. Puis elle enfila le T-shirt de Jake dans lequel elle allait dormir.

Elle se rendit compte trop tard que c'était une erreur. Il portait l'odeur de Jake… Elle se prit à imaginer que le coton blanc était la douce caresse de ses mains sur sa peau… Malgré son épuisement, elle n'allait jamais pouvoir fermer l'œil !

Mais, quand elle se réveilla, la lumière entrait à flots par la fenêtre.

Un instant désorientée, elle se rappela enfin où elle était. Et se souvint de l'incendie.

L'angoisse l'étreignit. Elle avait perdu sa maison…

Les souvenirs des dernières vingt-quatre heures la submergèrent. Mais, à part celui de sa maison calcinée, les plus vifs restaient ceux des lèvres de Jake.

Il lui était impossible de chasser Jake de ses pensées. Le simple souvenir de ses baisers l'enflammait, faisant naître en elle des sensations indescriptibles. Dans un bruissement de couvertures, elle se leva et alla inspecter ses vêtements. À l'exception de son jean, ils étaient secs.

Contrariée, elle enfila son soutien-gorge et sa culotte, et passa le plus grand des T-shirts de Jake qui lui arrivait à mi-cuisses. Puis elle chaussa ses baskets et prit son pantalon encore humide. Avec un peu de chance, Jake serait occupé à préparer le petit déjeuner ou serait déjà sorti, et elle pourrait aller faire sécher son jean dans la buanderie sans le croiser. Il ne lui faudrait pas plus de vingt minutes pour être sec.

Avec précaution, elle ouvrit sa porte et inspecta les deux côtés du couloir. Soulagée de le trouver désert, elle se précipita dans la buanderie, jeta son jean dans le séchoir et regagna sa suite à la hâte. Une fois la porte fermée, elle soupira d'aise. Heureusement, elle n'avait pas croisé Jake ! Et maintenant, si elle pouvait récupérer son pantalon sec sans encombre, elle serait parée pour la journée.

Vingt minutes plus tard, ses cheveux nattés, elle s'assura de nouveau que le couloir était vide, s'élança vers la buanderie, reprit son pantalon et, en sortant, faillit se cogner à Jake.

- 5 -

— Attention ! s'exclama Jake en l'attrapant par le bras. Désolé, je ne t'avais pas vue.

Son regard se posa sur ses pieds et remonta jusqu'à son visage. Elle remarqua son changement d'expression.

— J'ai dû faire sécher mon jean, expliqua-t-elle d'une voix un peu haletante. J'ai lavé tous mes vêtements hier soir, et il était encore humide. Je n'avais rien d'autre à me mettre.

— Je vois.

L'intonation de sa voix et la manière dont il la contemplait lui firent aussitôt oublier ses vêtements. Elle ne pensait déjà plus qu'à ses mains sur elle, son corps chaud contre le sien et le fait qu'elle n'était pas complètement habillée.

Reculant légèrement, il l'observa sans rien dire. Son regard la balaya de nouveau de la tête aux pieds. Malgré elle, au lieu de ses yeux, c'était ses mains et sa bouche qu'elle imaginait sur sa peau…

— Quand on a des jambes comme les tiennes, on ne devrait jamais les cacher, reprit-il en la regardant de nouveau dans les yeux. C'est la première fois que je les vois nues. Tu ne portes jamais de short.

— Évidemment ! Parce qu'à moins de ne pas

pouvoir faire autrement, ni toi ni moi n'approchions de notre frontière commune. Et je ne porte pas de shorts pour travailler au ranch. D'abord à cause des serpents à sonnette. Et ensuite, à cause des lampourdes glouterons, des mauvaises herbes, des ronces, des coups de soleil.

— Tu dois avoir les plus belles jambes du Texas.

Elle ne put s'empêcher de rire, ce qui dissipa sa gêne.

— Merci, monsieur, vous êtes trop aimable. Mais vous devriez vous faire examiner les yeux. J'ai des cicatrices de l'époque où je faisais des courses de tonneaux, alors je ne pense pas que mes jambes soient si spectaculaires que ça. En attendant, pour l'instant, j'ai besoin de les recouvrir de mon jean. Alors, si tu veux bien m'excuser.

Elle espérait passer rapidement à côté de lui et fit un pas en avant.

Voyant qu'il ne bougeait pas, elle croisa son regard sombre, brûlant, étincelant d'un désir qu'il contenait à peine. C'était la première fois de sa vie qu'elle était ainsi désirée par un homme. Incapable de reprendre son souffle, elle entendit son cœur cogner à coups précipités.

Quand il fixa sa bouche, elle sentit son pouls s'affoler.

— Claire, chuchota-t-il, sa voix se faisant rauque, enjôleuse.

— Je dois y aller, dit-elle, plus pour elle que pour lui. Jake, il faut arrêter ça. Nous n'avons pas d'avenir. Nous ne pouvons même pas déjeuner tous les deux au restaurant. Nous ne pouvons pas être vus ensemble, et nous embrasser ne fait qu'ajouter au problème.

— Je ne pense pas, répliqua-t-il, sûr de lui.

— Ne me regarde pas comme ça, ordonna-t-elle sans grande conviction.

Elle s'écarta de quelques pas.

— Attends une seconde, murmura-t-il, lui effleurant le bras.

Elle s'immobilisa et prit une profonde inspiration. Elle n'était qu'à quelques centimètres de lui, et il l'avait à peine touchée. Mais sa voix caressante s'enroula autour d'elle, plus solidement qu'une corde.

— Jake, ne me prends pas dans tes bras. Tu sais que je ne peux pas te résister.

— Je ne te retiens pas dans mes bras, lui fit-il remarquer en l'enlaçant légèrement. Tu es libre de t'en aller et tu le sais. Admets-le, Claire. Tu veux m'embrasser autant que je le veux.

— Peut-être, mais je sais que c'est la pire des idées. Je ne peux pas m'empêcher de penser à mes frères. Je ne veux pas qu'ils te fassent du mal.

Elle n'ajouta pas qu'elle ne voulait pas non plus qu'il lui brise le cœur. Il en avait brisé déjà beaucoup. Elle connaissait son passé de séducteur et n'avait aucune envie de faire partie de son tableau de chasse. Sa vie était déjà bien assez compliquée comme ça, en ce moment !

— Je n'ai absolument pas peur de tes frères et je peux te garantir qu'ils ne me feront pas de mal, assura-t-il. De toute façon, ils ont quitté la ville et ils n'ont pas la moindre idée de ce qui se passe ici.

— On ne peut pas s'embrasser. Je ne suis même pas habillée.

— Tu crois que je ne le sais pas ? Et je n'ai jamais entendu dire que c'était une raison pour ne pas s'embrasser, rétorqua-t-il, une pointe d'amusement dans la voix.

Il se pencha vers elle et déposa une pluie de baisers sur sa gorge.

— Tu es divine, Claire, murmura-t-il, soudain très grave.

Toute envie de plaisanter semblait l'avoir quitté.

Son compliment plein de ferveur la poussa à se blottir contre lui. Sous l'effet de ses baisers, son corps fut parcouru de frissons. Elle passa ses doigts dans ses cheveux et, quand il leva la tête vers elle, elle lut dans ses yeux un désir indéniable. Un désir qui, elle le savait, brillait aussi dans son propre regard.

— C'est tellement idiot. Je suis vulnérable et tu vas me briser le cœur, chuchota-t-elle, alors qu'il continuait à lui picorer la gorge de baisers.

Elle aurait été incapable de dire si elle s'adressait à lui ou si elle se parlait à elle-même.

— C'est toi, le vrai danger, pas mes frères, ajouta-t-elle. Mon cœur est en danger.

Il passa une main légère sur sa nuque, la caressant, attisant son désir. Elle laissa échapper un petit gémissement. La bataille en elle faisait rage. Devait-elle résister ou s'abandonner à ses sentiments ?

Elle devait s'éloigner. Elle allait souffrir. S'ils

continuaient à se toucher, à s'embrasser, elle allait finir dans ses bras, dans son lit et, pire, allait tomber amoureuse de lui !

Et elle ne pouvait pas se le permettre. Il ne l'aimerait jamais en retour, et même si c'était le cas, jamais ils n'auraient de futur ensemble.

Elle ne voulait pas d'une simple aventure avec lui. Or ce ne pourrait être que cela car il n'était pas du genre à se marier. Il était bien trop volage.

Alors qu'elle luttait contre elle-même, ses baisers continuaient à la griser lui faisant battre le cœur à coups précipités, lui donnant envie de faire l'amour avec lui pendant des heures, de sentir ses mains et sa bouche sur chaque parcelle de son corps.

L'espace d'un instant, elle songea à s'abandonner à lui. Une fois. Une seule fois. Mais pourrait-elle supporter d'être l'une des nombreuses femmes qu'il avait fait souffrir dans ce petit coin du Texas ?

Elle connaissait déjà la réponse : non. Donc elle devait le repousser. Rapidement. Mais quand il passa une main légère sous son T-shirt trop grand, caressant son dos nu, elle se sentit s'embraser d'un brasier qui faillit la consumer.

Il glissa une main autour de sa taille, puis, remontant doucement, repoussa son soutien-gorge et prit un sein au creux de sa paume. Son pouce caressa son mamelon, lui arrachant un soupir de plaisir et, l'espace d'un instant, elle s'abandonna à sa caresse. Elle était vulnérable, elle se sentait seule, elle souffrait d'avoir tout perdu. Et Jake réveillait en elle ce besoin, qu'elle essayait de refouler, d'un homme fort qui la tiendrait dans ses bras rassurants, qui lui ferait l'amour.

— Tu es divine, lui répéta-t-il.

Ses seins dans ses deux mains, il en caressait les pointes tendues, exacerbant son désir.

Toutefois, elle ne pouvait ignorer sa petite voix intérieure. Elle se dégagea, recula et plongea son regard dans le sien, essayant de faire abstraction du désir qu'elle y voyait briller.

— Nous ne pouvons pas, Jake. Je vais souffrir.

— Jamais je ne te ferai de mal, Claire. Et, crois-moi, tu ne vas pas tomber amoureuse de moi parce que nous avons échangé quelques baisers, susurra-t-il en suivant le lobe de son oreille de sa langue.

Sentant les derniers vestiges de sa volonté céder, elle murmura :

— Oh Jake, tu sais bien que je te veux.

Leurs regards enchaînés, elle n'avait plus aucune force pour le repousser. Elle voulait qu'il l'embrasse. Et il avait raison, elle pouvait sûrement s'enivrer encore de quelques baisers avec lui, sans pour autant tomber amoureuse et voir son cœur se briser.

Elle se hissa sur la pointe des pieds, posa sa bouche sur la sienne et sentit le sol se dérober sous ses pieds. Elle ne parvenait plus à aligner deux pensées cohérentes, ne savait plus où elle était ; elle n'était plus que sensations.

Jake, de toute sa force, la retenait prisonnière, sa bouche moelleuse caressant sensuellement la sienne, prenant son âme au piège. De sa langue, il effleura ses lèvres qui s'ouvrirent comme une fleur. Elle gémit et le monde bascula.

Tandis que, d'une main, il lui tenait la taille, son autre main glissa le long de son dos, puis à l'intérieur de sa culotte qu'il fit descendre le long de ses jambes, jusqu'à ses chevilles. Sans cesser de l'embrasser, il lui retira son T-shirt qu'il jeta de côté. Puis, reculant d'un pas, il reprit ses seins en coupe.

— Tu es tout simplement parfaite, dit-il, la voix rauque de désir, en taquinant ses mamelons de ses pouces.

Sous l'assaut des vagues de volupté qui la submergeaient, les yeux à moitié clos, elle ne tarda pas à comprendre qu'ils frôlaient le point de non-retour.

Mais elle avait beau vouloir l'ignorer, sa petite voix intérieure refusait de se taire.

Elle finit par repousser Jake et ouvrit les yeux. Devant la passion qui faisait étinceler son regard, elle se sentit trembler de tous ses membres, mais elle resta déterminée. Une détermination sans faille.

— Jake, je suis désolée, mais je ne suis pas prête pour cela.

Elle se dégagea de son étreinte, toujours enchaînée à ce regard brûlant qui faisait fondre sa détermination.

Il ne protesta pas, n'essaya pas de la retenir. Elle lui en sut gré. Elle n'aurait pas pu supporter son opération de séduction une minute de plus sans succomber à son charme.

Rassemblant ses vêtements à la hâte, elle s'enroula dans le grand T-shirt et s'éloigna sans un regard en arrière.

Habillée et prête pour la journée, elle n'arrivait toujours pas à chasser Jake de son esprit.

Elle ne pouvait nier vouloir son amour, ses baisers, sentir ses mains sur sa peau, son corps viril contre le sien. Elle savait qu'en lui elle trouverait le meilleur amant de sa vie. Mais comment pourrait-elle faire l'amour avec lui, tomber amoureuse de lui, et l'oublier alors qu'il lui serait impossible de l'éviter ?

Leurs deux ranchs étaient voisins. Ils étaient tous les deux liés à jamais à leurs immenses domaines. Et cette proximité faisait qu'un jour elle ne pourrait que le voir en épouser une autre.

Après mûre réflexion, elle sut quelle décision prendre. Si elle voulait lutter contre la tentation, elle devait quitter cette maison et aller s'installer ailleurs. Loin de Jake, elle retrouverait son équilibre. Et elle en avait grand besoin, avec tout ce qui l'attendait !

Elle sortit de sa chambre pour rejoindre Jake. Ils devaient aller à Persimmon.

Elle le trouva dans la cuisine.

Dès qu'il entendit son pas, il se retourna. Lentement, son regard glissa sur elle et elle sentit une onde électrique traverser son ventre.

Traversant la pièce, il s'approcha d'elle en souriant. À chacun de ses pas, elle sentait les battements de son cœur s'accélérer. Il avait remonté les manches de sa chemise en denim qui était rentrée dans un jean étroit délavé, avait mis ses bottes.

En le voyant, toute sa détermination fondit comme neige au soleil. Pour être remplacée par une simple question : tout le monde ne survivait-il pas à un chagrin d'amour ?

Prenant une profonde inspiration, Jake regarda Claire. Dans son jean moulant, son T-shirt rouge et ses bottes, elle était superbe.

— Tu es très en beauté dans cette tenue, lui fit-il remarquer. Mais je comprends que tu veuilles des vêtements neufs.

Sa voix s'était voilée. Une réaction à l'effet qu'elle produisait sur lui. Depuis quand trouvait-il sa voisine attirante, séduisante, fascinante ? Depuis ce fabuleux baiser, leur premier baiser, qui resterait à jamais gravé dans sa mémoire. Et chacun des suivants avait été tout aussi étourdissant, divin.

— Jake, en allant à Persimmon, j'aimerais jeter un coup d'œil à ma maison. Quelques cantines pourraient avoir survécu au feu. J'aimerais vérifier. Dans certaines, j'avais de l'argent.

— Pas beaucoup, j'espère.

— Non.

— As-tu jamais entendu parler des banques ?

Elle lui jeta un coup d'œil perplexe. Pour se rendre compte immédiatement qu'il la taquinait.

— As-tu jamais entendu parler de te mêler de tes affaires ? rétorqua-t-elle.

Dans un éclat de rire, il répondit :

— Mangeons quelque chose avant, puis nous partirons. J'ai des fraises et des myrtilles. Je peux faire des œufs brouillés et des toasts.

Pourtant, ses pensées indisciplinées étaient loin

de la préparation d'un en-cas ! Il ne rêvait que d'une chose : faire l'amour à Claire. Comment un simple baiser avait-il pu changer ses sentiments pour elle ?

Dans un suprême effort de volonté, il se concentra sur ses préparatifs pour se retenir de la reprendre dans ses bras.

L'aidant, elle mit le couvert, remplit les tasses de café et les verres de jus d'orange. Une fois qu'ils furent prêts, il lui avança une chaise et le simple fait de la frôler mit ses nerfs à vif.

Ils mangèrent en silence. Mais les regards qu'elle lui jetait à la dérobée ne lui échappaient pas. Elle ne semblait pas lui en vouloir. Au contraire ! Toutefois, l'embrasser de nouveau maintenant serait une erreur.

Heureux de savoir qu'elle n'était pas fâchée contre lui, il mangea de bon appétit.

Quand elle voulut l'aider à débarrasser, il l'arrêta.

— Aujourd'hui, Betsy vient faire le ménage. Tu peux laisser la vaisselle. Allons-y. Nous nous arrêterons chez toi en passant.

— Merci. Cela me rassurera. Je redoute de voir les dégâts mais j'ai des affaires importantes à récupérer, si elles ont été épargnées par le feu.

Il en doutait.

— Elles pourraient être encore trop chaudes pour les transporter, lui fit-il simplement remarquer. Dans ce cas, j'enverrai quelques-uns de mes hommes les chercher plus tard. Nous aviserons sur place. Mais il faudra être prudents. S'il y a encore des braises, le feu pourrait repartir.

— Je n'en aurai sûrement pas pour longtemps.

Soudain distrait par l'épaisseur de sa natte, il hocha la tête. Il était curieux de savoir à quoi elle ressemblait, les cheveux lâchés. Il les imagina, leur masse rousse étalée en éventail sur son oreiller… Puis, sentant que son esprit se remettait à vagabonder, il quitta la cuisine. S'ils ne partaient pas tout de suite, ils n'arriveraient peut-être jamais à Persimmon !

Il prêta une paire de gants à Claire, puis ils se mirent en route.

Ils traversèrent les prairies toujours incandescentes, passant de temps à autre devant un foyer où les flammes continuaient à dévorer le peu de broussailles qui restaient encore à brûler. Toujours debout, certains bâtiments partiellement calcinés semblaient sur le point de s'écrouler.

— Bon sang ! s'exclama-t-il d'une voix sourde. On se croirait dans une zone de guerre. Tu es sûre de vouloir continuer ?

— Oui, s'il te plaît. J'ai deux cantines que j'utilise comme coffres-forts. Je veux les récupérer. Elles contiennent de l'argent et des papiers dont j'ai besoin. Comme elles sont en métal, j'espère que leur contenu aura été épargné.

— D'accord. Mais il faudra te dépêcher. Les feux sont imprévisibles.

— Je ferai vite, murmura-t-elle.

Il comprenait sa tristesse et redoutait ce qui allait suivre. Cette visite à son ranch ne lui ferait aucun bien. Mais si elle pouvait sauver quelque chose, il l'aiderait.

Il regarda sa montre. Il ne comptait pas s'attarder.

Ils reviendraient si nécessaire, mais les lieux ne lui disaient rien qui vaille, et il était certain qu'ils ne devraient pas respirer les fumées.

En arrivant sur les terres des Blake, ils purent se rendre compte de l'étendue des dommages. Ils étaient considérables. La grange, les dépendances, les habitations des employés n'étaient plus qu'un amas de ruines fumantes.

En entendant le gémissement de Claire, il sentit son cœur se serrer. Elle venait de voir sa maison dont il ne restait plus que des montagnes de cendres sous des charpentes brûlées qui semblaient pouvoir s'écrouler au moindre souffle d'air.

Il n'osait imaginer l'état dans lequel il serait, si un tel drame le touchait.

Il alla se garer devant ce qui avait été le perron puis, avant que Claire descende, lui tendit un bandana qu'elle plaqua sur sa bouche. Il apercevait des flammes dansant sous les décombres. Pourvu qu'elle ne traîne pas trop. L'endroit n'était pas sûr.

— Allons voir tout de suite, pour tes malles. Tu veux que je les transporte dans le pick-up ?

— Si possible, oui. Si elles sont trop lourdes, je t'aiderai.

Une fois à l'intérieur, il suivit Claire jusqu'à un endroit qui avait dû être un bureau. Elle lui désigna une des malles, énorme, qu'ils portèrent ensemble jusqu'au pick-up.

— J'ai besoin de celle-ci, dit-elle. C'est la plus importante. Elle contient mon argent et mes papiers.

Soudain il remarqua l'entaille sur le couvercle en fer. Et resta abasourdi.

— C'est impossible ! s'exclama-t-il.

Sentant sa colère déferler comme une vague, il inspecta la base couverte de cendres. Il la brossa d'une main et, le cœur battant soudain plus vite, parmi les entailles et les éraflures, remarqua les lettres que l'on avait essayé de gratter. Sa fureur s'amplifia.

Cela confirmait ses soupçons. Cette énorme cantine avait appartenu à son père.

- 6 -

— Que fais-tu ? lança Claire. C'est ma cantine principale. Mon père y rangeait des documents et des armes. Il me l'a laissée. Je veux l'emporter. Elle contient aussi de l'argent.

— Cette cantine nous appartenait, rétorqua-t-il sèchement. Le nom de mon père y était gravé et il a été gratté. Il y gardait de l'argent et des armes de collection jusqu'au jour où elle lui a été volée.

Son père n'avait jamais eu le moindre doute ; pour lui, les Blake étaient les auteurs du vol.

Il écumait de rage. La vieille rivalité familiale remontait à la surface.

— Elle ne peut pas être à toi, répliqua-t-elle, une pointe d'impatience dans la voix. Je l'ai toujours vue dans les affaires de mon père. Il me disait la tenir de son grand-père.

— Ça m'étonnerait ! Tu vois bien que l'on a essayé de faire disparaître le nom du propriétaire. Nous allons l'emporter pour la nettoyer. Mais je la reconnais parfaitement. Tu vois cette entaille, sur ce coin ? Elle a été faite par une enclume que des employés de mon père avaient fait tomber dessus.

Sa colère empirant, il se rappela toutes les fois où il s'était battu avec les frères Blake. Tous les sales tours que leur avait joués le père de Claire avant de quitter son ranch et la région : la détérioration de leurs clôtures, le vol de leur bétail. Bien trop malins pour garder les bêtes volées, les Blake s'empressaient de les vendre. Tout au moins, c'était ce que son propre père avait toujours affirmé.

Pire, ils ne le faisaient même pas pour l'argent mais par pure malveillance.

— C'est bien la cantine de ma famille, déclara-t-il. Tu verras que toutes ces éraflures visent à masquer le nom « Reed ». Aide-moi à la monter dans le pick-up.

Le fusillant du regard, elle s'exécuta.

— Allons chercher les autres, proposa-t-il.

Il se hâta à travers les décombres, la fumée le faisant tousser. Ne décolérant pas, il repensa à tous les autres actes de vandalisme des Blake. Il devenait urgent qu'il prenne ses distances avec Claire. Vu leur histoire familiale, il ne pourrait peut-être pas plus lui faire confiance qu'à son père et à ses frères. Le même sang coulait dans leurs veines.

Jamais personne d'autre ne s'était plaint des Blake pour vandalisme ou vol de bétail. Les Reed semblaient être leur cible de prédilection. Encore une raison de leur en vouloir. Ils avaient bien trop souvent échappé aux poursuites légales.

Claire pouvait leur ressembler bien plus qu'elle n'était prête à l'admettre. Il ne voulait pas se retrouver lié par les sentiments à une femme qui avait les mêmes gènes que son voleur de père et ses deux brutes de frères.

Plein d'amertume, il s'affaira dans un silence maussade.

Claire désigna trois autres cantines qu'elle souhaitait prendre.

— Allons-y, dit-il. Au besoin, nous reviendrons chercher le reste plus tard. Personne ne viendra rien voler ici. Dépêchons-nous de sortir à l'air frais. Je vais t'emmener à Persimmon, comme convenu, mais nous allons commencer par retourner chez moi pour nettoyer cette cantine au jet.

— Entendu, murmura-t-elle d'une voix enrouée en remontant dans le pick-up.

Une fois les décombres et la fumée loin derrière eux, il retira son bandana. Elle l'imita. Ils ne prononcèrent pas une parole durant le trajet du retour.

— Nous allons commencer par descendre cette cantine, dit-il. Je vais aller me doucher puis je viendrai la nettoyer pour voir si nous pouvons déchiffrer ce nom.

— D'accord, lâcha-t-elle, glaciale.

Elle pensait sûrement qu'il mentait, au sujet de cette malle, et il espérait bien lui prouver le contraire. Pourquoi persistait-elle à nier l'évidence ? Sans doute parce qu'elle refusait l'idée qu'un Blake ait pu enfreindre la loi et se rendre coupable de vol.

D'après ses réactions, elle n'était probablement pas au courant de tous les méfaits qu'avaient commis les siens. Et il le souhaitait. Car s'il apprenait un jour qu'elle les avait aidés et qu'elle avait nui à sa famille…

Cette pensée décupla sa colère.

Il était curieux de savoir quel avait été son rôle, à la grande époque des hostilités permanentes entre leurs grands-pères et leurs pères respectifs. Toutefois, même si elle n'avait pas été impliquée, il ne voulait plus se laisser troubler par son charme. Le passé se révélait trop lourd.

La voix de Claire le ramena au présent.

— Je vais me passer au jet. Je ne supporte pas cette odeur de fumée sur mes vêtements. Tu voudras peut-être en faire autant.

— Bonne idée, répondit-il. Je vais chercher le tuyau d'arrosage.

Une fois qu'ils se seraient rincés, il allait laver la cantine. Et faire comprendre à Claire qu'il avait raison.

Il revint avec le tuyau qu'il lui tendit en lui disant :

— Commence. J'enlève ma chemise.

— Tu ne m'en voudras pas si je fais comme toi. Ce que j'ai dessous pourrait être un maillot de bain.

Lui tournant le dos, elle retira ses bottes et ses chaussettes, avant de se débarrasser de son T-shirt.

Immédiatement, il sentit sa bouche se dessécher, et son esprit se vida. Le feu, la fumée, l'odeur, plus rien ne comptait à part elle. Sa taille fine, son expression sereine, irrésistible.

Sans quitter son jean elle s'aspergea à l'aide du tuyau, puis se retourna vers lui. Devant son soutien-gorge blanc qui moulait sa voluptueuse poitrine, il sentit tout son corps se durcir de désir.

Elle était d'une beauté renversante, d'une sensualité stupéfiante. Quand il vit l'eau couler sur sa peau crémeuse, il dut faire un effort de volonté surhumain pour réprimer son besoin irrépressible de combler la courte distance entre eux et de la happer dans ses bras. Il voulait lui arracher son soutien-gorge, s'emplir les mains de ses seins sublimes et l'embrasser à perdre haleine.

— Oh ! C'est tellement bon, murmura-t-elle, les yeux clos.

Les rouvrant, elle lui tendit le tuyau.

— Excuse-moi d'être passée la première. Mais je n'ai pas pu résister.

N'y tenant plus, il retira sa chemise et, s'avançant vers elle, il l'enlaça. Lui prenant le tuyau, il s'arrosa rapidement et le jeta de côté.

D'abord surprise, elle écarquilla les yeux. Puis son regard s'assombrit.

— Jake ?

— Tu es absolument divine, dit-il d'une voix saccadée.

Tremblant de désir, il sentait son érection durcir. Plus rien ne comptait que de s'enfouir en elle, lui faire l'amour Et au diable les conséquences !

Mais, se tortillant légèrement, elle se dégagea et le fusilla du regard.

— Jake ! Arrête ! Il y a quelques minutes à peine, nous étions en train de nous quereller. Ce n'est pas ainsi que nous pourrons effacer notre rivalité familiale. Je ne veux pas aller plus loin. Tu es un Reed. Inutile de compliquer nos vies avec nos émotions.

Elle recula d'un pas, ramassa son T-shirt, ses bottes et ses chaussettes, et s'enfuit en courant. Après avoir ouvert la porte d'entrée, elle disparut à l'intérieur de la maison.

— Bon sang ! murmura-t-il sans chercher à la retenir.

Tout son corps vibrait d'un tel besoin que c'en était douloureux.

Il laissa échapper un gémissement de bête blessée.

Claire avait raison. Les conflits entre leurs deux familles remontaient à plus d'un siècle. Et cette cantine n'allait pas jouer en faveur du processus de paix !

En attendant, il brûlait de désir pour elle, la voulait dans ses bras, dans son lit, voulait lui faire l'amour pendant des heures. Incapable de chasser les images d'une sensualité indescriptible des gouttes d'eau glissant sur le renflement de ses seins, à cet instant précis il se fichait totalement de la haine entre leurs deux familles, de cette fichue malle, de leurs différends ou du futur ! Une seule chose comptait : la posséder enfin.

Il avait besoin de sentir ces deux globes fermes au creux de ses paumes, de les palper. Jamais il n'avait embrassé une femme aussi sexy. D'autant qu'elle ne faisait rien de délibéré pour le séduire. Il n'osait imaginer sa réaction si tel avait été le cas !

Sentant toutes les parcelles de sa peau s'embraser, il serra les poings.

— Bon sang !

Il devait l'ignorer, oublier leurs baisers.

Jamais il ne le pourrait. Pas plus qu'il ne pourrait effacer la sensation de ses seins sous ses mains.

Elle l'avait ensorcelé. Ils avaient passé leur vie à se détester, à se battre l'un contre l'autre, à s'ignorer, jusqu'à leur premier baiser, le baiser le plus enivrant de toute sa vie.

Il poussa un grognement, attrapa le tuyau et laissa

l'eau froide couler sur lui, regrettant de ne pouvoir laver aussi le souvenir du corps de Claire, de sa bouche, de ses seins moelleux.

Que n'aurait-il donné pour rencontrer une autre femme qui le libère de l'obsession que Claire avait fait naître en lui.

Étouffant un nouveau juron, il jeta le tuyau d'arrosage qui n'avait pas vraiment réussi à le rafraîchir et coupa l'eau. Puis, ramassant sa chemise, il se dirigea vers la porte moustiquaire. Qu'il ne put ouvrir. Claire l'avait fermée de l'intérieur. Il sonna et attendit.

Elle finit par arriver. En la voyant, il étouffa un nouveau gémissement. Une serviette nouée sur sa tête cachait ses cheveux. Une autre dont la couleur verte rehaussait la beauté de ses yeux était enroulée autour de son corps.

Cherchait-elle à le torturer ? À se venger de leur dispute ?

— Désolée. Je n'avais pas l'intention de te laisser dehors, s'excusa-t-elle, ses joues se colorant de rose.

Elle l'enveloppait d'un regard énigmatique. Que diable pouvait-elle bien penser ?

Mais, muet devant sa beauté, il était incapable de proférer une parole.

Elle dut sentir son malaise car elle eut soudain l'air gêné et finit par expliquer :

— Ce baiser était une très mauvaise idée. À tout à l'heure. Je vais m'habiller.

Sur ces mots, elle tourna les talons et s'éloigna.

Il se rendit dans sa chambre et ferma la porte.

Avec un nouveau juron, il se déshabilla pour aller se doucher.

Avec sa douche italienne et sa grande baignoire encastrée, sa spacieuse salle de bains était un véritable bijou architectural. Une immense baie vitrée offrait une vue splendide sur l'extérieur. Un aquarium rempli de poissons tropicaux occupait l'un des murs, un immense miroir l'autre mur. Il entra dans la douche et ouvrit l'arrivée d'eau froide.

— Fais-la-moi oublier ! ordonna-t-il au robinet. Je compte sur toi. Une Blake. Je ne veux pas mêler nos vies. Comme si elle me le permettait, de toute façon. Seigneur ! Combien de temps me faudra-t-il pour la chasser de mes pensées alors qu'elle habite le ranch voisin ?

Il réprima un soupir accablé. Jamais il ne pourrait être ami avec elle, lui faire confiance. Il ne devrait plus jamais l'embrasser, pas même la toucher. Il allait se limiter à être poli et, maintenant qu'il l'avait invitée, lui permettre de rester chez lui le temps que sa vie soit remise sur les rails. Il savait qu'elle chercherait rapidement un autre endroit où loger. Ce jour-là, ils reprendraient leurs habitudes, ne se parleraient plus, ne se fréquenteraient plus. Et, surtout, ne s'embrasseraient plus.

Il refoula sa frustration. Pourquoi fallait-il justement que Claire soit la seule femme qui l'embrassait ainsi ?

Allons ! Il devait la gommer de sa mémoire. De toute façon, elle allait sans doute lui faciliter la tâche. Car elle serait ivre de rage quand il récupérerait sa cantine.

Il sentit monter une nouvelle bouffée de colère. Ses gredins de frères l'avaient sans doute volée pour l'apporter à leur père qui l'avait gardée sans la vider de son contenu. Peut-être devrait-il appeler son propre père ? Mais ce dernier devait être en train de pêcher et de profiter agréablement de sa retraite. Inutile de gâcher sa journée avec cette vieille histoire.

Le plus important, pour l'instant, c'était qu'il s'éloigne de Claire. Ils n'avaient pas d'avenir ensemble.

Alors pourquoi ne pouvait-il s'empêcher de la voir dans sa serviette verte ?

La douche froide n'avait pas été très efficace.

Claire se sécha les cheveux et se regarda dans le miroir. Seulement, au lieu de son reflet, elle ne voyait que les yeux d'ébène de Jake la fixant. Aussitôt elle sentit ses mains effleurer sa peau, sa bouche sur la sienne…

Son cœur battit plus vite.

Elle n'aurait jamais dû se déshabiller devant lui, tout à l'heure. Mais ses vêtements qui empestaient la fumée lui donnaient la nausée. Elle avait pensé que son soutien-gorge aurait l'apparence d'un haut de maillot de bain.

Or, dès l'instant où elle l'avait dévoilé, Jake n'avait pas pu résister. C'était sa faute ; elle savait qu'il la désirait.

Elle devait se forcer à ne plus penser à lui. Ils n'avaient pas de futur ensemble. Et en plus de leur brouille ancestrale, aujourd'hui, il accusait sa famille d'avoir volé cette malle qui appartenait à son père !

Il se trompait. Elle appartenait aux Blake, et ce depuis des années. Elle savait bien que ses frères avaient commis quelques erreurs, mais ils n'étaient pas des voleurs, elle en avait la certitude. De toute façon, il existait des tas de cantines comme celle-là. De plus, connaissant l'arrogance de ses frères, s'ils l'avaient prise aux Reed, ils n'auraient pas pu s'empêcher de s'en vanter.

Cette fois, elle allait quitter la cabane de Jake et se chercher un autre endroit où loger. Cela devenait impératif.

Elle promena son regard sur le somptueux décor, la grande chambre, l'élégant lit à baldaquin d'époque, le miroir ancien au beau cadre sculpté. Loin de ressembler à une cabane de pêche, cette maison était un vrai palace. Elle soupira. Même si elle en appréciait la beauté, elle allait devoir la quitter.

Elle en voulait trop à Jake de traiter les siens de voleurs. Jamais elle n'aurait dû se bercer d'illusions en pensant qu'ils pouvaient être amis.

La situation entre eux ne changerait jamais. La cantine ne venait que s'ajouter à la longue liste de problèmes entre eux. Ils n'avaient pas la même vision de la vie et chacun détestait la famille de l'autre. Pourquoi cela changerait-il ?

Elle savait que sa vie solitaire la rendait vulnérable à son charme. Jamais elle n'aurait dû accepter son hospitalité. Mais où serait-elle allée se réfugier ? Ses amis habitaient Dallas. Quant aux employés dont elle se sentait proche, ils avaient tout perdu et avaient probablement bien plus besoin de son aide qu'elle de la leur.

L'invitation de Jake était tombée à pic. Mais à présent elle allait devoir trouver une autre solution.

Aller s'installer dans l'appartement qu'elle avait à Dallas pour ne revenir que quand sa maison serait reconstruite ? Non. Elle devait rester dans le coin. Son agent d'assurances lui avait dit ne rien pouvoir faire tant que l'incendie n'était pas totalement maîtrisé. Et puis, l'ide de s'éloigner de son ranch maintenant ne lui plaisait pas.

Elle n'avait donc d'autre solution que de rester sur place et, une fois que le feu serait totalement éteint, de s'occuper de faire nettoyer ses terres et de surveiller les travaux.

Il y avait tant à faire ! Pourtant, ce qui dominait ses pensées, c'était le souvenir des baisers de Jake l'embrassant comme si sa vie en dépendait.

— Non, chuchota-t-elle.

Elle voulait le chasser de sa mémoire. Il fallait qu'elle reprenne le cours de sa vie, qu'elle retrouve la routine dont il était absent.

Hélas, pour l'instant, c'était impossible à envisager. Du moins, tant qu'elle vivrait sous son toit, passerait du temps en sa compagnie, apprendrait à le connaître et se sentirait de plus en plus redevable.

Accablée, elle lissa ses cheveux en soupirant. Elle se sentait acculée.

Une fois qu'elle serait loin de Jake, elle retrouverait toute sa combativité. Et ses esprits.

Du moins, l'espérait-elle.

Avec un nouveau soupir à fendre l'âme, elle rejeta la tête en arrière pour repousser sa longue tresse rousse dans son dos et essaya de se concentrer sur la liste des tâches qu'elle avait rédigée.

Pour commencer, elle allait rappeler son agent d'assurances. Elle prit son téléphone, s'assit au bureau et pressa la touche de son répertoire. Pendant qu'elle attendait, son regard se posa sur une photo d'enfant aux cheveux bruns, en bataille. Elle prit le cadre désuet pour l'observer de plus près et, immédiatement, reconnut Jake. Son cœur se gonfla de tendresse. Il était adorable !

— Tu chamboules ma vie. Je te défends de m'embrasser de nouveau ! lui ordonna-t-elle.

Une voix grave, familière, s'éleva derrière elle.

— Je ne peux pas faire cette promesse.

- 7 -

— Seigneur ! N'entre jamais par surprise ! s'exclama-t-elle, sentant ses joues la brûler.

Quelle humiliation ! Elle avait parlé à voix haute, et Jake l'avait entendue !

Elle interrompit l'appel qu'elle était en train de passer et fusilla Jake du regard.

Il fit un pas vers elle, un sourire amusé aux lèvres.

— Je ne crois pas avoir été très discret avec mes bottes raclant le parquet, lui fit-il remarquer.

Elle comprit, à son ton moqueur, qu'il la taquinait. Sa gêne augmenta d'autant plus.

— Eh bien, je ne t'ai pas entendu, marmonna-t-elle. Et j'aurais préféré que tu ne m'entendes pas non plus.

Il continua d'avancer vers elle, et elle sentit son pouls s'accélérer. Arrivé à quelques centimètres, il posa un doigt sous son menton et leva son visage vers lui.

Elle était à la fois agacée qu'il l'ait surprise et se soit moqué d'elle, et ne souhaitait qu'une chose : qu'il l'embrasse.

Et, surtout, elle ne se reconnaissait plus. Elle avait pour habitude de contrôler quasiment tout dans sa vie, et notamment les gens qui travaillaient pour elle. Si elle n'avait aucun pouvoir sur la météo et les incendies, elle savait gérer les gens, en général. Pourtant, elle était incapable de gérer Jake Reed. Il ne travaillait pas pour elle, était indépendant et ne faisait que ce qu'il voulait ; avec lui, elle était face à l'imprévisible et ne pouvait jamais anticiper ses réactions.

Lorsqu'elle était seule, elle était farouchement décidée à aller s'installer ailleurs, le temps que sa maison soit reconstruite. Lorsqu'elle était en présence de Jake, sa détermination disparaissait et elle n'avait plus qu'une envie : qu'il la prenne dans ses bras, l'embrasse et lui fasse l'amour durant des heures.

Comment était-elle devenue aussi faible ?

La voix de Jake interrompit le fil de ses réflexions.

— Tu sais, si tes yeux étaient des revolvers, je serais déjà étalé sur le sol.

En dépit de sa gêne persistante, elle sentit une bouffée de rage l'animer. Comment osait-il plaisanter, alors qu'elle semblait incapable d'apaiser les battements de son cœur ?

— Je pense que nous avons besoin de mettre plus de distance entre nous, répliqua-t-elle d'une voix un peu haletante.

Sous son regard de braise, aiguisant son désir, elle n'arrivait pas à retrouver son souffle. Elle savait qu'ils allaient encore échanger l'un de ces baisers interdits. Elle devait résister, dresser un mur entre eux. Vite.

Seulement, si elle était incapable de juguler sa colère, il en allait de même pour son désir. Jamais aucun homme ne l'avait bouleversée ainsi. Mais qu'importe ! À cet instant précis, elle ne voulait plus qu'une chose : sentir la bouche de Jake sur la sienne.

La fixant toujours avec intensité, il lui enlaça la taille d’un bras et la hissa sur la pointe des pieds.

Il effleura ses lèvres des siennes, doucement, comme pour lui demander sa permission. Avec un gémissement, elle passa ses bras autour de son cou et moula son corps contre le sien.

— J’avais l’intention de ne jamais recommencer, murmura-t-elle, le cœur battant à tout rompre.

— Oui, je sais, répondit-il en déposant un nouveau baiser sur ses lèvres, sur son oreille. Moi aussi. Mais tu le veux autant que moi.

Son souffle chaud la chatouilla, exacerbant son désir.

— Nous sommes des ennemis jurés, Jake.

Elle voulait s’en convaincre autant que lui.

Ce fut peine perdue…

Elle enfonça ses doigts dans ses épaisses boucles brunes et s’empara de sa bouche. Un seul baiser. Cela ne prêterait pas à conséquence.

Leur baiser fut à la fois doux et plein de promesses enivrantes.

Maintenant, elle allait s’arrêter et s’arracher à ses bras puissants.

Sauf que… tout son corps le réclamait. Elle ne bougea pas et se serra un peu plus contre lui.

Rien d’autrc nc comptait que son corps pressé contre le sien, la sensation de ses lèvres douces qui lui picoraient le visage, leurs deux bouches qui n’allaient pas tarder à se joindre pour un autre de ces baisers passionnés qui faisaient basculer son univers. À cet instant, c’était ce qu’elle voulait plus que tout au monde.

— Nous avons toujours été des ennemis, mais il y a un domaine dans lequel nous sommes en phase, Claire, murmura-t-il. Quand nous sommes dans les bras l'un de l'autre, consumés par le même désir, la même intention. Tu me veux. Je le sais. Je le sens.

Sans cesser de parler, il lui retira son T-shirt qu'il jeta de côté.

— Oh ! Jake !

Coupant court à ses protestations, il s'empara de sa bouche. Elle le serra contre elle tandis que son autre main fourrageait dans ses cheveux.

Elle gémit doucement. Sa raison n'était qu'un chuchotement étouffé, l'avertissant qu'elle allait le regretter. Mais son esprit s'était vidé. Elle n'avait plus aucune notion de l'endroit où elle se trouvait, de pourquoi elle embrassait son ennemi juré. Hormis la pression chaude des lèvres de Jake contre les siennes, sa fougue contenue, plus rien n'existait.

C'était… grisant. D'une sensualité indicible.

Elle avait l'impression d'être sur le point de se liquéfier. De frôler l'extase sans même que les mains de Jake caressent son corps.

Jamais elle n'avait éprouvé de telles sensations.

Sa raison la rattrapa. Elle devait repousser Jake avant d'être perdue à jamais, amoureuse de lui. Avant que son besoin de ses mains, de sa bouche, de son corps devienne vital.

— Jake, je ne veux pas.

Sa voix était ferme. Du moins lui semblait-il.

S'inclinant vers elle, Jake déposa un chapelet

de baisers fiévreux sur ses seins et dégrafa son soutien-gorge tout en répondant d'une voix altérée :

— Tu le veux autant que moi.

Il fit glisser les bretelles de son soutien-gorge de ses épaules et libéra ses seins. De ses doigts habiles, il les taquina et finit par capturer une pointe durcie entre ses lèvres.

Laissant échapper un gémissement, elle se cambra, ses doigts jouant toujours dans ses cheveux. L'attirant contre sa bouche, elle l'embrassa de nouveau avec frénésie.

Jake, perdu dans l'exploration minutieuse de son corps, semblait avoir tout oublié.

— Tu es sublime, Claire. D'une beauté absolue, si parfaite, si douce… Tu ne peux pas imaginer ce que tu me fais. Je te veux dans mes bras, dans mon lit.

Sa voix rauque n'était plus qu'un murmure. Il l'enveloppait d'un regard flamboyant de passion.

Le souffle de plus en plus court, le cœur battant de plus en plus fort, elle ne trouva pas la force de lui répondre. Encore moins de le repousser.

En avait-elle seulement envie ? Son désir pour lui balayait tout sur son passage. Elle ne voulait plus se protéger, voulait s'abandonner à sa folie.

Ses mains, sa bouche, ses mots, ses baisers, tout n'était que séduction. Elle voulait qu'il continue à l'embrasser sans jamais s'arrêter.

L'espace d'un instant, elle ferma les yeux et s'abandonna à ses caresses tout en laissant ses propres mains voguer sur son corps musclé. Juste l'espace d'un instant, se promit-elle. Puis elle l'arrêterait.

Elle le devait si elle voulait survivre. Elle ne pouvait s'autoriser à tomber amoureuse de lui. Il lui briserait le cœur en mille morceaux. Et, si elle succombait et qu'ils faisaient l'amour, il n'y avait pas d'autre issue.

Il était bien trop sexy, bien trop fascinant… Elle serait emportée et se donnerait corps et âme à ce grand et beau cow-boy qui était son voisin, un homme qui comprenait sa vie, qui la respectait en tant que femme et rancher, qui la désirait. Un homme qu'elle n'oublierait sans doute jamais.

Et dont le souvenir la ferait souffrir toute sa vie.

Elle tenta de repousser Jake – oh, bien faiblement –, mais sa bouche virile et exigeante la poussa à s'ouvrir et à s'abandonner au plaisir.

Il était si facile de se laisser porter par le flot de la volupté… C'était tellement agréable…

Le ballet langoureux de leurs langues, ses doigts qui filaient dans les mèches épaisses de ses cheveux ondulés… Rien ne lui semblait plus naturel.

Pourtant, c'était sans doute le baiser le plus érotique dont elle avait jamais fait l'expérience. Et dont elle ne ferait plus jamais l'expérience.

Elle avait beau lutter pour nier son attirance pour Jake, son corps semblait prendre un malin plaisir à la trahir. Au contact de ses lèvres, elle avait soudain l'impression que la moindre parcelle de sa peau était incandescente. Plaquée contre lui, elle se laissait entraîner dans le tourbillon voluptueux et oubliait tout.

Mais les baisers de Jake étaient dangereux. Elle le savait depuis le premier jour.

— Jake, dit-elle en lui prenant les poignets et

en reculant d'un pas. Je dois arrêter. Je vais tomber tellement amoureuse de toi que je ne m'en remettrai jamais. Nous n'avons aucun avenir ensemble, et tu le sais autant que moi. Pense à ta famille. À la mienne.

Le souffle court, il la regarda avec une telle avidité qu'une onde électrique parcourut tout son corps. Le message était clair : elle voulait retourner au creux de ses bras, l'embrasser, le caresser, oublier toutes les mises en garde de sa raison.

Elle lutta un instant contre son envie d'oublier toute prudence et pensa au chagrin qui l'attendait si elle s'autorisait à tomber amoureuse de lui. Jamais elle ne pourrait le quitter sans y laisser son cœur.

— Claire, je fais mon affaire de ma famille. Je sais ce que je fais et ce que je veux. Quant à toi, tu es indépendante depuis assez longtemps pour savoir ce que tu veux aussi. Cela me semble évident.

Il avait raison, bien sûr, mais elle n'avait pas sa force, son courage, pour se lancer dans une relation qui comportait autant de risques.

Se faisant violence, elle se dégagea de son étreinte.

— Je ne peux pas, murmura-t-elle.

Il baissa les bras et l'enveloppa d'un regard d'une telle intensité qu'elle eut l'impression que, pour lui, elle était la seule femme au monde. Un regard d'homme amoureux. Mais elle ne devait pas se faire d'illusions. Il n'était pas amoureux d'elle et ne le serait jamais.

Elle se détourna vivement, attrapa ses vêtements et les plaqua contre elle.

— C'est mieux ainsi. Il faut que tu sortes, Jake.

Pendant plusieurs secondes, il ne bougea pas, la

fixant toujours avec cette même intensité. Puis, sans un mot, il tourna les talons et quitta la chambre.

Elle dut s'empêcher de le retenir.

Elle referma la porte et s'appuya contre le battant, les yeux fermés, perdue dans son rêve.

Elle sentait encore les mains de Jake sur sa bouche, sur son corps… Ses baisers aussi fougueux qu'étourdissants la faisaient encore trembler. Elle avait l'impression d'être en feu. Un feu qui ne s'éteindrait jamais.

Ses pensées se bousculaient en elle. Voulait-elle vraiment qu'il quitte sa chambre ? Devrait-elle faire l'amour avec lui ? Aurait-elle le courage d'affronter son père et ses frères, si ces derniers apprenaient sa relation avec Jake ? Voulait-elle vraiment avoir une relation avec Jake ?

Elle ne savait pas.

Désorientée, elle se couvrit le visage de ses mains.

— Oh Seigneur…, murmura-t-elle.

Elle qui, d'ordinaire, prenait rapidement les décisions qui s'imposaient, jamais elle ne s'était retrouvée dans une telle incertitude.

Sachant qu'elle était, pour l'instant, incapable de trouver une solution à son problème, elle pensa à Jake, à l'homme qu'il était.

Il sortait beaucoup le week-end et collectionnait les conquêtes sans jamais avoir de relation sérieuse.

Elle avait la certitude qu'il ne serait jamais amoureux d'elle. Leur attirance n'était qu'un incroyable hasard dû à l'incendie et au fait qu'elle se retrouve sous son toit. Ces événements les avaient tous les deux bouleversés. En outre, le fait qu'elle ait tout perdu devait lui inspirer une compassion qui le poussait à lui accorder plus d'attention qu'il ne l'aurait fait en temps normal.

Les hommes comme lui ne tombaient pas amoureux de femmes comme elle. Elle était solitaire, quelconque, menait une vie totalement incompréhensible pour la gent masculine. Même s'il ne se sentait pas menacé par son métier de rancher, elle n'était pas du tout son type. Elle l'avait trop souvent croisé en compagnie de femmes aussi ravissantes qu'enjouées. Tout le contraire d'elle.

De plus, il n'était pas du genre à se marier.

Et, même si une relation se révélait possible entre eux, pourraient-ils vraiment être heureux et faire abstraction de la rivalité de leurs deux familles ?

Non. Ni aujourd'hui ni jamais. Ce n'était absolument pas un homme pour elle. Elle ne devait pas s'impliquer avec lui.

Mais voulait-elle vraiment laisser passer une chance de faire l'amour avec lui, de vivre la nuit – ou les nuits – la plus sensuelle de sa vie ?

Si seulement elle était capable de vivre une brève aventure avec lui et de le quitter sans mettre son cœur en péril… Mais elle avait peur de ne pouvoir ignorer ses sentiments.

— Je suis peut-être déjà amoureuse. Tu vas me briser le cœur si je ne t'en empêche pas, Jake Reed.

Elle rouvrit les yeux et se rabroua mentalement. Elle devait cesser de se parler à voix haute. Jake ne l'avait-il pas déjà surprise, tout à l'heure ? Elle ne voulait pas que cela se reproduise.

S'il n'avait pas eu en lui ce fond de caractère Reed qui le rendait parfois terriblement agaçant, comme lorsqu'il affirmait que la cantine appartenait à sa famille, elle lui aurait sans doute déjà donné son cœur.

Penser à la cantine contenant ses papiers la ramena brusquement sur Terre. Il fallait qu'elle règle ses affaires, qu'elle passe des coups de téléphone… et qu'elle tourne la page. Il fallait qu'elle trouve un autre logement pour partir de chez Jake avant de succomber totalement à son charme.

Forte de sa décision, elle se prépara pour partir en ville. Puis alla rejoindre Jake.

En sortant, elle entendit un bruit d'eau sur du métal. Exaspérée, elle aperçut Jake qui, penché sur la malle, l'arrosait. Décidément, il avait de la suite dans les idées !

Bien malgré elle, elle ne put s'empêcher d'être troublée. Son stetson repoussé en arrière, ses cheveux bruns balayant son large front, il était sublime. Son jean moulait ses longues jambes, son ventre plat, ses hanches étroites. Il avait roulé les manches de sa chemise en jean dont il avait déboutonné les trois premiers boutons, dévoilant la toison brune de son torse. Les muscles qui tendaient le tissu de sa chemise lui rappelaient à quel point il était bon d'être dans ses bras, à quel point ses baisers l'enivraient…

Elle soupira et s'approcha.

Il lui jeta un coup d'œil puis retourna à sa tâche.

Maintenant que la cantine était propre, quelques lettres se détachaient clairement.

— C'est la première fois que je vois des lettres gravées sur cette malle, déclara-t-elle.

— Je peux te garantir que ce n'est pas moi qui les ai gravées. Je suis passé à mon ranch ce matin pour vérifier certaines choses, et j'en ai profité pour prendre la clé de cette cantine. Je t'attendais pour te laisser l'ouvrir.

Elle fut étonnée qu'il n'ait pas essayé, lui qui était persuadé que cette malle appartenait à sa famille. Et elle lui en sut gré. Il avait des principes, pour un Reed.

— J'avais une clé de cette cantine, dit-elle en le rejoignant. Mais elle est probablement ensevelie sous les cendres, maintenant.

— Quand elle était chez nous, cette malle contenait trois armes anciennes. Une carabine Winchester et deux revolvers. Plus un pistolet Glock qui m'appartenait. Mes initiales sont gravées sur la crosse. Mais tu sais parfaitement que ces armes sont, ou étaient, dans cette cantine.

Elle tressaillit. Pour la première fois, elle comprit qu'il avait peut-être raison. Elle avait vu ces armes… Pourtant, son père lui avait toujours dit qu'elles lui venaient de son grand-père. Comment son père aurait-il pu s'abaisser à mentir ? Ses frères à voler ?

Or, si Jake connaissait l'existence de ces armes, il ne pouvait que dire la vérité.

— Je ne crois toujours pas que ma famille ait volé cette cantine à la tienne, assura-t-elle malgré tout, le défiant du regard. Les Blake ne sont pas des voleurs.

Une ombre d'exaspération passa sur le visage de Jake, et il la foudroya du regard.

— Tu veux bien l'ouvrir ? demanda-t-il sèchement. Voilà ma clé. Si c'est la bonne…

C'est que cette malle appartenait aux Reed, bien sûr.

Elle pria pour que la clé ne fonctionne pas, même si elle était persuadée du contraire. Quand Jake lui avait énuméré la liste des armes, elle savait qu'à l'exception du Glock, sans doute subtilisé par son père ou l'un de ses frères, toutes les trois étaient dans la cantine…

Prenant une profonde inspiration, elle glissa la clé dans la serrure, tourna… et souleva le couvercle.

À côté d'elle, Jake jura.

- 8 -

Jake fulminait. Cette cantine réveillait trop de souvenirs de la malveillance des Blake. Claire avait été tellement catégorique en affirmant que jamais ses frères n'auraient commis ce vol. Or, c'était exactement ce qui s'était passé.

Elle s'agenouilla pour examiner le contenu de la malle. La vue de ses fesses moulées dans son jean vint le distraire de ses pensées. Ses longues jambes repliées sous elle, sa natte rousse frôlant sa taille… La question fusa de nouveau dans son esprit. À quoi ressemblerait-elle avec sa tresse défaite, la lourde masse de sa magnifique chevelure cuivrée déployée ?

Étrangement, sa colère n'apaisait en rien la violence de son désir. Un désir qu'il voulait refouler.

Ce matin, son esprit aurait dû n'être occupé que par la cantine. Mais il avait l'estomac noué par un tourbillon d'émotions indésirables. Claire appartenait à une famille de vauriens ; exception faite de Laird, le benjamin des trois frères. Cependant, malgré tout cela, elle pouvait le faire fondre d'un simple regard, embraser tous ses sens d'un simple frôlement de main.

Il la voulait dans ses bras. Tout de suite. Il voulait lui retirer ce jean étroit qui recouvrait ce qui devait être les jambes les plus sexy du Texas.

— Eh bien, voilà ! dit-elle en lui jetant un regard furtif.

Sa voix le ramena à la réalité. Il était tellement perdu dans ses fantasmes, dans la vision de ses longues jambes lui ceinturant la taille, qu'il avait presque oublié la cantine.

La malle était pleine de papiers, nota-t-il. À sa grande déception, elle ne contenait pas d'armes.

Il s'approcha et se pencha pour regarder les documents en désordre : des vieux relevés de banque, des avis d'imposition, des lettres à l'encre pâlie et des listes de chevaux achetés et vendus.

Les mains sur les hanches, Claire se tourna vers lui.

— Alors ? lança-t-elle.

Agacé, il souleva une brassée de feuillets... dévoilant une carabine Winchester et deux revolvers.

Soudain rouge pivoine, elle s'exclama :

— Oh mon Dieu ! Jake, je suis désolée. En effet, c'est bien la cantine de ton père que mes frères... ont prise. Et mon père devait être au courant. Je... je ne sais pas quoi dire.

Lui non plus ne savait que dire. Il aurait dû savourer sa victoire et pourtant, maintenant, il se fichait complètement de la cantine et de la vieille carabine. Il avait démontré ce qu'il avait avancé et cela lui suffisait. À présent, il ne désirait qu'une chose : prendre Claire dans ses bras et l'embrasser sans fin.

Se composant une voix aussi calme que possible, il déclara :

— Je veux récupérer les armes. Le Glock a disparu. C'est sans doute l'un de tes frères qui l'a. Je me fiche de la cantine. Je voulais juste te prouver que c'était bien celle de mon père.

— Eh bien, tu as tes vieilles armes et j'ai mes archives. Mais tu peux prendre la cantine. J'en achèterai une neuve.

— Garde-la. Seules les armes m'intéressent. Ce sont des pièces de collection.

L'air gêné, elle baissa les yeux en se mordillant la lèvre inférieure.

— Jake, je suis vraiment désolée. Mes frères n'avaient pas le droit de vous dérober cette malle. Quant à moi, je ne me doutais de rien.

Il entoura ses épaules d'un bras et lui sourit.

— Je te crois, dit-il. Et je ne veux pas que nos histoires de familles continuent à nous pourrir la vie.

— Oui, mais ce conflit est toujours présent. Il ne disparaîtra jamais.

— Je connais de nombreuses solutions pour le faire disparaître..., murmura-t-il en resserrant imperceptiblement son étreinte.

Claire frissonna quand Jake la fit pivoter vers lui, posant les mains sur sa hanche. Il la dévisageait avec un tel désir qu'elle sentit des flammes courir dans ses veines.

— Ce conflit n'existe pas entre nous, reprit-il d'une voix hachée. Nous l'avons déjà éliminé d'un baiser.

Sa main remonta sur son épaule pour caresser sa nuque avec une légèreté qui lui donna envie de l'embrasser et de se perdre dans ses caresses.

Elle avait une conscience aiguë de l'odeur de sa

peau et de l'intensité avec laquelle il la regardait. Elle voulait ses baisers, ses bras autour d'elle, sa peau nue contre la sienne…

Elle oublia tout. Ses résolutions de le tenir à distance. Leur vieille rivalité, même s'il avait tort de dire que quelques baisers avaient suffi à l'effacer ; elle pouvait renaître de ses cendres, plus violente que jamais, si leurs familles les découvraient ensemble.

Mais, pour le moment, au creux de l'étreinte de Jake, rien n'existait plus que son envie impérieuse de se plaquer contre son torse solide, de sentir sa bouche la dévorer de baisers enflammés.

Quand il se pencha plus près, les battements de son cœur s'accélèrent.

— Tu ne peux pas imaginer à quel point je veux t'embrasser à cet instant précis, murmura-t-il, en effleurant ses lèvres des siennes.

Une vague de chaleur la submergea, la prenant de court.

Son cœur battant maintenant à tout rompre, elle se pressa contre lui et ouvrit ses lèvres. Ses mains errèrent un instant sur ses épaules avant de repousser son stetson pour plonger dans la masse brune de ses cheveux, attirant sa tête contre la sienne. En quelques secondes, la chaleur qui les faisait frémir se mua en un véritable brasier.

Agrippée à lui, elle le laissa l'embrasser à la faire défaillir, à la faire mourir de plaisir. Jamais elle ne pourrait se rassasier de ses baisers.

Quand elle sentit les doigts de Jake glisser sur son corps, elle comprit qu'il était en train de lui retirer son T-shirt. Elle descendit brusquement de son petit nuage de volupté.

— Jake, nous sommes dehors. Nous n'avons aucune intimité.

— Il n'y a personne à dix kilomètres à la ronde. Mais si tu préfères, rentrons, dit-il en la soulevant comme une plume.

Il monta les marches du perron deux à deux jusqu'à la véranda et, sans cesser de l'embrasser, la porta à l'intérieur.

Il dévorait ses lèvres avec une telle frénésie que toutes ses défenses – si elle en avait encore ! – s'effondrèrent d'un seul coup.

Baignant dans un océan de sensualité, elle ferma les yeux et lui rendit son baiser, oubliant tout ce qui les entourait.

Unies, leurs langues s'entrelaçaient dans une danse passionnée, et elle sentit un courant électrique se répandre dans tout son corps. Meilleur encore que le baiser qui avait hanté ses jours et ses nuits, celui-ci recelait la promesse d'une suite des plus torrides, d'un brasier dans lequel elle était prête à se jeter.

Offerte à ses caresses et à ses lèvres avides, elle était perdue dans l'intensité, l'émerveillement de l'instant présent.

Lorsqu'il la reposa sur le sol, elle balaya les lieux du regard. Et faillit se raviser. Si, n'écoutant que son corps palpitant de désir pour Jake, elle s'abandonnait, aucun retour en arrière ne serait possible.

Mais voulait-elle vraiment mettre fin à cette magie sensuelle ?

Elle plongea son regard dans les yeux sombres embrasés de passion de Jake.

— Jake, je…

Sans lui laisser une chance de terminer sa phrase, il étouffa ses doutes d'un nouveau baiser. Et, quand il abandonna sa bouche, elle en aurait pleuré. Jusqu'à ce que, après avoir dégrafé son soutien-gorge, il effleure la pointe tendue d'un sein nu de sa langue, avant de la happer et de se mettre à la sucer. Renversant la tête en arrière en gémissant, elle se cambra. Parcourue de frissons divins, elle sentait la chaleur du souffle de Jake contre la perle durcie de son mamelon, ses longs doigts sous ses seins…

Elle se cambra de plus belle. Elle savait pourtant que, si elle voulait l'arrêter, c'était le moment. Après, il serait trop tard.

Mais il était déjà trop tard…

Elle replongea les mains dans ses cheveux.

— Jake…

S'arrachant à son sein, il lui chuchota à l'oreille, son haleine chaude chatouillant son lobe :

— Tu le veux. Tu me veux en toi. Je veux te faire l'amour et tu veux que je te fasse l'amour.

Il se débarrassa rapidement de ses vêtements et de ses bottes. Devant sa peau dorée, de la couleur du bronze, elle sentit sa bouche se dessécher, son désir pulser au creux de son ventre.

Elle plaqua une main sur son torse.

— Jake, je te veux. Je veux tout de toi.

Joignant le geste à la parole, elle posa la main sur son sexe et commença à le caresser.

Son cerveau se vida, la privant soudain de l'usage de la parole. Seul un gémissement de panique parvint à s'échapper de ses lèvres. Elle venait de franchir la limite. Et aucun retour en arrière n'était possible.

À présent, ce n'était plus son cerveau qui commandait. Son corps était en fusion, son cœur tambourinait si fort qu'elle craignait que Jake ne s'aperçoive de la violence de son trouble.

Repoussant la pensée qu'elle pourrait le regretter amèrement, elle reprit, un peu haletante, essayant de plaisanter :

— Je pense que tu es l'homme le plus sexy du monde. Même si je ne devrais pas te le dire. Ça va te monter à la tête.

— Viens ici, beauté. Je veux t'embrasser jusqu'à l'épuisement.

Il lui tendit de nouveau la main pour l'attraper par le poignet et la plaquer contre lui.

Ivre de volupté, elle s'agrippa à ses hanches. Elle ne se lassait pas d'admirer ses épaules bien décuplées, son torse qui semblait sculpté dans l'airain.

Sans cesser de la caresser, il recula pour l'observer longuement. Son regard d'un érotisme intense fit courir le feu sous sa peau, plus encore que ses caresses. Il était exactement l'amant qu'elle avait imaginé. Prenant son temps pour l'exciter lentement, la regardant comme si elle était la femme la plus sublime au monde.

Couvrant ses seins d'une pluie de baisers, il lui retira lentement son jean. Son regard rivé au sien, il glissa alors ses doigts sous l'élastique de sa culotte en dentelle, la fit lentement descendre puis tomber jusqu'à ses pieds et posa les mains sur ses hanches.

— Tu es fabuleuse, murmura-t-il d'une voix rauque, en s'emparant de ses lèvres dans un nouveau baiser fougueux.

La soulevant, il la déposa sur son lit. S'agenouillant devant elle, il caressa ses chevilles avec une légèreté exquise, remontant sur l'intérieur de ses cuisses, tandis que ses lèvres prenaient le relais de ses doigts.

Puis il saisit fermement ses fesses dans ses mains et l'attira vers sa bouche.

Elle étouffa un cri. Les lèvres de Jake s'étaient posées sur sa féminité palpitante, et sa langue en caressait la chair frémissante, brûlante, avec une habileté exquise. Elle s'abandonna à la magie de l'instant. Sous les assauts de cette langue magique, elle fut rapidement emportée par un tourbillon de sensations divines.

Elle renversa la tête en arrière, se soumettant avec un abandon total. Lorsque, poussant le jeu plus loin, il glissa un doigt, puis deux, dans son sexe, elle crut défaillir. Quand, doucement, il se mit à caresser le point sensible où se concentrait toute l'acuité de son désir, elle se cambra et laissa échapper un râle de plaisir.

— Jake ! s'exclama-t-elle en fermant les yeux.

Agrippant le couvre-lit, sa tête enfoncée dans les oreillers qui, un à un, tombèrent à terre, elle ondula sous les lames du plaisir, entraînée par un tourbillon de volupté de plus en plus rapide et puissant.

À trois reprises, elle chavira dans l'extase, laissant

échapper de longs gémissements qui décuplèrent son plaisir.

Lorsque les ondes de jouissance qui l'avaient soulevée s'espacèrent, elle rouvrit les yeux et sourit en sentant les lèvres chaudes de Jake couvrir son ventre, ses seins, son cou d'un chapelet de baisers enflammés.

Elle poussa un petit grognement de frustration quand Jake l'abandonna un instant pour dérouler un préservatif sur son sexe.

Devant son pénis qui se dressait fièrement au-dessus de ses cuisses puissantes, elle sentit un frisson la parcourir. Était-ce de l'impatience ou de l'anxiété ? Elle avait beau flotter dans les brumes de l'orgasme fabuleux qu'elle venait de vivre, elle désirait Jake tellement fort qu'elle en tremblait.

Le matelas s'enfonça sous son poids quand il la rejoignit.

Elle agrippa ses biceps, l'impatience mettant son sang en fusion. Elle le voulait en elle. Maintenant.

Il se positionna sur elle, son érection pressant son pelvis, sur le point de s'aventurer plus loin.

Sans même lui laisser le temps de s'habituer à son corps nu contre le sien, il l'attira contre lui et fit jouer sa langue sur les pointes durcies de ses seins, la faisant de nouveau basculer dans le plaisir.

De ses hanches, il l'immobilisa, la retenant prisonnière.

Déjà, elle ne supportait plus de sentir son érection contre son ventre. Elle voulait qu'il la pénètre et mette fin à son supplice. Pour l'encourager, elle agrippa ses cheveux et guida sa bouche vers la sienne.

Il l'embrassa avec une infinie tendresse. Cette tendresse qui manquait à sa vie depuis si longtemps.

Enfin, se positionnant entre ses jambes, d'une petite poussée, il la pénétra.

Elle retint son souffle et ferma les yeux.

L'émotion lui étreignait la poitrine. Elle jouait à un jeu très dangereux, car le lien qui allait l'unir à Jake serait bien plus profond que cette simple union de leurs deux corps soudés. Son âme serait prise au piège.

— Regarde-moi, Claire.

Une fois de plus, elle ne put qu'obéir.

Elle riva ses yeux aux siens, et ce qu'elle lut au fond de ses prunelles sombres la toucha au plus profond de son âme, là où ses mains ne pourraient jamais l'atteindre. Une simple étincelle mais qui lui permit de s'abandonner corps et âme et d'alimenter ce feu qui les consumait tous les deux.

Finalement, l'attente devint intolérable. Elle se cambra, ondula, mais ses efforts furent vains. C'est Jake qui menait la danse.

— Je t'en prie, murmura-t-elle. Prends-moi. Vite…

Une mèche de ses cheveux tombant sur son front moite, il la dévorait d'un regard d'une telle intensité qu'elle eut soudain l'impression d'être infiniment féminine.

Elle s'agrippa à ses épaules tandis que ses hanches ondulaient à sa rencontre et, bientôt, il se mit à aller et venir en elle, avec une frénésie nouvelle qui la comblait de volupté. Elle s'attendait à ce qu'il prenne sa bouche pour que leurs langues se poursuivent au même tempo que cette extase qui allait les emporter, mais il se contentait de la contempler, comme jamais un homme ne l'avait regardée avant, comme s'il ne voulait rien manquer du plaisir qui déferlait sur son visage.

Le frottement de leurs peaux, leurs souffles saccadés, leurs gémissements mêlés étaient une mélodie si douce à ses oreilles…

Sans cesser de le regarder, elle se laissa entraîner dans un tourbillon de plus en plus puissant et enfonça ses ongles dans ses épaules musclées.

— Continue, Jake. Je veux te sentir entièrement.

Elle vit son regard se perdre dans le vague, puis un tremblement puissant le secoua, avant qu'il rejette la tête en arrière dans un cri étouffé. Il frôlait le point de non-retour, elle le savait. Elle le voyait à ses traits durcis, le sentait à la tension qui vibrait en lui. Néanmoins, il continuait de s'enfoncer en elle, d'aller et venir, de l'envahir de son sexe, comme s'il sentait son orgasme à elle monter et qu'il voulait le vivre en parfait osmose avec le sien.

Les yeux dans les yeux, ils étaient unis, en fusion, sur un même chemin qui les menait à la jouissance absoluc.

Jake se retirait, puis s'immobilisait quelques secondes, à la limite de l'orgasme. Jusqu'au moment où, cédant à l'extase, elle cria son nom. Aussitôt il la rejoignit dans le plaisir.

La flamme de la passion les emporta loin, très loin, jusqu'à la perfection ultime.

Et, lorsque ce fut fini, ils restèrent ainsi un long moment, le souffle court.

Quand, peu à peu, ils retrouvèrent leur respiration normale, elle effleura sa joue d'un léger baiser, sa barbe naissante lui chatouillant les lèvres.

— Je ne peux pas bouger, avoua-t-elle avec un petit rire.

Il déposa un chapelet de baisers sur son front, à la commissure de ses lèvres, sur son oreille.

— Alors ne bouge pas.

Il s'apprêtait à se retirer, mais elle le retint.

— Non ! Serre-moi fort. J'entends les battements de ton cœur. Je veux que tu restes en moi.

— Je suis avec toi, mon cœur.

— Je l'espère bien ! Je voulais que tu vives un moment aussi extraordinaire que moi. Maintenant, serre-moi fort. Je ne veux pas bouger.

— Je ne veux pas que tu bouges. C'est parfait, répondit-il dans un soupir.

Serrée contre son corps chaud et moite de transpiration, elle se sentait aimée. Qu'importe ce que lui réservait le futur, jamais elle ne regretterait d'avoir fait l'amour avec lui. Comme elle l'avait pressenti, il était le meilleur amant au monde. Il l'avait vraiment transportée au septième ciel.

Était-elle tombée amoureuse ? Elle était incapable de répondre à cette question.

Blottie contre lui, elle sentit les battements de leurs cœurs s'apaiser peu à peu.

Avec un soupir d'aise, elle se pelotonna contre lui. Sa peau était chaude, son corps solide, fascinant.

Soudain, une pensée lui traversa l'esprit, la troublant quelque peu.

Avec Jake, elle était sans défense.

Elle avait déjà eu des amants, bien sûr. Mais deux seulement, car elle n'avait rencontré que très peu d'hommes qui l'avaient vraiment attirée. Et jamais elle n'avait connu baisers plus sexy, des baisers irrésistibles qui faisaient fondre sa résistance. Leur étreinte l'avait emmenée aux confins du paradis. Elle ne s'en sortirait pas indemne. Alors oui, elle était peut-être un peu amoureuse et elle allait devoir apprendre à vivre avec. En espérant qu'elle s'en remettrait, car elle n'avait aucune illusion. Jake ne partageait pas ses sentiments.

Il roula sur le côté et prit appui sur un coude. Un sourire gourmand aux lèvres, il suivit langoureusement la ligne de son visage, jusqu'à son oreille, de son index.

— Je veux te garder dans mon lit jusqu'à la fin des temps, murmura-t-il d'une voix suggestive.

— Cela risque d'être compliqué ! répliqua-t-elle en riant. Je peux rester un moment, mais ensuite il faudra que j'aille m'occuper de mon ranch et des travaux. Quelquefois, je me sens submergée par l'ampleur de la tâche. Les granges, les enclos, les clôtures, ma maison, celles des employés… Je vais avoir tellement à reconstruire à partir des cendres ! Alors j'apprécie vraiment ton hospitalité.

— Tu peux me croire, de nous deux, c'est moi le plus heureux que tu sois ici, assura-t-il en souriant. Prends tout ton temps.

— Merci, répondit-elle, sentant son cœur se gonfler d'allégresse.

— Je veux profiter de toi. Nous vivons des moments fabuleux.

Il ponctua ses paroles de baisers légers sur sa gorge, avant de s'emparer de nouveau de ses lèvres, réveillant son désir bien plus rapidement que prévu.

Loin de paraître rassasié, il recommença à la couvrir de caresses.

Il se protégea rapidement.

Elle plongea dans son regard tandis que, la poussant au-delà des limites du désir, il la faisait de nouveau basculer dans une telle félicité qu'elle ne put que se laisser emporter par cette vague d'une force inouïe.

Le regard perdu dans ses yeux noirs, elle sentit encore une fois son monde basculer et tout son corps voler en éclats, incapable de stopper le flot de sensations qui déferlaient en elle, marquant son âme pour toujours.

Son regard toujours enchaîné au sien, elle se serra à lui et le berça tendrement tandis qu'il se perdait en elle à son tour.

Son corps puissant secoué de spasmes, ses paupières s'alourdirent, sa bouche s'entrouvrit.

Un moment, il resta à la regarder, puis un sourire familier éclaira son beau visage.

Tout aussi abasourdie, tout aussi comblée, elle le lui rendit.

Voguant dans un océan de volupté, elle étudia sa physionomie afin de s'imprégner de la moindre nuance de son extase.

Lorsqu'il s'effondra sur elle, elle resserra son étreinte. Leurs deux cœurs tambourinaient à l'unisson, et ils tremblaient de la tête aux pieds, tels deux rescapés d'un naufrage agrippés l'un à l'autre.

Une heure plus tard, ils étaient toujours lovés tendrement l'un contre l'autre dans le grand lit, et Claire y serait bien restée toute sa vie.

Mais la réalité avait ses impératifs.

— Jake, je voudrais aller en ville acheter des vêtements neufs. En outre, je dois passer des tas de coups de téléphone en prévision des travaux. Notamment mon agent d'assurances.

— Ils seront tous là quand tu leur téléphoneras. De toute façon, pour le moment, ils sont débordés. Détends-toi et profitons de l'instant. Je te garde encore un peu près de moi. Nous avons perdu tellement de temps. Il y a bien longtemps que j'aurais dû t'inviter chez moi et faire connaissance avec toi, dit-il, le timbre de sa voix rendu rauque par le désir.

— À l'avenir, nous devrions pouvoir régler nos différends sans aller au tribunal, j'imagine ? répliqua-t-elle d'un ton moqueur.

D'un doigt, il effleura son épaule, puis ses seins.

— Aujourd'hui, oublions les ranchs, les différends, les problèmes. Savourons ce moment unique. Tu es belle. Je ne me lasse pas de te voir nue.

Il couvrit son menton et sa joue d'une nouvelle pluie de baisers.

Un frisson la parcourut. Elle était incapable d'une

pensée rationnelle. Alors oui, elle était sans doute amoureuse.

— Claire, je veux que tu restes ici pendant que tu fais reconstruire ta maison. Tu n'as aucune dépendance où t'installer, sur ton ranch, et tu ne peux pas monter une tente avant d'avoir nettoyé les décombres. Reste avec moi. Cela nous permettra de passer un peu de temps ensemble parce que tu sais que quand tu rentreras chez toi, nous reprendrons nos vies normales et plus rien ne sera jamais comme maintenant.

— Non, ce ne sera plus jamais pareil, laissa-t-elle échapper dans un soupir. Mais tu n'as sûrement pas bien réfléchi aux termes de ton invitation, ajouta-t-elle avec un nouveau sourire espiègle. Je ne peux pas me faire construire une maison neuve en quelques jours. Cela prendra des mois.

— Je sais très bien ce que je suis en train de te proposer, répliqua-t-il d'un ton solennel.

Son cœur se mit à battre la chamade. Surprise par son invitation tout aussi inattendue que sincère, elle se noya dans son regard velouté. La simple pensée de semaines dans ses bras, dans son lit, à faire l'amour, lui donnait le vertige.

— Il faut que j'y réfléchisse, répondit-elle d'une voix étouffée. Si je reste longtemps chez toi, ça se saura, dans les environs, et cela parviendra forcément aux oreilles de ma famille un jour ou l'autre. Elle ne me le pardonnera pas. Or je ne souhaite pas couper les ponts avec elle. Au contraire, j'essaye de renouer les liens. Ça ne plaira pas à ta famille non plus, d'ailleurs.

— Même si nous prenons un risque, je ne pense pas que ma famille me reniera.

Elle hocha la tête, songeuse, et reprit :

— Mon père et mes frères ont sans doute vu l'incendie à la télévision. Savoir que j'ai perdu tous mes biens les rendra peut-être plus tolérants. Je ne peux rien prédire. Je dois peser le pour et le contre. Et puis, n'oublie pas que mes frères risquent de te coincer quelque part pour te casser la figure parce que tu m'auras permis d'habiter chez toi.

— C'est mon affaire. Je serai vigilant. Et je n'ai pas peur de tes frères.

— Si tu le dis. Le fait est que je n'ai pas d'autre solution et que la proximité de ton ranch est un atout. D'ici, je pourrai facilement surveiller les travaux.

Son souffle se fit soudain plus court. S'installer chez Jake offrait d'autres atouts beaucoup plus agréables…

— Mais il y a un autre risque, poursuivit-elle. Même si j'ai envie de rester avec toi, ma raison me dit que si nous continuons à faire l'amour, je ne voudrai plus jamais te quitter. Je tomberai irrémédiablement amoureuse de toi et j'aurai le cœur brisé quand nous nous séparerons. Donc, je ne sais pas. Je ne peux pas te donner de réponse tout de suite.

— Prends tout ton temps pour réfléchir. Toutefois, je ne pense pas que tu tomberas amoureuse. Tu es incroyablement autonome, habituée à diriger ton propre ranch. Le jour où tu partiras, tu retrouveras ta routine quotidienne, voilà tout.

Elle lui lança un coup d'œil soupçonneux. Lui décrivait-il sa façon de rompre avec une femme ?

Elle n'avait pas envie de s'attarder sur le sujet.

— Je persiste à penser que tu ne prends pas toute la mesure de ton invitation, reprit-elle. Cela ne me regarde en rien et si tu ne veux pas répondre, tu es libre. Mais je devine que tu n'as jamais invité aucune femme à passer autant de temps chez toi.

Il hocha la tête et esquissa un sourire.

— C'est exact. Mais cette fois, c'est différent. Tu n'as nulle part où aller. De plus, tu seras souvent partie sur ton ranch pour superviser les travaux. Donc, tu ne seras ici que le soir. Avec moi. Et ce sera nos meilleurs moments. Et puis, tu es d'une indépendance forcenée, sinon tu ne gérerais pas ce ranch seule, pas plus que tu n'y habiterais. Je pense que nous pouvons y arriver. Sinon, nous prendrons d'autres dispositions.

Un sourire hésitant flottant sur ses lèvres, elle bredouilla :

— Tu promets de me demander de partir si tu te lasses de moi ?

Il la dévisagea d'un air solennel.

— Je ne peux pas imaginer te demander de partir avant très longtemps. Je ne suis pas du genre à me marier, Claire, mais je te veux ici, avec moi. D'ailleurs, je ne te crois pas spécialement intéressée par le mariage non plus.

— Pas avec un Reed, en tout cas ! répliqua-t-elle, taquine. Tu n'as rien à craindre, Jake. Je ne t'ai pas caché mes sentiments à ce sujet et je sais que jamais tu n'épouserais une Blake. Un mariage entre une Reed et un Blake nous a déjà fait perdre un frère et une sœur. C'est suffisant. Donc, tu as raison, je ne veux pas t'épouser. Mais ce n'est pas pour autant que je ne tomberai pas amoureuse de toi pour finir avec un pauvre cœur brisé.

— Ta réaction me laisse penser que tu ne risques pas grand-chose. Alors, tu vas rester ? lança-t-il en la scrutant avec gravité.

Il semblait vraiment tenir à sa présence. Surprise, elle soutint son regard.

— À part Dallas, je n'ai nulle part où aller, répondit-elle. Or c'est trop loin pour relancer mes affaires ici. Alors oui, je vais rester. Mais tu vas me promettre que tu me diras de partir si tu ne veux plus de moi. Je veux que tu sois vraiment honnête.

— Je te le promets.

Devant son air réjoui, elle eut l'impression de lui avoir fait un merveilleux cadeau.

Dans quelle galère s'embarquait-elle ? S'ils s'entendaient aussi bien que pendant les vingt-quatre heures qu'ils venaient de passer ensemble, elle ne voudrait plus partir. D'un autre côté, elle ne voudrait jamais l'épouser. Ce serait un désastre.

Une autre question jaillit à son esprit.

Jake pourrait-il tomber amoureux d'elle ? Était-il vraiment certain de ne pas souffrir de leur séparation prochaine ?

- 9 -

Quelques heures plus tard, lorsque Claire se réveilla dans les bras de Jake, elle comprit que plus jamais elle ne pourrait le voir comme avant cette nuit torride. Elle n'avait désormais plus aucun doute sur ses sentiments pour lui. Mais allaient-ils pouvoir garder une relation d'amitié, après ? Le fait qu'ils soient désormais amants allait-il faciliter leur voisinage ?

Elle jeta un coup d'œil au réveil et poussa un cri.

— Jake, tu sais qu'il est plus de 15 heures ? s'exclama-t-elle.

Prenant appui sur un coude, il la dévisagea en souriant.

D'un geste empreint de tendresse, elle repoussa des mèches brunes de son front.

— Je me fiche pas mal de l'heure, répondit-il. Je ne veux surtout pas quitter cette chambre. Ça a été fabuleux.

— Il est temps, Jake. Nous avons passé toute la nuit et toute la matinée au lit, et l'après-midi est déjà bien entamé. Même si nous avons vécu des instants inoubliables, le moment est venu de retrouver le monde réel. Et nos problèmes. Enfin, surtout les miens. Je tiens vraiment à aller en ville acheter des vêtements.

— Je sais, tu as raison, murmura-t-il en posant

une main légère sur son bras. Mais avant, j'ai une question. En fait, c'est une invitation. Samedi soir, à Dallas, nous allons célébrer un événement. Un dîner de remerciement pour tous ceux qui ont contribué à la reconstruction de l'arène. Dont mes cousins et moi, qui avons fait un don important. Je voudrais que tu m'accompagnes.

Elle sentit un frisson glacé la traverser. Le monde extérieur, qu'elle voulait ignorer, venait d'envahir sa bulle de bien-être idyllique.

— Jake, nous sommes au lit, encore nus. Je pense donc que tes pensées s'égarent un peu. Certes, j'adorerais accepter ton invitation, mais comment veux-tu que nous nous montrions en public à Dallas ? Nous pourrions tomber sur un Reed ou un Blake, ce qui déclencherait un drame. En outre, voir un Reed sortir avec une Blake raviverait les potins malveillants. Nous pouvons ignorer nos problèmes jusqu'à un certain point, mais il est inutile de les provoquer. Ce qui arriverait à coup sûr si je t'accompagnais. Pire encore, ça tournerait au désastre.

Il la regarda un instant, l'air songeur, avant de lui sourire.

— Le dîner devrait bien se passer, affirma-t-il, sûr de lui. J'ai déjà assisté à plusieurs de ces réunions de donateurs destinées à faire le point sur l'avancement du chantier. Notre petit groupe réserve une salle de réception dans un club privé. Certes, le risque de tomber sur un membre de nos familles existe, mais il est infime. Et si je croise un Reed, ce sera un cousin éloigné qui habite Amarillo ou autre petite ville du Texas et qui n'a rien à faire de nos querelles de voisinage. En outre, nous irons en limousine et je te ramènerai ensuite à mon appartement de Dallas. Tu vois, le risque est minime.

— Tu es quand même prêt à le prendre ?

— Oui. Parce que je tiens à ce que tu viennes avec moi. Et si nous croisons l'un de mes cousins, je pense que nous pourrons assumer. Alors oui, je suis prêt à prendre ce risque et à vivre ma vie comme je l'entends. Nous devrions passer une bonne soirée. De plus, je suis persuadé que le projet de l'arène t'intéressera.

Tout en parlant, il faisait courir ses doigts sur son bras et sur le dos de sa main, et ses caresses lui faisaient oublier toutes ses craintes.

— Tu sais bien que j'en ai envie, admit-elle avec franchise.

— Parfait ! Donc tu vas venir. Je te promets de faire en sorte que tu t'amuses, promit-il d'une voix chaude.

Esquissant un sourire, elle répondit :

— Tu n'as pas eu grand mal à me convaincre. Mais avant, il faut que je passe une journée à Dallas. D'abord pour trouver une tenue, aller chez le coiffeur. Enfin, des préoccupations de femme. Ensuite, pour m'acheter un nouveau pick-up. J'en aurai besoin pour aller sur mon ranch. Tu es un chauffeur tout à fait attentionné, mais je tiens à mon indépendance.

— Nous pouvons y aller jeudi ou vendredi et dormir chez moi. Je vais demander à mon pilote de nous y emmener. La journée, tu pourras te consacrer à tes occupations. Tant que tu me réserves tes nuits…

— Entendu pour jeudi. J'en profiterai pour régler quelques affaires, déclara-t-elle, étonnée de s'être décidée aussi vite. Je vais prendre mes rendez-vous pour le nettoyage de mes terres, la reconstruction du ranch et l'achat de mon pick-up. Heureusement, nous avions anticipé l'incendie et nous avons pu sauver la plupart des machines.

Jake la contemplait, le regard brillant, et elle était prête à parier qu'il n'avait pas écouté la moitié de ce qu'elle venait de dire !

— Viens près de moi, murmura-t-il d'une voix lourde de sensualité.

Il l'attira au creux de ses bras et posa ses lèvres sur les siennes.

Serrée contre son corps nu, les yeux plongés dans ses yeux d'ébène, elle oublia le week-end, les problèmes, son programme si chargé. Et le reste du monde !

Elle voulait juste ses baisers, son amour, leurs corps joints.

Plus ils s'embrassaient et faisaient l'amour, plus son désir pour lui se faisait violent. La question la tarauda de nouveau : était-elle en train de tomber amoureuse de lui ?

Si c'était le cas, elle allait souffrir. Car elle était certaine qu'il était loin de partager les mêmes sentiments. Jamais il ne serait amoureux d'elle.

Pourtant, elle ne pouvait s'empêcher de le soupçonner de garder enfouies des émotions qu'il refusait de lui dévoiler.

Ils étaient dans une impasse, et elle ne voyait aucune solution permettant de vivre une relation sereine avec lui. Alors autant affronter la réalité et rester rationnelle. Quelle que soit la tournure que prendrait son histoire avec Jake Reed, elle était synonyme de désastre.

Qu'importait leur exceptionnelle alchimie physique. Le moment viendrait où ils devraient se dire adieu.

S'extirpant de son étreinte, Claire lança :

— Je dois vraiment m'habiller ! Je vais devoir remettre mon éternel vieux jean et l'un de tes T-shirts. En attendant d'acheter des vêtements neufs à Persimmon.

Jake réprima sa frustration. S'il avait eu le choix, il aurait gardé Claire nue dans son lit jusqu'au lendemain matin.

— Quand tu voudras, lâcha-t-il en soupirant. En tout cas, vieux ou pas, ton jean te va vraiment bien, ajouta-t-il avec un clin d'œil.

— Merci. Mais il est temps que j'en change. Et maintenant, comment allons-nous organiser notre virée en ville, ensemble ? Une Blake et un Reed dans la même voiture ? Ça va faire jaser.

— Je te déposerai à la quincaillerie de mon oncle Bernard. Il est tellement grincheux qu'à moins d'avoir un besoin désespéré de matériel, toute la famille l'évite.

— Ah bon ? Moi qui pensais qu'il réservait son humeur revêche à ma famille. Mais il va quand même nous voir ensemble et répandre la nouvelle.

— J'en doute. À moins qu'un client le sollicite

expressément pour lui demander un article, il ne fait attention à rien ni personne. Son magasin est donc une zone sécurisée.

— Alors, entendu, répondit-elle avec un sourire. Nous verrons bien. Je suppose que tu reviendras me chercher.

— Je t'attendrai sur le parking, si tu peux me donner une heure approximative.

— Je pense en avoir pour une heure environ.

— Ce n'est pas bien long.

— D'abord, vu la taille de Persimmon, le choix des boutiques est limité. Ensuite, n'étant pas difficile, je suis rapide. Mais en cas d'imprévu, disons une heure et quart ?

— Entendu. Tu aimes les burgers de chez Scotty ? Si oui, je passerai en prendre deux avant de venir te retrouver.

— Excellente idée ! Maintenant, je vais m'habiller.

— Je peux t'aider ?

Elle lui donna une petite tape sur le bras.

— Je ne crois pas, non. Sinon, nous risquons de ne pas aller en ville du tout.

— En effet. Mais je parie que tu t'amuserais beaucoup plus en restant ici, répliqua-t-il, moqueur.

— Je ne peux pas le nier, avoua-t-elle en se levant.

Croisant les mains derrière la tête, il la suivit du regard et, devant la splendeur de son corps nu, sentit une nouvelle flèche d'un désir fulgurant le traverser.

Elle tira le drap de dessus, l'enroula autour d'elle d'un geste preste et s'apprêta quitter la pièce. Il lui tendit les bras mais, reculant vivement, elle l'évita.

— Claire, viens ici…, murmura-t-il d'un air suppliant. J'ai oublié de te dire quelque chose.

— Tu me le diras tout à l'heure. Ne changeons rien à notre plan. Tu as promis de m'emmener à Persimmon, ne remettons pas à plus tard. Nous avons déjà fait l'amour pendant des heures. Je te retrouve dehors.

Sur ces mots, elle sortit précipitamment et ferma la porte derrière elle.

Le sourire aux lèvres, il se leva pour prendre une douche froide. Il en avait grand besoin ! La vue du corps nu de Claire avait réveillé en lui un désir aussi impérieux que rapide.

C'était nouveau pour lui. En fait, rien de ce qu'il vivait avec Claire ne ressemblait à ses expériences précédentes. Et il adorait ça.

Il ne voulait pas qu'elle parte. Un vœu qui se réaliserait peut-être, étant donné les circonstances. Jamais il n'avait rencontré une femme comme elle. Indépendante et sacrément douée dans son métier de rancher. De plus, elle était sans doute la femme la plus désirable qu'il ait jamais connue.

À cette pensée, il fut pris d'une envie irrépressible de lui refaire l'amour avant de partir en ville, et il était le premier surpris par ses émotions nouvelles. Quelque peu inquiet, aussi.

Jusqu'à quel point allait-il s'attacher à Claire et la laisser bouleverser sa vie ?

Au bout d'une heure passée à Persimmon, Claire regagna le lieu du rendez-vous, chargée de paquets contenant des affaires neuves, jeans, T-shirts, lingerie, chaussettes et baskets.

Assis au volant, Jake avait les pieds sur le tableau de bord, la tête renversée sur le dossier de son siège.

Elle posa doucement ses sacs par terre, puis se pencha par la vitre ouverte pour lui chuchoter à l'oreille :

— Hé, bel endormi, je suis revenue.

Il passa vivement un bras autour de ses épaules et l'attira plus près.

— Jake…

S'emparant de ses lèvres, il étouffa ses protestations d'un baiser.

Sa langue se mêla à la sienne, et elle oublia tout. Où elle était, ce qu'elle faisait, tout sauf lui, sa bouche qui se mouvait sur la sienne en un baiser qu'elle aurait voulu ne jamais voir finir. Enfin, elle s'arracha à regret à ses lèvres. Mais, son bras autour d'elle, il ne la libéra pas.

— Jake, attends. Nous sommes dans la rue principale. Veux-tu absolument que toute ta famille apprenne que nous faisons une trêve… tout à fait particulière ? Cela va revenir à leurs oreilles.

— Je crois que c'est toi qui as commencé. Monte dans ce pick-up et je prendrai la relève.

— J'aurais dû me méfier, avant de te parler à l'oreille ! s'exclama-t-elle en riant.

Elle reprit ses sacs, qu'elle posa sur la banquette arrière, et s'installa sur le siège du passager.

— Mes frères vont entendre parler de nous, dit-elle en attachant sa ceinture. Alors sois prudent.

— Je te répète que je n'ai pas peur de tes frères. Si cela peut te rassurer, je prendrai l'un de mes cow-boys comme garde du corps, précisa-t-il d'un ton moqueur.

— Je suis sérieuse. S'il te plaît, fais attention. Je suis sûre que quelqu'un nous a vus.

— Tu n'as rien acheté ?

Elle fit un geste en direction de la banquette arrière, et il y jeta un coup d'œil.

— Bien ! Ça devrait faire l'affaire pour quelques jours. Jolie tenue, ajouta-t-il en reposant son regard sur elle. Tu es superbe.

Elle partit d'un nouvel éclat de rire.

— Merci. Mais je porte les mêmes vêtements que tout à l'heure. Je veux laver les neufs avant de les mettre. En tout cas, j'ai fait les courses dont j'avais besoin.

— Tu n'as pas traîné, lui fit-il remarquer. De mon côté, j'ai acheté les burgers environ dix minutes avant ton arrivée. Tu préfères aller les manger au parc ou rester dans la voiture ?

— Au parc. S'il n'y a pas trop de monde. Allons voir. Il fait beau, nous pourrons nous asseoir sous un arbre.

— J'avais bien quelques idées pour nous amuser un peu, mais je ne pense pas que nous ayons assez d'intimité, dans le parc…

— En effet.

— Ensuite, nous rentrerons chez moi, conclut-il en démarrant.

— Oui, je suis toujours ton invitée.

Tout en prononçant ces paroles, elle ne put s'empêcher

de penser qu'elle pourrait tout aussi bien s'installer dans son appartement, à Dallas. Mais, encore une fois, elle se répéta qu'il serait beaucoup plus pratique d'être chez lui pour gérer tous les rendez-vous que lui demanderait la reconstruction de sa maison. Elle en avait déjà quatre.

Comme s'il lisait dans ses pensées, Jake déclara :

— C'est bien plus simple pour toi de vivre chez moi que de venir de Dallas tous les jours pour t'occuper de tes affaires.

— Oh oui. Bien plus simple.

Elle ne pouvait toutefois nier la vérité enfouie en elle. Elle avait besoin de sa présence, de sentir de nouveau ses bras autour d'elle.

Le jeudi, ils s'envolèrent pour Dallas.

Une limousine de location avec chauffeur les attendait à l'aéroport. Comme Claire l'avait souhaité, ils allèrent d'abord chez elle. Elle adorait sa maison, une grande bâtisse à deux étages, et le quartier ancien et très cossu où de splendides demeures aux pelouses ombragées d'arbres séculaires, aux massifs soignés, s'alignaient le long des rues paisibles.

Quand la voiture se gara dans l'allée, Jake l'accompagna jusque sur le pas de sa porte.

— Je te fais visiter ? proposa-t-elle.

— Quand je reviendrai te chercher samedi soir. D'ici là, occupe-toi de tes affaires. Le dîner est à 18 heures. Dimanche, nous rentrerons à Persimmon. Cela te convient ?

Elle acquiesça d'un signe de tête.

— Encore merci pour ton hospitalité, Jake. Tu n'imagines pas à quel point je t'en suis reconnaissante. Dès que mes travaux auront avancé, je pourrai rentrer chez moi.

— Oh ! mais je ne suis pas pressé de te voir partir.

Elle se força à sourire, le cœur battant un peu plus vite, soudain.

— En d'autres termes, tu es en train de me dire que tu me veux encore longtemps dans ton lit.

— Exactement ! répliqua-t-il en lui enlaçant la taille d'un bras. Tu plaisantes, mais pas moi.

Il étouffa sa réponse d'un baiser et, quand il la relâcha, elle avait perdu toute envie de le taquiner.

— Waouh ! Tu n'es qu'un incurable séducteur ! murmura-t-elle. Je vais avoir besoin d'une douche froide pour me rafraîchir.

— Tu ferais mieux d'aller faire les boutiques pour t'acheter une robe. J'ai tellement hâte de t'emmener à ce dîner. Puis de te ramener à mon appartement pour te faire visiter… ma chambre, précisa-t-il avec un clin d'œil suggestif. Mais en attendant, ta robe !

Il avait raison. Elle devait trouver une tenue pour la soirée de gala.

— Vous pouvez compter sur moi, mon cher. À samedi, alors.

Il effleura ses lèvres d'un baiser et remonta en voiture.

Après avoir regardé la limousine disparaître au bout de la rue, avec un soupir résigné elle entra et ferma la porte derrière elle.

— Je suis certaine que tu vas me briser le cœur, chuchota-t-elle. Mais pour l'instant je ne veux qu'une chose : savourer ces moments torrides avec le meilleur des amants. Et tu ne perds rien pour attendre, Jake ! Je vais rendre cette soirée inoubliable. Elle te marquera pour le restant de ta vie.

À la pensée de s'habiller pour passer une soirée avec lui, sa peau fut aussitôt parcourue de picotements. Pour une fois, ils ne seraient pas en jean, elle ne porterait pas ses bottes roussies par le feu. Elle ressemblerait aux femmes avec lesquelles Jake sortait habituellement.

Le samedi soir, Jake sonna à la porte de Claire et vérifia sa tenue. Il avait choisi un costume anthracite, une cravate rouge, des boutons de manchettes en or et ses plus belles bottes noires.

Quand elle lui ouvrit, il marqua un temps d'arrêt avant de murmurer :

— Tu es…

Il s'interrompit et la dévisagea, bouche bée. S'il avait été en public, ailleurs que devant chez elle, et qu'il l'avait croisée par hasard, il ne l'aurait pas reconnue.

Fasciné, il la regardait. L'espace d'un instant, il resta sans voix – ce qui était rare, chez lui ! –, sans même se rendre compte qu'il ne l'avait pas saluée.

Elle était d'une telle beauté qu'il en avait eu le souffle coupé à en perdre toutes les notions de politesse.

Sa longue tresse était défaite et ses cheveux roux

cascadaient sur ses épaules, illuminant son visage de leurs mèches cuivrées.

Elle portait une robe de soie rouge, sans manches. Une ceinture mettait en valeur la finesse de sa taille. La jupe droite, moulant ses formes, lui tombait à mi-mollets. Elle l'avait assortie de sandales compensées rouges.

Incapable d'en détacher le regard, il restait subjugué par la métamorphose de sa voisine qu'il avait toujours vue habillée en cow-girl. Seigneur ! Qu'elle était belle !

En remarquant la discrète fermeture Éclair sur le devant de la robe, il pensa au moment où, la faisant glisser, il découvrirait sa lingerie…

— Tu es… époustouflante, déclara-t-il, retrouvant enfin l'usage de sa voix.

— Merci. Tu n'es pas mal non plus, répondit-elle en lui souriant. Vous êtes un sacré beau gosse, mon cher voisin !

— C'est ce que j'ai toujours dit, répliqua-t-il avec un clin d'œil. Bon sang, tu es sublime ! Je préférerais de loin annuler cette soirée et te faire l'amour ici, tout de suite. Dommage que ce ne soit pas possible. Je vais être obligé de te regarder toute la soirée. Tu es vraiment à tomber !

— Merci. Tes compliments me vont droit au cœur. Et tu es tellement beau que j'ai envie de t'embrasser. Mais je ne le ferai pas. J'ai passé la journée à me préparer pour obtenir ce résultat et je veux en profiter pendant quelques heures sans ruiner mon maquillage. Tu ne m'en veux pas ?

— Si. Énormément. Mais je vais me faire une

raison. Dis-moi, tu as coupé tes cheveux ou ta natte était un postiche ? demanda-t-il en haussant un sourcil moqueur.

— Je les ai fait un peu couper. Mais je peux te garantir que c'était bien les miens.

— Je ne me lasse pas de t'admirer.

— Tu m'en vois ravie. C'était l'un de mes objectifs.

Elle était sincère. Elle avait voulu qu'il la voie dans cette robe, une tenue à l'opposé de ce qu'elle portait habituellement au ranch. Elle avait rêvé de cette soirée avec lui et, devant sa réaction, se réjouissait du résultat de ses efforts.

Heureuse du ravissement que lui avait témoigné Jake, elle se détendit et l'étudia à son tour.

Lui aussi s'était mis sur son trente et un, et il était tellement beau qu'elle peinait à respirer.

Elle se réjouissait de l'accompagner à cette réception, d'autant plus que c'était pour une bonne cause. Même si les Blake en voulaient aux Reed de leur avoir coupé l'herbe sous le pied en achetant ces terres, elle aimait cette vieille arène et se félicitait qu'elle ait été reconstruite. Peu importait qui en avait financé les travaux.

— Objectif atteint, dit Jake, la ramenant à l'instant présent. Tu as toute mon attention. En cas de tremblement de terre ou de typhon, pince-moi car je serai tellement absorbé à te contempler que je ne remarquerai rien.

Elle éclata de rire.

— Je n'ai pas entendu parler de typhon ou de tremblement de terre dans les prévisions météorologiques, mais je te promets de t'avertir, au cas où on en annoncerait un, déclara-elle, feignant le plus grand sérieux.

— Allons-y ! Ce soir, dès que je sentirai que nous pouvons nous éclipser sans créer d'incident diplomatique, nous filerons. Je veux te ramener chez moi. Tu rentreras bien avec moi, j'espère ? ajouta-t-il, soudain inquiet.

— Si tu veux. Sinon, nous pouvons revenir ici.

— Plutôt chez moi. Je te veux toute la nuit dans mes bras, dans mon lit. Je veux embrasser chaque millimètre de ton corps et plus encore. Tu es d'accord ?

— Plus que d'accord. J'ai hâte d'être à plus tard, murmura-t-elle, la voix de nouveau saccadée bien malgré elle.

Elle aussi attendait cette nuit avec lui avec impatience.

— Pour tout te dire, je veux savoir ce que cache cette sublime robe rouge.

— Je ferai mon possible pour te satisfaire, répondit-elle, souriante.

L'enveloppant d'un regard grave, il resta un moment silencieux avant de reprendre :

— Peut-être devrions-nous faire l'impasse sur cette réception…

— Non, il n'en est pas question ! Cesse d'y penser. Nous allons en profiter jusqu'au bout. J'ai payé cette robe et ces chaussures une fortune. Sans compter le coiffeur. Et mes dessous neufs que tu pourras me retirer… plus tard, conclut-elle d'une voix enjôleuse.

— Bon sang ! Ce n'est pas comme ça que tu vas

me donner envie de m'attarder à ce dîner. Tu ne fais qu'exacerber mon envie de te faire l'amour tout de suite.

— Tu sais bien que j'en ai autant envie que toi. Mais je veux sortir et profiter de cette soirée avec le plus bel homme du Texas. Et puis, je me réjouis de montrer ma belle robe.

Il éclata de rire.

— Le plus bel homme du Texas te remercie. Alors, allons-y !

Elle ferma la porte et glissa la clé dans la pochette assortie à sa robe.

La soirée venait à peine de commencer, et Jake avait déjà hâte qu'elle se termine !

Il avait invité des femmes magnifiques à dîner, les avait vues dans des robes toutes plus belles les unes que les autres, avec de nouvelles coiffures, comme si elles sortaient tout droit des pages d'un magazine. Mais la métamorphose de Claire le stupéfiait toujours autant qu'à l'instant où elle lui avait ouvert la porte. Il était sûr qu'elle serait, et de loin, la plus belle femme de toute l'assemblée.

Comment avait-il pu ne jamais remarquer sa beauté auparavant ? De jolie femme, elle était devenue tout simplement sublime. Il en était le premier surpris. Il savait que son travail au ranch exigeait des tenues et une coiffure pratiques. Elle passait sa vie dans la poussière avec des chevaux ou du bétail. Mais cette transformation était tout simplement ahurissante. Il s'aperçut soudain qu'elle le regardait fixement.

— Pardon, tu disais quelque chose ? interrogea-t-il.

Elle se mit à rire.

— À quoi penses-tu ? Ce n'était pas ma question, mais je me demande ce qui fait vagabonder ton esprit.

— Toi ! Je ne reviens pas de ta transformation. Je ne t'ai jamais vue habillée ainsi.

— Je dois faire un peu peur, quand je suis sur mon ranch.

— Mais pas du tout ! s'exclama-t-il. Au ranch aussi, tu es très belle. Ne te l'ai-je pas suffisamment fait comprendre ?

— En fait, si. Je suis contente que tu apprécies. Et, pour tout te dire, je n'aurais pas aimé que tu ne remarques pas ma nouvelle coupe de cheveux.

— Tu peux me croire, tous les hommes vont avoir les yeux fixés sur toi. Je ne vais pas te lâcher d'une semelle. Ils sauront que tu es avec moi et ils ne se risqueront pas à flirter avec toi, je te le garantis !

Elle partit d'un grand éclat de rire.

— Cela ne risque pas d'arriver ! répliqua-t-elle.

— Tu veux parier ? Je suis sûr que je gagnerais. Maintenant, allons-y. Finissons-en avec cette soirée, et rentrons chez moi, conclut-il en l'entraînant vers la limousine.

Le trajet fut rapide. Le chauffeur se gara devant un grand bâtiment et leur ouvrit la portière.

Offrant son bras à Claire, Jake l'entraîna vers l'ascenseur pour gagner le club situé au vingtième étage.

Quand ils entrèrent dans la salle réservée pour la

réception, le cocktail battait son plein. Les convives se pressaient devant le bar et sur la terrasse.

Ils passèrent de groupe en groupe, saluant des cowboys avec qui il avait pris part à des randonnées ou des rodéos. Tous se félicitaient de la construction de la nouvelle arène. Néanmoins, l'attention que Claire suscitait chez chacun d'eux ne lui échappa pas.

— Je vois mon amie Stefanie Grant qui vient d'arriver ! lança soudain Claire.

Il tourna la tête dans la direction de la porte.

— Une chose est sûre, Stefanie sait faire une entrée de star, fit-il remarquer. Elle aussi est magnifique, ce soir.

— C'est elle qui m'a recommandé son coiffeur.

— Elle a été de bon conseil. Quoi qu'il arrive, elle est toujours superbe.

— Je ne manquerai pas de le lui répéter.

Souriant, il jeta un coup d'œil à la ronde.

— Son frère est sans doute là, puisqu'il fait aussi partie des donateurs. Tout comme quatre de mes cousins éloignés. Mais, depuis la mort de mon cousin Cal, nous ne sommes plus que trois à être impliqués. Mon cousin Wade Sterling pourrait être ici ce soir. Tout comme mon cousin Luke Grayson qui habite dans le Colorado mais qui a passé sa jeunesse ici, d'où son intérêt pour l'arène. Ce serait la première fois qu'il assisterait à la soirée. Comme il a perdu sa femme et son fils dans un accident de voiture, il n'est encore jamais venu.

— Quelle tragédie !

Stefanie, splendide dans une robe de cocktail

sans manches, s'avança vers eux, interrompant leur conversation.

— Claire ! s'écria-t-elle. Je suis vraiment désolée pour ton ranch.

— Merci, Stefanie. Cet incendie a été une véritable tragédie.

Se tournant vers Jake, la nouvelle venue demanda :

— Et ton ranch, Jake ?

— Je suis suffisamment à l'est pour ne pas avoir été touché. Le vent a repoussé les flammes vers l'ouest puis vers le nord. Et maintenant, mesdames, si vous voulez bien m'excuser, j'aperçois des amis que je voudrais saluer.

Stefanie le suivit des yeux puis regarda Claire en s'exclamant :

— Seigneur ! Qu'il est beau en tenue de gala !

— Oui ! Je lui ai dit la même chose.

— Et toi ! Waouh ! Tu es absolument sublime.

— Toi aussi, Stefanie. Tu vas faire tourner toutes les têtes. Un grand merci de m'avoir recommandé ton coiffeur. Je suis vraiment contente du résultat. Jake aussi.

— C'est très réussi.

— J'aimerais te voir plus souvent. Maintenant que j'ai perdu ma maison et tous mes biens, j'ai besoin que l'on me remonte le moral.

— Oh Claire, je suis tellement navrée. Je n'imaginais pas qu'un pareil drame puisse se produire. Mais j'y pense, tu m'as dit qu'un voisin t'hébergeait sans préciser lequel. Cela dit, ce n'était pas nécessaire, ajouta-t-elle, le regard pétillant de malice. Un Reed et une Blake ? J'espère que tes frères ne vont pas arriver.

— Aucun risque. Jamais ils n'accepteraient d'assister à ce genre de réception. Et Jake pense que, hormis quelques cousins éloignés, sa famille ne sera pas présente non plus. Donc… nous voilà !

— Jake est vraiment un homme bien.

— Je confirme. Nous en avons parcouru, du chemin, depuis l'époque où nous nous battions au tribunal ! J'espère que ça durera. À propos, il m'a chargée de te dire que, quoi qu'il arrive, tu étais toujours aussi belle.

— Tu le remercieras, c'est adorable !

— Tu es venue accompagnée ? Je peux te demander par qui ?

— Bien sûr. Je suis ici avec Billy et ce sera sûrement la dernière fois. Je ne sais pas pourquoi, je ne suis vraiment pas douée pour trouver l'homme idéal. Nous nous sommes disputés pendant tout le trajet… Mais inutile de s'étendre sur le sujet.

— Je suis désolée, Stef.

— Ne t'inquiète pas. Je n'ai pas dit mon dernier mot.

Voulant manifestement changer de sujet, Stefanie poursuivit :

— En tout cas, comme je te l'ai promis au téléphone, je peux toujours te trouver un endroit où dormir. Chez moi, ou dans une maison vide. C'est l'avantage de mon métier d'agent immobilier. Alors n'hésite pas, si tu as besoin d'un endroit. Encore que, si j'étais chez Jake, je pense que je m'y installerais jusqu'à ce que le dernier millimètre carré de mon ranch soit réparé et prêt à habiter !

Claire éclata de rire.

— Je n'oublierai pas ton conseil. Mais si Jake et moi tombions amoureux, nous n'aurions aucun futur avec cette vieille querelle. Je ne voudrais surtout pas vivre ce qu'a vécu Regina.

Stefanie fronça les sourcils.

— Tu as sans doute raison. Vous êtes comme Roméo et Juliette.

Partant d'un nouvel éclat de rire, Claire s'exclama :

— Je n'y avais pas pensé ! Jake appréciera beaucoup la comparaison.

Elle souhaitait juste que leur histoire ne finirait pas aussi tragiquement !

— J'espère que tu t'amuseras bien ce soir, dit-elle, souriant à son amie.

— Toi aussi. Avec Jake, tu es en bonne compagnie. Aussi longtemps que tes frères ne sont pas au courant.

— Quand ils me verront avec lui, ils comprendront qu'il n'est pas nécessaire d'intervenir. S'ils peuvent se montrer odieux en général, ils ne le sont jamais avec moi.

— Oh ! Je vois Billy qui me cherche. Je vais y aller pour t'éviter d'avoir à lui parler et qu'il te demande ce que tu fais ici avec un Reed. Il ne l'a peut-être pas encore remarqué. Mais il est ami avec certains Reed. Déjeunons ensemble dès que tu le pourras, d'accord ? lança-t-elle en s'éloignant.

— Avec plaisir.

Claire examina la foule présente pour voir si elle

connaissait du monde… et admirer Jake, qui discutait avec un groupe d'hommes.

— Claire ?

Elle se tourna pour se trouver nez à nez avec un rancher de sa connaissance.

— Brink, dit-elle, souriante. Je suis contente de te voir. C'est une soirée sympathique. Je me réjouis de la construction de cette nouvelle arène.

— Moi aussi. Pour un peu, je ne t'aurais pas reconnue. Tu es superbe. C'est ta maison que j'ai vue brûler aux nouvelles ?

— Ils n'ont pas parlé que de la mienne. Mais oui, le feu a ravagé mon ranch, et ma maison est partie en fumée.

Un autre rancher vint les rejoindre. Puis un autre.

Jetant un coup d'œil à Jake, elle vit qu'il l'observait. Au milieu d'un petit groupe, il riait d'une plaisanterie quelconque, mais ses yeux étaient rivés sur elle et, en croisant son regard, elle sentit une myriade de picotements parcourir sa peau. Même dans une foule aussi dense, leur lien physique était terriblement réel.

Après une vingtaine de minutes de conversation avec ces ranchers qu'elle connaissait, une main lui frôla l'épaule. Elle se retourna.

— Désolé de vous interrompre, déclara Jake au petit cercle des hommes qui s'étaient rassemblés autour d'elle.

Après leur avoir serré la main tour à tour, il reprit :

— Claire, le moment est venu de rejoindre notre table. Si vous voulez bien nous excuser, messieurs, nous allons chercher nos places.

La prenant par le bras, il l'entraîna loin du petit groupe.

— Nous sommes à la table d'honneur, dit-il. J'ai vu que Stefanie t'avait trouvée. Et la moitié des hommes présents. Tu as attiré une petite foule.

— Ce sont des collègues. Des ranchers, comme moi. Je suis une rancher, tu te souviens.

— Ce n'est pas la raison pour laquelle j'en ai trouvé huit autour de toi. Alors dînons et débarrassons-nous de cette réception afin que je puisse te ramener à la maison, te retirer ta robe et voir ce qu'elle cache.

— Marché conclu, dit-elle en lui souriant.

Elle n'avait qu'une hâte, elle aussi : se retrouver en tête à tête avec lui.

À la table principale, deux hommes de haute taille et une femme attendaient, debout. Jake les salua et se tourna vers elle.

— Je veux vous présenter ma voisine, la rancher Claire Blake. Claire, je te présente les cousins dont je t'ai parlé. Voilà Wade Sterling et sa femme, Ava.

En souriant, Claire leur serra la main.

— J'ai beaucoup entendu parler de vous. Je me réjouis que Jake et vous ayez fait la paix, lui dit Wade.

— Moi aussi, répondit Claire avec sincérité.

— Et voici un autre cousin, Luke Grayson.

— Je suis contente de vous rencontrer, Luke.

— Moi aussi, je suis ravi. Et cette trêve entre voisins est une bonne nouvelle.

— Je suis bien d'accord. Peut-être les choses vont-elles s'arranger, à l'avenir.

Puis tous prirent place pour assister à la projection du film sur la nouvelle arène.

Elle était splendide. Les gradins permettaient aux spectateurs de suivre l'action dans les meilleures conditions. Il y avait aussi des suites douillettes aux baies vitrées, un bar-restaurant qui pouvait accueillir deux cents personnes, équipé d'élégants fauteuils confortables et de deux larges écrans retransmettant les images de l'arène. Puis le reportage porta sur les écuries et sur une seconde arène, à ciel ouvert, celle-là.

La projection fut suivie du discours de John Smith, président du conseil d'administration et maître de cérémonie. Manifestement, ce dernier était très fier de l'avancée du projet. Les réservations pour les spectacles équestres et les rodéos programmés étaient déjà nombreuses. En conclusion, il remercia tous les participants au dîner qui avaient contribué à la reconstruction de l'arène et, en particulier, les trois principaux donateurs. Wade, Luke et Jake.

Claire, amusée, sentait Jake piaffer d'impatience. Aux regards qu'il lui jetait, elle voyait bien qu'il mourait d'envie de la ramener chez lui pour des festivités bien différentes…

Elle brûlait d'ailleurs de la même impatience.

Après un dîner qui lui parut interminable, ils arrivèrent enfin à l'appartement de Jake. Il n'était que 22 h 30, et la journée était loin d'être terminée, songea-t-elle, le cœur battant soudain plus vite.

Elle avait passé la soirée à contempler Jake et à

s'imaginer ici avec lui, loin des regards indiscrets. Pourtant, elle n'avait aucune illusion. Jake Reed ne restait jamais bien longtemps avec ses conquêtes, et elle ne s'attendait pas à le voir changer. Qu'importe ! Elle profiterait de tout ce qu'il lui donnerait.

— Jake ! C'est merveilleux ! s'exclama-t-elle en entrant dans le vestibule qui ouvrait sur un grand salon. Quelle vue !

Deux baies vitrées offraient un panorama spectaculaire sur Dallas scintillant des lumières de la nuit.

— Je suis tout à fait d'accord, répondit-il.

Sa voix hachée trahissait son trouble. Nul doute que la vue qu'il avait de son appartement était, à cet instant, le dernier de ses soucis.

Quand elle se retourna, il déboutonnait sa chemise tout en la dévorant du regard. Il avait déjà retiré sa veste et sa cravate. Sans la quitter des yeux, il s'avança vers elle, en jetant sa chemise sur une chaise.

Elle étouffa un soupir et murmura :

— Ah, Jake. Tu vas me prendre mon cœur.

Elle l'enlaça alors qu'il posait une main sur sa robe et, avec une lenteur infinie, faisait glisser la fermeture Éclair.

— Je savais bien qu'elle s'ouvrirait par-devant, dit-il d'une voix rauque de désir. Ta robe me plaît vraiment beaucoup. Tu es tellement belle, ajouta-t-il en admirant ses seins moulés dans un soutien-gorge qui n'était qu'un lambeau de dentelle blanche. Tellement belle…

La robe de soie, maintenant ouverte, dévoilait une culotte blanche aussi transparente que son soutien-gorge.

La robe tomba en corolle autour de ses chevilles. Elle en sortit, tout en retirant son soutien-gorge et son slip.

Sans la quitter des yeux, il se débarrassa du reste de ses vêtements, enfila rapidement un préservatif et l'attira contre son corps chaud et nu. Puis, se penchant, il l'embrassa.

— Tu es tout simplement divine, murmura-t-il. Je ne peux pas attendre, Je ne veux pas d'un lit. Je te veux ici même. Et tout de suite, ajouta-t-il en la soulevant. Enroule tes jambes autour de moi.

Elle s'exécuta, l'encourageant à la pénétrer plus profondément.

Noyée dans la volupté, ses seins nus pressés contre son torse, elle se mouvait en cadence alors qu'il allait et venait, plongeant et replongeant en elle, jusqu'à ce que, tremblante, elle crie son plaisir.

Haletant, il accéléra le tempo, et elle sentit son orgasme monter par vagues et l'entraîner. Son sang battait furieusement à ses tempes. Tous ses muscles se tendirent dans l'attente du plaisir proche…

Pressant son visage dans le cou de son amant, elle s'abandonna à la sensation de perfection de leurs corps enchevêtrés. Une volupté indescriptible l'emporta, la consumant d'un feu qu'elle n'avait, jusque-là, jamais connu.

Enfin elle s'écroula contre lui, l'embrassant et le serrant fort jusqu'à ce qu'il la repose sur le sol, sans cesser de l'embrasser.

Enlacés, ils se dirigèrent ensemble jusqu'au lit.

Elle sentit la douceur du duvet sur son dos, et

presque aussitôt, Jake s'allongea sur elle. Il la retint prisonnière de ses bras sans cesser de l'embrasser à pleine bouche, laissant ensuite ses lèvres courir sur sa gorge. Quand il se mit à dévorer ses seins frémissants, elle poussa un soupir de plaisir et ne put retenir un long gémissement quand sa main, glissant le long de sa hanche, s'aventura vers le brasier entre ses cuisses…

Les lèvres et les mains expertes de Jake voguaient sur sa peau embrasée, mais ce soir elle remarquait une différence dans ses caresses. Le rythme enfiévré de leurs premières étreintes avait fait place à un tempo plus langoureux. Jake lui donnait l'impression de vouloir savourer chaque parcelle de sa peau, en prenant son temps. Ce qu'elle trouvait à la fois très agréable… et terriblement frustrant !

Quand, enfin, il s'enfonça en elle, elle sentit chaque millimètre de son corps s'imbriquer dans le sien. Secouée par un plaisir intense, elle s'offrit à cet homme qui occupait désormais toutes ses pensées.

Lentement il allait et venait en elle, le visage niché dans son cou.

Soudain son cœur s'arrêta de battre. Son esprit se vida.

Ses lèvres butinant son cou, Jake avait glissé une main entre ses cuisses et s'était mis à caresser sa chair palpitante. Une onde d'une chaleur délicieuse se diffusa dans tout son corps. Elle commença à sentir les prémices de la jouissance et retint sa respiration.

Quand, d'une voix rauque, il murmura son nom à son oreille, un long frisson la parcourut, ajoutant aux flammes de son désir déjà intense des étincelles supplémentaires. Et, lorsqu'il se retira pour plonger et replonger de plus belle dans sa chaleur moite, elle se sentit succomber. Oh ! c'était si bon qu'elle aurait voulu arrêter le temps…

Peau contre peau, ils ondulaient au même rythme qui se faisait plus rapide. Son regard enchaîné à celui de Jake, elle était parcourue de picotements brûlants qui l'entraînaient en un tourbillon de plus en plus puissant.

Elle s'arc-bouta, allant à sa rencontre, l'accueillant au plus profond d'elle alors qu'ils oscillaient ensemble vers la délivrance ultime.

Une question traversa soudain son esprit embrumé : pouvait-on mourir de plaisir ?

Des vagues montaient en elle, toujours plus haut, jusqu'à ce que, soudain, elle chavire dans l'extase, secouée par un long frisson de volupté. Jake l'accompagna aussitôt après.

Quand l'orgasme les emporta, elle ne cria pas son plaisir. Le souffle court, elle chuchota le nom de son amant, sa joue un peu rugueuse pressée contre la sienne. Son corps vigoureux, presque figé, toujours agrippé au sien, elle entendit le râle de sa propre jouissance mourir dans son cou.

Au lieu de rouler sur le côté, il resta un long moment immobile. Puis, doucement, apaisé, il posa la tête sur ses seins. Avec un geste d'une infinie tendresse, elle repoussa une mèche humide de son front et pressa un baiser sur la peau brûlante de son épaule.

— Je pense que quand je partirai de chez toi, je

laisserai sans doute mon cœur derrière moi, murmura-t-elle. Comme un nouveau trophée pour toi.

Elle le sentit tressaillir.

— Je n'ai ni ce genre de trophée, ni aucune femme comme toi dans ma vie, répliqua-t-il gravement en roulant sur le côté. Je ne sais pas ce que l'avenir nous réserve, mais je sais que, maintenant, grâce à toi, je suis au paradis.

— Moi aussi.

Il la serra plus fort contre lui.

— Tant mieux, dit-il. Et ce paradis, nous pouvons y retourner souvent.

Il avait raison, songea-t-elle. Alors pourquoi ne pas en profiter, sans penser au futur ? Elle avait passé une soirée fabuleuse, et l'intérêt et les attentions de Jake avaient surpassé toutes ses espérances. Elle savait qu'elle aurait du chagrin, quand elle rentrerait chez elle, mais, pour le moment, ce soir tout au moins, elle ne souhaitait qu'une chose : savourer l'instant présent. Et elle se sentait… euphorique !

Ils avaient fait l'amour divinement, Jake l'avait transportée au septième ciel. Et là, il la tenait fermement dans ses bras, contre son corps nu, et bientôt il allait l'embrasser de nouveau, et ils allaient refaire l'amour. Elle était au paradis. Elle refusait de voir plus loin.

Avec un soupir, elle posa sa tête sur son torse pour écouter les battements de son cœur.

— C'est la conclusion parfaite à une journée parfaite, reprit-il.

Frissonnant en sentant les vibrations de sa voix

résonner en elle, elle fit courir ses doigts sur son ventre plat et dur et les fit remonter sur son torse.

— Tu es stupéfiant, murmura-t-elle.

Elle avait le pressentiment que jamais elle ne rencontrerait un homme tel que lui.

Un long moment, ils restèrent ainsi, dans un état de félicité engourdie. Et, alors qu'elle allait sombrer dans le sommeil, une dernière pensée lui traversa l'esprit : elle était à Jake, corps et âme.

Perdue à jamais.

Claire passa la semaine suivante avec les divers intervenants qui allaient rendre son ranch de nouveau opérationnel.

Quand arriva le début du mois de mars, ses terres avaient été nettoyées et les fondations d'une nouvelle maison posées. Tous les matins, elle faisait l'aller-retour entre son ranch et celui de Jake dans son pick-up neuf et passait généralement les après-midi chez lui. Elle partageait toutes ses nuits et refusait de penser au futur, sauf en ce qui concernait son ranch.

Un jeudi, après avoir passé la matinée à choisir du carrelage, du papier peint et des sols pour sa cuisine et avoir fixé un nouveau rendez-vous avec son agent d'assurances, elle était revenue chez lui à 15 heures. Elle savait qu'il travaillait dans son bureau.

Après avoir bu un thé, elle se rendit dans la bibliothèque et passa en revue les livres sur les étagères qui tapissaient les murs.

Sur l'une d'entre elles, elle vit un album photos

qu'elle ouvrit. C'était le livre de bébé de Jake. Un peu émue, elle s'assit par terre pour le feuilleter avant de le ranger pour regarder les autres livres.

Sur l'étagère du bas, un autre album attira son attention. Il était à moitié dissimulé au milieu des livres. C'était celui des années lycée de Jake. Alors qu'elle le refermait pour le remettre à sa place, quelques photos en tombèrent.

Elle les ramassa. L'une d'elles représentait un homme de haute taille, mince, à la calvitie naissante, avec une femme, souriante, dont les cheveux châtain foncé étaient coupés court. Ils étaient entourés de quatre enfants, deux filles et deux garçons. Le plus âgé pouvait avoir entre seize et dix-huit ans, la plus jeune, cinq ou six ans. Intriguée, elle se demanda qui ils étaient. Sans doute des Reed qui vivaient dans une autre région, cousins de Jake.

Elle s'apprêtait à remettre les photos en place quand elle se figea.

Le visage de cette femme lui était vaguement familier. Son cœur battant plus vite, elle reprit le cliché, masqua les cheveux avec un doigt et scruta attentivement ses traits.

Soudain glacée, elle se mit à trembler.

- 10 -

Tremblant de tous ses membres, le cœur pris dans un étau, Claire regarda fixement la femme de la photo. Et soudain elle sentit le sol se dérober sous ses pieds et se laissa glisser au sol, prenant appui contre le mur.

Oh Seigneur… Cette femme souriante entourée de sa famille, c'était Regina, sa sœur… Elle avait vieilli, bien sûr, avait changé de coiffure, s'était un peu arrondie, mais ce ne pouvait être que Regina. Regina et Sam, le frère de Jake, et leur famille.

La photo à la main, elle se releva, frémissant de rage.

Elle était incapable de détacher son regard de ce cliché. Il ne pouvait pas avoir plus d'un an ou deux, puisque l'aîné des garçons semblait avoir au moins seize ans. Si Jake possédait cette photo, il n'y avait qu'une explication possible : il était en contact avec eux, et leur dernier échange remontait à peu de temps.

Sa colère redoubla.

Elle repensa à l'intimité qu'elle avait partagée avec lui, une intimité qui allait bien au-delà d'une simple relation physique. Elle lui avait livré ses sentiments, ses espoirs, ses peurs, allant même jusqu'à lui donner son cœur. Or, tout ce temps, il savait où étaient Sam et Regina ! Il savait qu'ils avaient quatre enfants. Sinon, jamais il n'aurait possédé cette photo.

Depuis combien de temps savait-il ?

Avait-il suivi leur parcours depuis qu'ils avaient quitté le Texas ?

Elle avait gardé le souvenir de sa sœur comme à l'époque de son départ. Mais la femme de la photo ne lui ressemblait plus beaucoup. Avec le temps, tout le monde changeait.

Striés de mèches grises, ses cheveux autrefois blonds avaient pris une teinte plus foncée. Avant ondulés, ils étaient aujourd'hui raides et coupés très court. Et sa sœur portait désormais des lunettes.

Mais, même s'il était difficile de la reconnaître, c'était bien elle.

Claire sentit une nouvelle flèche de douleur la transpercer.

Elle aimait sa sœur, dont l'absence avait laissé un vide abyssal dans sa vie. Elle n'avait espéré qu'une chose : qu'elle soit heureuse.

Caressant son visage d'un doigt, elle murmura :

— Regina. Tu m'as tellement manqué.

Sam entourait les épaules de sa femme d'un bras. Lui aussi avait beaucoup changé. Il avait coupé son épaisse chevelure brune qui avait pris une couleur poivre et sel et révélait une calvitie précoce.

Avec le temps, elle avait compris pourquoi Sam et Regina avaient coupé les ponts ; ils avaient vraiment dû se sentir menacés par les membres de leurs familles respectives. Mais pourquoi sa sœur ne l'avait-elle jamais contactée, depuis tout ce temps ? Avait-elle si peu confiance en elle ? Pensait-elle qu'elle allait les dénoncer, Sam et elle, en disant à leur père et leurs frères où ils se trouvaient ?

Quant à Jake…

Une nouvelle vague de colère la submergea, aussi violente que son chagrin.

Comment Jake avait-il pu lui faire un tel affront en se taisant ? Apparemment, il n'avait aucune confiance en elle…

Les poings crispés, elle écumait de rage. Elle se sentait blessée au plus profond d'elle. Ne lui avait-elle pas confié à quel point sa sœur comptait pour elle ? À quel point elle souhaitait la savoir heureuse ? Il l'avait écoutée, sans jamais rien divulguer de ce secret.

Comment avait-il pu la trahir de la sorte ? Lui cacher que Regina et Sam avaient des enfants ?

Heureusement qu'il n'était pas là, à cet instant précis !

Peu à peu elle se calma et réfléchit.

Elle allait lui faire part de ce qu'elle avait sur le cœur. Et, cette fois, il ne trouverait rien de cohérent à lui dire pour lui prouver qu'il avait eu raison de lui cacher un tel secret.

Puis elle quitterait sa maison. Elle ne pouvait pas encore rentrer chez elle, puisque sa maison était toujours en chantier.

Sans perdre une seconde de plus, elle alla sur le site Internet d'un hôtel de Persimmon et réserva une chambre pour le soir même.

L'esprit plus clair, après cette décision, elle regarda de nouveau les quatre enfants de la photo. Ainsi, elle avait des neveux. Mon Dieu, elle était tante… Elle retourna le cliché et lut les prénoms. Sam Junior, Claire Lynn, Becky et Charles, le prénom de leur grand-père.

— Claire Lynn, murmura-t-elle, en admirant le visage de l'adolescente aux boucles châtaines. Claire Lynn… Tante Claire…

Son cœur se gonfla d'allégresse. Regina avait appelé sa fille Claire en son honneur.

Et dire qu'elle avait manqué la naissance et l'enfance de ses neveux et nièces…

Sa colère rejaillit de plus belle. Comment Jake avait-il pu lui cacher ainsi la vérité ?

D'un pas vif elle se dirigea vers la porte, la photo à la main. Elle ne voulait pas rester une minute de plus sous ce toit !

Elle s'arrêta net en remarquant Jake qui, sur le seuil de la bibliothèque, l'observait.

- 11 -

Jake s'était engagé dans le couloir à la recherche de Claire. En passant devant la bibliothèque, il l'avait aperçue, plongée dans la contemplation d'une photo. Le cœur soudain serré, il avait immédiatement compris. Il avait complètement oublié cette fichue photo de famille de Sam et Regina.

— Claire…

— Ne te fatigue pas à inventer des bobards, Jake ! répliqua-t-elle sèchement. Aucune de tes explications ne pourra justifier que tu savais où était ma sœur ! Et que tu l'as toujours su !

En entendant la colère dans sa voix, en voyant ses yeux verts qui lançaient des éclairs, sa peine s'intensifia. Il s'avança dans la pièce.

— Claire, je leur avais promis de ne rien dire. À personne !

— Arrête ! Je te défends de m'approcher ! lui ordonna-t-elle.

— J'avais promis. À *personne.* En t'en parlant, j'aurais trahi leur confiance. C'était impossible. Je n'avais pas le choix.

La voyant essuyer la larme qui roulait sur sa joue, son désarroi s'accrut.

— Tu peux inventer toutes les excuses possibles, je

ne te pardonnerai jamais, Jake. Je me suis donnée à toi. Je t'ai donné aussi une partie de mon cœur. Mais si je n'en suis pas déjà remise, ça ne saurait tarder. Ta promesse est un piètre argument. Nous sommes intimes. Si tu me l'avais dit, ne crois-tu pas que je serais restée discrète ?

— Je ne sais pas. En es-tu bien sûre toi-même ? N'aurais-tu pas essayé de contacter Regina ? Je pense que tu aurais voulu lui parler, peut-être aller la trouver. Ils ont coupé les ponts avec tout le monde, sauf avec moi. Mais c'est toujours Sam qui appelle. Et il n'est jamais revenu ici.

— Tu es allé leur rendre visite ?

— Oui, après la naissance de chacun des quatre enfants. À leur demande. C'est ta famille qui est responsable de leur disparition. Si la mienne n'est pas un cadeau non plus, ton père et tes frères sont encore pires. Je sais que c'est ce qui a empêché Regina de te faire signe. Elle craignait que votre père et vos frères découvrent où Sam et elle habitaient, et elle redoutait leur réaction.

— Jake, tu peux trouver toutes les explications possibles, jamais je ne te pardonnerai !

— Tu n'imagines pas combien cela me déchire le cœur. La dernière chose que je veux, c'est te faire du mal.

— Oh ! je t'en prie ! Arrête ! Nous sommes devenus assez proches pour que tu saches combien ma sœur me manque. Et pourtant, tu m'as caché ce que tu savais d'elle. Quand je partirai d'ici, je ne veux plus te voir. Jamais !

— Attends ! Donne-moi une chance, supplia-t-il.

— Non. Je te faisais confiance. Et je croyais que c'était réciproque. Eh bien, manifestement, ce n'était pas le cas.

D'un geste de la tête, elle repoussa ses cheveux de son visage et le foudroya du regard. Il comprit qu'elle n'était pas en état de discuter.

— Je suis navré, murmura-t-il. Sincèrement. Je pensais agir au mieux pour eux.

— Arrête, de grâce ! Je vais faire ma valise. J'ai réservé une chambre dans un hôtel de Persimmon. Je te remercie encore pour ton hospitalité, mais je vais me débrouiller toute seule, maintenant.

— Annule l'hôtel. Tu ne peux pas partir avec cette colère en toi. J'avais oublié cette fichue photo.

Il aurait donné n'importe quoi pour effacer tout ce qui venait de se passer.

— De quand date-t-elle ? demanda-t-elle.

— Un an. Claire, ils ne reviendront pas. Je n'ai des nouvelles que quand Sam m'annonce une naissance.

— Tu es proche de lui ?

— Oui. Comme je te l'expliquais, Regina et lui se méfient de ta famille. Au début, c'était à juste titre. Mais maintenant, ton père a vieilli, tes frères ont changé de ville et ont d'autres intérêts. Ils ont accepté la fuite de Regina. Si elle revenait, aucun d'entre nous ne vivrait de nouveau sous le même toit. Vous n'habiteriez plus ensemble. Tout est donc différent, aujourd'hui. Quand ils sont partis, leur volonté de garder le secret était justifiée.

— Je sais. Mais comme tu viens de le dire, cela

remonte à des années. Je persiste à penser que tu aurais pu me le dire et que cela n'aurait eu aucune répercussion sur leur vie. Je n'aurais pas sauté dans un avion pour aller voir Regina, je ne l'aurais même pas appelée. Ce qui me fait le plus de peine, c'est que tu m'aies dissimulé une information aussi grave. Au moins, maintenant, je n'ai plus la moindre illusion sur ce que je représente pour toi, sur la nature de tes sentiments, sur ta confiance en moi. Je pars et je ne veux plus jamais te revoir !

— Reste, Claire. Je t'en supplie. Les affaires de ton ranch sont loin d'être réglées et il faut que tu sois à proximité pour tes divers rendez-vous. J'éviterai de croiser ton chemin. Je te laisserai tranquille.

— Merci, mais non. C'est inutile. Je ferai les allers et retours depuis Persimmon. Et je ne veux pas passer une minute de plus en ta compagnie. Je ne veux plus te revoir, déclara-t-elle lentement mais fermement.

Il l'observa, désemparé. À chacune de ses paroles, sa douleur se faisait plus vive. Elle laissa bientôt place à une bouffée de fureur. Pourquoi s'entêtait-elle à ne pas vouloir l'écouter, à refuser d'accepter ses excuses, de lui donner une chance ? Eh bien, puisqu'elle lui en voulait tant de ne pas lui avoir dévoilé le secret de Regina, le moment était venu de lui en confier un autre.

— Ainsi, Claire, tu estimes avoir le droit de connaître tous nos secrets de famille ?

Elle le regarda, perplexe, et ne répondit pas.

— Tu veux que j'en partage un autre avec toi ? poursuivit-il. Un énorme ? Que je n'ai jamais révélé à personne et que tu devras garder pour toi ? Je serai heureux de te prouver que je te fais assez confiance pour te le dire.

Elle croisa les bras sans cesser de le dévisager.

— D'accord, Jake. De quoi s'agit-il ?

— De ton jeune frère. Sa mère est bien ta mère, mais c'est mon père qui est son père.

— Laird ? demanda-t-elle, ses yeux s'écarquillant de surprise.

— Oui, Laird. Et il ne le sait peut-être même pas. Il l'ignorait quand je l'ai appris. Ta mère et mon père ont eu une liaison. Et, quand j'ai été assez âgé, mon père a jugé opportun de m'apprendre que Laird était mon demi-frère. C'est ce qui explique toute cette amertume et ces batailles incessantes entre nos pères et nos grands-pères. Ils connaissaient tous la vérité.

— Laird n'est que mon demi-frère ?

— Oui, Laird est notre demi-frère à tous les deux.

Claire entendit à peine la réponse de Jake. Sous l'effet de la surprise, elle était happée par un tourbillon d'émotions. Regina, Laird, la peine de la trahison de Jake… Tout cela en quelques minutes. C'était trop.

La violence du chagrin qui la submergea lui ouvrit les yeux sur une évidence : elle était vraiment amoureuse de Jake. Sinon, sa blessure ne serait pas aussi vive. Et une douleur aussi violente ne pouvait signifier qu'une chose : elle l'aimait d'un amour sincère.

Se forçant à repousser cette pensée, elle s'obligea à écouter ce qu'il disait.

— … Et Laird et moi sommes amis. Maintenant, tu connais cet énorme secret. Tu es contente ?

— Cela n'a rien à voir avec Regina. Ce secret sur Laird explique pourquoi il y avait autant d'animosité entre nos pères. Et peut-être aussi pourquoi Laird est si différent de mes autres frères. Mais à part ça, cette information ne me concerne pas vraiment. Et cela ne change pas ma décision de te quitter.

Le cœur lourd, Jake regarda Claire, de plus en plus anéanti. Il n'y avait donc rien à faire. Il ne réussirait pas à sauver leur relation. Si la fin d'une relation l'avait toujours laissé de marbre, cette fois, sa douleur était physique. Il n'avait pas eu l'intention de blesser Claire. Comme il regrettait d'avoir gardé cette photo. Si seulement il avait pu remonter le temps et effacer son chagrin.

Elle jeta la photo à terre en un geste rageur puis, sans un regard, passa devant lui et quitta la bibliothèque.

Il ne fit pas un geste pour la retenir.

N'ayant que peu de choses à réunir, Claire remplit rapidement sa valise.

Une fois prête, elle trouva Jake dans le hall d'entrée.

— Laisse-moi au moins porter ta valise jusqu'à ton pick-up, dit-il d'une voix sourde.

— Comme tu voudras.

Sans un mot ils sortirent et gagnèrent son pick-up où il déposa sa valise sur le siège passager.

Luttant pour retenir ses larmes, mais sentant

toujours la même rage brûler en elle, elle s'installa au volant sans accorder un regard à Jake. Accablée par le chagrin, une évidence la frappa. C'était peut-être la dernière fois qu'elle le voyait.

Comment savoir ? Sa colère l'aiderait peut-être à l'oublier.

— Je ne voulais pas que tu partes comme ça, Claire. Mais tu as pris ta décision. Alors, au revoir.

Elle ne répondit pas et hocha simplement la tête, la gorge nouée par le chagrin. Elle ne voulait plus discuter ; elle lui avait dit tout ce qu'elle avait sur le cœur et maintenant elle avait hâte de mettre de la distance entre eux.

Elle démarra et s'éloigna, ne pouvant s'empêcher de jeter un coup d'œil dans le rétroviseur. Jake, immobile, la regarda quelques secondes puis, lentement, retourna dans la maison.

Elle avait raison, il ne l'aimait pas. Car, s'il l'avait aimée comme elle l'aimait, il lui aurait confié ce qu'il savait de Sam et Regina.

Elle avait toujours su qu'il la ferait souffrir ; elle ne s'attendait pas à ce que ce soit de cette façon.

Leur séparation allait la briser. Mais elle ne pouvait pas rester. En outre, n'avait-elle pas toujours su que ce jour finirait par arriver ?

De plus, maintenant, elle savait qu'elle ne pourrait plus lui faire confiance. Autant qu'elle l'oublie et passe à autre chose.

Essayant de le chasser de son esprit, elle pensa à sa sœur et ses quatre enfants. Une nouvelle flèche de douleur la transperça. Comme elle aurait aimé entendre sa voix, même brièvement… Connaître ses neveux…

Maintenant, cela n'était plus possible. Elle ne savait toujours pas où ils étaient, et Jake ne le lui dirait pas, fidèle à sa fichue promesse. Dirait-il seulement à Sam qu'elle avait trouvé leur photo de famille et qu'elle était maintenant dans le secret ?

Elle pouvait comprendre pourquoi Regina avait coupé tous les liens. À l'époque, leurs frères et leur père auraient pu être dangereux. Mais aujourd'hui leur père se faisait vieux, sa santé déclinait. Que pourrait-il faire ?

Quant à leurs frères, même s'ils restaient sûrement toujours des vauriens, chacun d'eux gérait sa propre entreprise, d'immobilier et de construction, et gagnait bien sa vie. Ils auraient trop à perdre dans un règlement de comptes.

Avait-elle autant manqué à Regina qu'elle lui avait manqué ? Probablement pas. Sa sœur était partie, amoureuse, pour se marier. Elle n'avait pas dû beaucoup penser à sa cadette de onze ans, surtout dans de telles conditions. Et, quand elle avait eu son premier bébé, elle avait dû se consacrer à sa nouvelle famille. Maintenant, avec Sam et quatre enfants à aimer, elle ne devait plus penser au passé et devait imaginer que sa petite sœur avait aussi une famille et était heureuse.

Heureuse ? Comme elle était loin du bonheur…

Elle se rappela soudain la joie de Stefanie quand elle avait appris qu'elle allait devenir tante, et combien elle chérissait ses précieux moments avec ses nièces et neveux. Elle, elle héritait de quatre neveux et nièces dont l'aîné avait bien seize ans. Elle n'avait jamais eu la joie d'apprendre la naissance de ses neveux, de jouer avec eux petits. Quant à eux, ne l'ayant jamais connue, s'ils la rencontraient maintenant, elle ne les intéresserait guère. Quels liens pourraient-ils tisser ?

Les yeux brouillés de larmes, elle regarda par la vitre.

Tout cela à cause de Jake…

Jake… Chaque kilomètre l'emmenait loin de lui… Elle ne le verrait plus, ne lui parlerait plus, ne serait plus jamais avec lui. Ils ne s'embrasseraient plus, ne feraient plus l'amour. Et, si le chagrin qu'elle ressentait lui broyait le cœur et lui laissait un immense sentiment de vide, elle savait qu'elle avait pris la bonne décision. Un homme qui lui mentait, même par omission, n'était pas fait pour elle. Elle se demandait juste combien de temps elle allait vivre avec ce chagrin…

Elle se reprit rapidement et revint à l'aveu de Jake concernant Laird. Bien que son dernier frère – ou plutôt, demi-frère – et elle n'aient jamais été proches, cela restait un sacré choc. Elle comprenait maintenant pourquoi il ne ressemblait ni à Clyde ni à Lee, et si peu à leur père.

Ainsi, en dépit de la haine entre leurs deux familles, sa mère avait eu une liaison avec le père de Jake ? Elle s'étonnait que cette aventure n'ait pas créé de conflits plus violents entre les familles. Mais sa mère avait son propre argent, ce qui lui assurait une indépendance indéniable. En outre, elle avait toujours su maintenir une certaine harmonie sous son toit.

Elle soupira. Si la vie de certaines personnes se déroulait sans histoire, ce n'était pas le cas de la sienne ! Bien déterminée à ne pas fondre en larmes, elle prit une profonde inspiration. Sa colère restait plus forte que son chagrin. Et puis elle avait une maison à reconstruire. Un nouveau départ à prendre. Pourtant, en dépit de sa peine, c'était pour Jake que son cœur saignait le plus. Elle n'avait jamais baissé les bras devant les épreuves, et ce n'était pas maintenant qu'elle allait commencer !

Pourtant, malgré ses bonnes résolutions, elle éclata soudain en sanglots.

Jake lui manquait déjà. S'en remettrait-elle un jour ? L'oublierait-elle ?

Jusqu'à la dernière seconde, Jake avait espéré que Claire changerait d'avis. Même après être rentré chez lui, il avait tendu l'oreille, espérant entendre le moteur de son pick-up qui revenait. En vain. Elle était bel et bien partie. Elle l'avait quitté.

Il souffrait de l'avoir quittée en colère. C'était la première fois qu'il se séparait ainsi d'une femme.

Cette séparation lui était intolérable. Il ne supportait pas de l'avoir blessée. Car il se sentait responsable, même si la réalité était bien différente. Bon sang ! À cause de cette fichue photo ! En toute honnêteté, il n'avait plus jamais pensé à cette photo depuis qu'il l'avait reçue, l'année précédente.

Mais Claire n'avait pas voulu écouter ses explications. Elle était trop bouleversée. Peut-être, une fois le choc passé, pourrait-il lui parler ?

Son frère lui avait demandé de garder le secret, et il avait respecté sa promesse. Sam et Regina n'ayant jamais contacté aucun membre de leurs familles, il était le seul à savoir. Et puis, tant d'années avaient passé ! Bien sûr, Claire lui avait dit que sa sœur lui manquait encore. Il n'avait pas compris que c'était une véritable douleur, pour elle, de ne pas savoir où elle était, comment elle allait. Quel idiot ! Il avait fait une erreur. Mais comment la réparer ? Il était trop tard. Claire l'avait quitté.

Avec un soupir, il alla se changer. Il avait besoin de faire quelque chose. Un travail dur et physique qui demanderait toute son attention et lui permettrait d'oublier.

Oui. S'il voulait dormir ce soir, il fallait qu'il trouve une occupation qui le fatigue à s'en écrouler. Il ne supporterait pas de ne plus avoir Claire dans ses bras, de ne plus lui faire l'amour.

Ils venaient à peine de se quitter, et elle lui manquait déjà. C'était aussi surprenant qu'inquiétant. Curieusement, c'était la première fois qu'une femme partait avant qu'il soit prêt à la voir s'en aller. Et jamais aucune ne lui avait manqué, auparavant.

Bon sang ! Il se serait bien passé de cette expérience !

Il alla chercher des outils. C'était le moment idéal pour rattraper les travaux en retard. Il lui fallait une tâche épuisante physiquement.

Mais, même en travaillant, il ne put s'empêcher de penser à Claire. Il essaya de se réconforter. Il allait l'oublier. Il ne la connaissait pas depuis assez longtemps pour éprouver des sentiments sérieux. Il allait se remettre. Ce n'était qu'une question de temps. Il allait trouver une femme sympa et sortir avec elle, ce qui lui occuperait l'esprit.

Après tout, Claire ne comptait pas tant que ça.

Seulement voilà, il n'arrivait pas à ignorer la petite voix, dans sa tête, qui persistait à répéter la même question.*Si elle ne compte pas tant que ça, pourquoi as-tu si mal ?*

Poussant un juron, il se dirigea vers des souches de cèdres à déraciner. Une activité garantie pour lui changer les idées.

Quand il rentra chez lui, il faisait nuit.

Il traversa la maison sombre et déserte jusqu'à sa salle de gym pour faire des exercices et courir sur le tapis roulant, dans l'espoir de chasser ses soucis et se fatiguer encore pour pouvoir dormir.

Puis, après avoir pris une douche et s'être changé, il gagna la cuisine pour dîner. Mais il n'avait pas faim. Rien ne lui faisait envie. Claire avait laissé derrière elle un vide abyssal. Jamais il n'aurait cru qu'elle lui manquerait autant.

Il se rabattit sur une bière, s'installa à la table, prit son répertoire téléphonique et chercha le numéro de Sam. Après avoir hésité une bonne vingtaine de minutes, il se jeta à l'eau et appela son frère.

Dans sa chambre d'hôtel impersonnelle, Claire se remit à pleurer. Elle avait déjà tellement sangloté depuis son arrivée qu'elle pensait ses larmes taries. Eh bien non ! Elle s'était trompée. Elle pleurait sur Jake, sur sa sœur, sur cette fichue rivalité entre leurs deux familles.

Elle sursauta en entendant son téléphone sonner et sentit son cœur s'accélérer quand elle vit le nom de Jake s'afficher.

Elle décrocha et, le cœur battant la chamade, entendit sa voix au timbre grave.

— Claire, c'est Jake. J'ai parlé à Sam. Je l'ai appelé pour lui raconter ce qui s'était passé.

Elle l'écouta, abasourdie. Elle avait été tellement accaparée par son chagrin, qu'elle n'avait même pas envisagé qu'il prenne une telle initiative. Seigneur ! Comme elle l'aimait !

— Claire, tu es toujours là ?

— Oui.

— Regina souhaite que tu les appelles. Ils pensaient te téléphoner eux-mêmes, mais ils ont estimé qu'il te serait peut-être plus facile de les joindre que le contraire. Ou sur FaceTime ou au téléphone. Dès que tu seras prête. Tu as quelque chose pour noter ? Je te donne leur numéro.

Un instant, elle resta muette. Quand, enfin, elle retrouva sa voix, elle répondit :

— Merci, Jake. Je t'écoute.

Bouleversée, elle nota le numéro de sa sœur sur le bloc de l'hôtel. Regina voulait qu'elle l'appelle et, grâce à Jake, elle allait enfin lui parler.

— Je vais lui téléphoner tout de suite. Merci, Jake, répéta-t-elle avec ferveur.

— Bonne chance. Je suis content de t'entendre. Tu me manques.

Sa voix s'étrangla sous le coup de l'émotion puis il toussota et lança :

— Allez ! Appelle-la !

— Tout de suite. Merci encore.

À regret, elle raccrocha. Même si tout était fini entre eux, il lui manquait atrocement. Elle regrettait de ne pas avoir réagi différemment. Mais jamais elle ne pourrait oublier son manque de confiance. Sa trahison.

Et puis elle ne voulait pas faire le même choix que Regina et se couper de sa famille. Même si Jake la demandait en mariage un genou à terre, en lui offrant une bague, elle serait obligée de refuser.

Mais qu'est-ce qu'elle racontait ? Elle s'égarait !

Pour le moment, l'important était de parler à sa sœur. Elle composa le numéro et, n'en croyant ni ses yeux ni ses oreilles, elle vit le visage de Regina apparaître sur FaceTime.

— Regina, tu m'as tellement manqué, balbutia-t-elle. Je ne vais pas pouvoir m'empêcher de pleurer. Tu es superbe. Et tu as des enfants. Je veux les voir.

— Toi aussi tu m'as beaucoup manqué, mais il semblait préférable de couper tout lien, répondit sa sœur, les yeux brillant de larmes. Je ne voulais pas prendre le risque que papa ou nos frères découvrent que tu savais où nous étions. Ils t'auraient pourri la vie jusqu'à ce que tu le leur révèles. Je t'aime bien trop pour ça. Et ils m'auraient forcée à revenir.

Claire hocha la tête, incapable de dire un mot. Elle

n'en revenait pas de voir Regina, après une si longue séparation, d'entendre sa voix… Mais même si sa grande sœur avait changé physiquement, à la seconde même où elle s'était mise à parler, il lui avait semblé que toutes ces années loin d'elle n'avaient pas existé.

— Pardonne-moi si c'était une erreur, Claire. J'avais trop peur que tu souffres en essayant de me protéger. Mais tu restes toujours ma petite sœur. Je te vois comme avant, c'est idiot. Toi aussi, tu as grandi. Et puis, j'ai entendu parler de ta maison qui a brûlé. Alors je vais t'envoyer un billet d'avion. Comme ça, tu pourras venir nous voir avant de commencer les travaux de reconstruction. Ça te dit ?

— Oh oui ! J'adorerais vous voir tous. Je vais prendre un billet tout de suite. Mais tu n'as pas besoin de me l'offrir.

Regina passa une main dans ses cheveux courts.

— Je t'aime, Claire. Et tu me manques. Pas un jour n'a passé sans que je pense à toi. Mais le temps s'est écoulé, et j'ai renoncé.

— Oh Regina, je comprends. Tu avais sans doute raison de vouloir me protéger.

Leur conversation dura une heure. Puis, tour à tour, ses neveux vinrent lui parler. Dire que l'aîné était déjà sur le point de passer son bac ! Quand, enfin, elle leur dit au revoir, elle jubilait. Elle allait fêter ces retrouvailles avec Jake ! Puis son sourire s'évanouit.

Il ne faisait plus partie de sa vie. Et elle ferait aussi bien de s'y habituer.

Pourtant, ironiquement, sans lui elle n'aurait pas repris contact avec sa sœur et ne se préparerait pas à aller la voir. Elle devait au moins l'appeler pour l'en remercier.

Mais, avant tout, elle devait réserver son billet d'avion.

Quand Jake se réveilla, tôt le matin, sa première pensée fut pour Claire. Cela faisait si longtemps qu'il ne l'avait pas vue. Il savait qu'elle était partie chez sa sœur. Elle lui avait téléphoné avant d'aller prendre l'avion. Un voyage dont visiblement la perspective la faisait nager dans le bonheur. Elle rentrait demain, et il était impatient qu'elle lui raconte leurs retrouvailles.

Jamais aucune femme ne lui avait manqué à ce point. Elle l'obsédait tellement que, distrait, il n'arrêtait pas de faire des bêtises.

Il se leva et gagna la cuisine pour préparer son petit déjeuner. Un coup d'œil par la fenêtre lui indiqua que la barrière derrière la maison était ouverte. Son chien aimait aller rejoindre les cow-boys et passer la journée avec eux. Seulement, s'il savait ouvrir la barrière, il ne savait pas la refermer !

Il sortit pour le faire et contempla un instant l'horizon, pensif. Il revit le mois écoulé, avec Claire... Jamais il n'avait été aussi heureux.

Avec un peu de chance, elle aurait cessé de lui en vouloir, maintenant. Peut-être n'était-elle plus en colère contre lui. Ne lui avait-elle pas dit qu'il lui manquait, lors de leur dernière conversation ? Pour la première fois depuis longtemps, il sentit une bouffée d'espoir monter en lui. Il fit demi-tour pour rentrer.

Des flammes orange dansaient devant la fenêtre de la cuisine. Bon sang ! Il avait laissé le bacon dans la poêle et le feu allumé. Se précipitant à l'intérieur, il attrapa l'extincteur et se rua dans la cuisine où le feu s'était déjà propagé à un rideau.

Il s'empressa de couper le gaz et dirigea l'extincteur vers le tissu. En quelques secondes, il avait éteint le début d'incendie.

Avec un soupir de soulagement, il s'assit à la table. Encore une fois, ce qui venait d'arriver était dû à ses pensées tournées constamment vers Claire.

Il était inutile de se voiler la face plus longtemps. Il était amoureux d'elle. Amoureux fou. Pour la première fois de sa vie. Il voulait Claire dans sa vie. Il voulait vivre avec elle.

Quelle était la force de ses sentiments pour lui ? L'aimait-elle assez pour lui pardonner son erreur ?

Et, si elle l'aimait assez, pensait-elle toujours qu'une Blake ne pouvait pas épouser un Reed ?

Elle lui avait affirmé à de nombreuses reprises que jamais elle ne renoncerait à sa famille pour épouser un Reed, comme l'avait fait Regina. Avait-elle changé d'avis, maintenant qu'elle avait retrouvé sa sœur et, sans doute, discuté avec elle de ce problème ?

Fichue querelle ! Il était temps d'y mettre un terme.

Les yeux perdus dans le vide, il se creusa l'esprit en quête d'une solution. Certains membres des deux familles seraient-ils d'accord pour enterrer enfin la hache de guerre ?

Puis sa pensée revint vers Claire. Quand il la reverrait, pourrait-il la persuader de lui donner une chance et de l'épouser ? Mais voulait-il vraiment se marier tout de suite ? Il avait envisagé de le faire dans plusieurs années, quand il aurait atteint la quarantaine. Pas avant. Peut-être était-il temps, pour lui, de revoir sa décision.

Il se rappela la nuit où, allongé à côté de Claire dans son lit, il lui avait avoué qu'avec elle il était au paradis. Rien n'aurait pu être plus vrai. Quel homme aurait été assez bête pour refuser de vivre au paradis ?

Songeur, il posa ses coudes sur la table et se prit la tête dans les mains.

Qu'importait l'âge auquel il avait décidé de se marier ! Il voulait que Claire revienne. Elle lui manquait. Il l'aimait. Il avait besoin d'elle dans sa vie. Il était prêt à l'épouser.

Mais arriverait-il à la convaincre de son amour sincère ?

Souhaitait-elle seulement se marier ?

Lui en voulait-elle encore de ne pas lui avoir dit qu'il était toujours en contact avec Sam et Regina ?

Était-elle prête à lui faire confiance après ce qu'elle considérait comme une trahison de sa part ?

S'il voulait des réponses à toutes ces questions, il n'y avait qu'un seul moyen.

Il prit une profonde inspiration. Il était temps d'échafauder un plan d'action. Le premier point était le plus important : accepterait-elle de le voir ?

- 12 -

Rentrée depuis huit jours, Claire occupait de nouveau sa chambre, à l'hôtel de Persimmon. Elle avait passé une semaine merveilleuse avec Regina et sa famille. Cependant, au bout de quelques jours, l'euphorie de son voyage était retombée. Jake lui manquait terriblement. Happée par le tourbillon des retrouvailles familiales, elle avait réussi à combler le vide de son absence qui, depuis son retour, se faisait de plus en plus cruelle.

Mais c'était elle qui l'avait quitté, qui lui avait demandé de sortir de sa vie. Sauf que l'idée de ne plus le revoir la plongeait dans un néant qui l'étouffait presque.

Tout, chez lui, lui manquait cruellement. Sa compagnie, son charme, ses baisers langoureux, son corps en fusion sur le sien, ses frôlements qui attisaient son désir et lui faisaient comprendre à quel point il aimait être avec elle.

Elle ne comptait plus le nombre de fois où elle avait pris son téléphone pour l'appeler pour, aussitôt, se raviser.

De toute façon, un jour ou l'autre il l'aurait quittée. Et plus elle aurait passé de temps avec lui, plus elle en aurait souffert.

C'était tout au moins ce dont elle essayait de se convaincre. En vain. Quel que soit l'argument auquel elle avait recours, son absence lui était toujours aussi intolérable, elle voulait toujours être avec lui.

Pouvait-elle retenter sa chance, sachant pertinemment qu'elle risquait de voir un jour son cœur voler en éclats ?

Elle avait peut-être changé.

Jake avait-il aussi changé ? Il ne lui avait jamais caché qu'il n'avait pas l'intention de se marier. Qu'en était-il aujourd'hui ? Avait-il seulement souffert de leur séparation comme elle en avait souffert ?

Néanmoins, si elle ignorait ce que l'avenir leur réservait, elle savait qu'elle lui avait déjà pardonné. Elle devait lui téléphoner pour le remercier de lui avoir permis de renouer avec Sam et Regina. Elle lui en serait éternellement reconnaissante.

Pour le reste, elle devait bien réfléchir.

Il fallait qu'elle détermine exactement ce qu'elle attendait de lui.

Elle se mit à faire les cent pas, mille questions se bousculant dans son esprit.

Vingt minutes plus tard elle tournait toujours comme un lion en cage. Sans avoir de réponses. Tout ce qu'elle savait, c'était qu'elle aimait Jake à en mourir et qu'elle l'avait quitté. Comment pourrait-elle le ramener à elle ?

La sonnerie de son portable la fit sursauter. Quand elle vit le nom de Jake s'afficher sur l'écran, son cœur fit un bond dans sa poitrine. Elle décrocha.

— Claire, je voudrais t'inviter à dîner demain soir.

— Au moins, tu vas droit au but. J'accepte avec joie.

— Tant mieux ! Est-ce que ça veut dire que je suis un peu pardonné ?

Malgré son ton qu'il voulait enjoué, elle percevait l'inquiétude dans sa voix.

— Oui, tu l'es, répondit-elle, soudain grave. Nous pourrons en parler demain soir.

Combien elle aurait aimé être avec lui, à cet instant précis.

— Bien ! Que dirais-tu de 19 heures ? proposa-t-il. Et prévois une longue soirée.

— Oh. Tu attises ma curiosité.

Elle regrettait qu'il ne l'ait pas invitée le soir même. D'être obligée d'attendre le lendemain pour le revoir lui était soudain intolérable.

— Tu ne voudrais pas par hasard avancer notre dîner à ce soir ? demanda-t-il.

Elle se mit à rire.

— Tu lis dans mes pensées ! s'exclama-t-elle. Je suis tout à fait d'accord.

— Dans ce cas, je passe te chercher à 19 heures.

— Entendu.

Elle raccrocha et sentit tout son corps vibrer. Ne tenant plus en place, elle se remit à marcher de long en large. Mais cette fois, au lieu de ruminer ses pensées, elle marchait sur un petit nuage. Elle allait porter sa robe la plus sexy.

— Jake Reed, tu vas me remarquer, je te le promets.

Elle était impatiente de voir le soir arriver, de

retrouver Jake, de frémir sous ses baisers enflammés. Qu'il lui fasse l'amour. Elle voulait cette soirée, cette nuit avec lui, et, s'il devait lui briser le cœur un jour, eh bien elle aviserait en temps voulu !

Ce soir, elle allait faire en sorte qu'il ne puisse plus se passer d'elle.

Étant donné qu'il ne fréquentait jamais bien longtemps les femmes, c'était peut-être un rêve. Mais elle nourrissait l'espoir secret qu'elle saurait le retenir un peu plus longtemps que ses conquêtes habituelles.

À 18 h 59 précises, il sonna.

Le cœur battant, elle alla lui ouvrir la porte.

Dans son pantalon bleu marine et sa chemise bleu pâle à col ouvert, il était beau à se damner. Elle n'avait qu'une envie, nouer ses bras autour de son cou. Mais elle se contenta de lui sourire.

— Entre. Je suis prête. Juste un détail à régler.

— Tu es sublime, dit-il, la voix un peu étranglée.

Elle jeta un coup d'œil à sa robe noire, sans manches, à jupe droite, au décolleté plongeant.

— C'est une robe que je ne porte pas souvent. Elle ne m'est pas vraiment utile pour travailler au ranch. Jake, avant d'aller dîner, je voudrais juste te dire que j'avais eu une longue conversation avec Regina. Elle m'a fait comprendre à quel point tu avais été honnête en gardant leur secret. Elle t'en est infiniment reconnaissante. Je t'ai dit que je ne voulais plus jamais te revoir, mais ce n'est pas vrai. Malgré ma colère, tu m'as atrocement manqué. À l'idée de ne plus te revoir…

Sa voix se brisa, et elle se tut.

Lui prenant les mains, il murmura :

— Le plus important, c'est que nous soyons ici ce soir, et j'en suis heureux. Toi aussi, tu m'as manqué. Et je te promets de ne plus jamais rien te cacher.

— Oh ! Jake, tu m'as tellement manqué…

Il l'attira contre lui et s'empara de ses lèvres.

Nouant ses bras autour de son cou, elle se hissa sur la pointe des pieds et, le cœur battant la chamade, se grisa de son baiser brûlant.

Soudain, il recula d'un pas et prit sa main dans la sienne. Puis, ses yeux sombres semblant la sonder jusqu'à l'âme, il déclara :

— Claire, je sais que tu penses que le mariage n'est pas ma priorité, mais je crois que j'attendais juste la femme de ma vie. Je t'aime. Je veux t'épouser. Et toi, le veux-tu ?

Abasourdie, elle le dévisagea un instant, se demandant si elle avait bien entendu.

— Oh ! Jake, je t'aime. En dépit du conflit entre nos familles. Mais nous ne pouvons pas nous marier, balbutia-t-elle, la vue brouillée par les larmes. Je ne veux pas de la vie de Sam et Regina.

Il prit son visage entre ses mains.

— Écoute-moi, ma chérie. J'en ai parlé avec Sam et nous sommes tombés d'accord. Il est temps de mettre un terme à ce vieux conflit. Je pense que nous devrions organiser un grand mariage et inviter nos deux familles.

— Quoi ? s'exclama-t-elle, incrédule. Jake, c'est

impossible. Je n'ose imaginer la réaction de mes frères…

— Je vais te la raconter, répliqua-t-il en posant ses mains sur ses épaules. J'en ai déjà discuté avec eux. Figure-toi que je suis allé les voir tous les deux, accompagné du shérif de Persimmon, au cas où. Nous avons enfin parlé à cœur ouvert et enterré la hache de guerre. Tout est arrangé. Je n'ai pas pris la peine d'en discuter avec Laird, puisqu'il n'a jamais été une source de problèmes.

— Tu leur as parlé ? murmura-t-elle.

— Oui. Ce sont des hommes d'affaires désormais. Clyde a une agence immobilière et Lee une entreprise de travaux, comme tu le sais, et ils ne veulent pas d'ennuis, ni avec la loi, ni avec leurs clients. De toute façon, ils ne m'ont jamais fait peur. Ils ne nous causeront plus jamais de problèmes. Nous avons un accord.

— Jake, ils peuvent être tellement rusés…

— Moi aussi. Ils ne veulent pas d'ennuis, tu peux me croire. Ne t'inquiète pas au sujet de tes frères. Tu verras que j'ai raison.

— Mais beaucoup d'autres membres de nos familles, plus âgés, sont toujours des ennemis jurés.

— Sam et Regina ont décidé de venir au mariage avec leurs enfants qui sont à la fois des Blake et des Reed. Ainsi, les deux clans les connaîtront et comprendront enfin qu'il est grand temps de mettre un terme à cette vieille guerre.

— Oh ! Je n'avais pas pensé à ça… Je n'avais jamais envisagé que Sam et Regina puissent venir.

— Voilà ! Maintenant, revenons à ce qui est important. Au cas où tu l'aurais oublié, je t'ai demandé si tu voulais m'épouser. Puisque tout va s'arranger avec nos familles, nous pourrons partager notre temps entre les ranchs et Dallas. Alors, Claire, acceptes-tu de devenir Mme Jake Reed ?

— Oh oui, oui, oui ! Cent fois oui ! Je t'aime de tout mon cœur, Jake Reed.

— Moi aussi, Claire. Tu ne peux pas savoir à quel point tu m'as manqué…

— Et à moi donc.

Elle aurait été bien incapable de dire combien de temps dura leur baiser, leurs corps plaqués l'un contre l'autre. Éperdue d'allégresse, elle se sentait pousser des ailes. Elle ne croyait pas à son bonheur. Jake aurait encore à accomplir des miracles pour réconcilier définitivement leurs deux familles, mais il avait déjà fait un grand pas. Un pas immense.

Quand, enfin, elle recouvra ses esprits, elle s'arracha à ses lèvres et plongea son regard dans le sien.

— Allons-nous continuer à gérer deux ranchs séparément ? s'enquit-elle.

— Nous ferons ce que tu voudras. Je suis ouvert à toutes les propositions. Aussi longtemps que tu passes tes nuits avec moi.

Elle éclata de rire.

— Nous allons beaucoup nous amuser, Jake.

— Attends ! J'allais oublier. Je n'ai pas fait les choses en bonne et due forme. Je t'ai apporté un cadeau.

Il sortit de sa poche une petite boîte entourée d'un ruban rose qu'il lui tendit.

Elle dénoua le ruban, le cœur battant la chamade. Le papier enlevé, elle découvrit un écrin qu'elle ouvrit avec un cri d'émerveillement.

— Oh ! Jake !

Un diamant scintillait sur un coussinet de velours noir.

— J'ai tout fait à l'envers, dit-il. Je voulais te l'offrir puis te demander de m'épouser au moment où tu l'ouvrirais.

— Cela n'a pas d'importance. Je vais t'épouser et t'aimer jusqu'à mon dernier souffle, chuchota-t-elle en admirant la bague éblouissante.

Puis, relevant les yeux sur celui qui l'éblouissait bien plus encore, elle répéta avec ferveur :

— Je t'aime, Jake.

Une pensée la traversa soudain.

— Nous n'avons pas parlé d'enfants. Tu veux des enfants ? lança-t-elle.

— Oui, et toi ?

— Aussi. Je ne sais pas combien. Nous verrons au fur et à mesure !

Il glissa la bague à son doigt et porta sa main à ses lèvres. Puis il reprit sa bouche en un baiser fougueux.

— Si tu savais comme je t'aime, ma chérie…

Blottie contre lui, elle sourit.

— Je vais épouser l'homme le plus séduisant du Texas.

— Et je vais consacrer ma vie à te rendre heureuse,

murmura-t-il, sans cesser de la couvrir de baisers. Je te le promets. Et tu sais que je tiens toujours mes promesses.

— Je t'aime, Jake.

Voguant dans un océan de bonheur, elle se serra étroitement contre cet homme merveilleux qui, non seulement partageait ses goûts mais qui, encore plus fabuleux, était tombé amoureux d'elle.

La vie n'était-elle pas extraordinaire ?

Ne manquez pas dès le mois prochain

dans votre collection

PASSIONS

le premier tome de la nouvelle série

Trois femmes pour un empire

Entre loyauté et désir, Tara, Astrid et Miranda ont hérité de bien plus que d'un empire immobilier…

Un roman inédit chaque mois
d'août à octobre 2021

Retrouvez prochainement,
dans votre collection

PASSIONS

Un si délicieux mensonge, de Cat Schield - N°935

Qui est donc cette Lia Marsh et que fait-elle au chevet de son grand-père malade ? Si Paul voit bien que la présence de la jeune femme réconforte le vieil homme, il ne peut s'empêcher d'être méfiant. Persuadé que la belle et ses mensonges représentent une menace pour son illustre famille, il décide de la confondre... en faisant sa conquête.

La mésalliance inattendue, de Niobia Bryant

Jamais Monica n'aurait dû céder à la tentation entre les bras de Gabriel Cress, dont elle est la gouvernante. Hélas, cet homme a le pouvoir de lui faire perdre la raison d'un seul regard. Chaque fois qu'il s'approche d'elle, son cœur s'emballe, son corps s'embrase. Or, malgré le bonheur insensé qu'elle éprouve auprès de lui, Monica doit oublier ce moment d'égarement. Car, dans le monde de Gabriel, toute mésalliance est interdite...

Le chantage d'un mari, de Jules Bennett - N°936

Paisley n'a pas le choix : pour retrouver son père biologique, elle doit faire appel à un détective privé. Or le meilleur de Houston n'est autre que Lucas Ford, l'homme qu'elle a dû quitter douze ans plus tôt. Le revoir lui cause un choc d'autant plus grand que, si elle éprouve encore pour lui des sentiments vifs, Lucas la couve d'un regard chargé de haine. Pire, il la place devant un terrible chantage : il l'aidera à la seule condition qu'elle l'épouse...

Intimes négociations, de Nicki Night

Alors qu'elle pénètre dans les luxueux bureaux de Blackwell Wealth Management, Zoe a du mal à contenir sa joie. Ce nouveau poste est l'occasion rêvée de donner un élan à sa carrière ! Seule ombre au tableau : son patron, Ethan Blackwell, la trouble au plus haut point. Or pas question pour Zoe de trahir l'émotion qu'Ethan suscite en elle car, à vouloir mélanger sentiments et travail, elle pourrait bien perdre son emploi...

Passion au Texas, de Sara Orwig - N°937

Depuis la mort de son époux au combat, Vivian vit en recluse dans son ranch. Jusqu'au jour où Mike, le meilleur ami de son mari, se présente chez elle pour lui offrir son soutien. Peu à peu, cet irrésistible cow-boy lui redonne goût à la vie, et Vivian sent naître pour lui de tendres sentiments. Des sentiments contre lesquels elle lutte, toutefois. En effet, a-t-elle seulement le droit d'aimer à nouveau ?

Alliée à son ennemi, de Reese Ryan

Quinn a un problème de taille : pour sauver son entreprise, elle doit conclure un accord avec ses rivaux... et travailler avec son ex, Max Abbott ! Treize ans plus tôt, tous deux ont passé ensemble un été délicieux, avant que son amant lui brise le cœur. Alors aujourd'hui, malgré le désir brûlant qui les lie encore, Quinn est résolue à garder ses distances avec Max...

Le défi de Tara, de Karen Booth - N°938

SÉRIE : TROIS FEMMES POUR UN EMPIRE TOME 1

Tara n'en revient pas : son ex-mari lui a légué des parts de son empire immobilier ! Si elle voit dans cet héritage inattendu l'occasion de propulser sa carrière, elle redoute de collaborer avec Grant Singleton. En effet, le nouveau P-DG de Sterling Enterprises se montre particulièrement hostile à son égard. À croire que l'animosité entre eux est aussi forte que le désir...

L'héritière en détresse, de Brenda Jackson

Fuir le mariage arrangé par ses parents. C'est l'unique pensée de Sloan quand elle monte à bord d'une voiture de collection. Seulement voilà, à peine est-elle arrivée à Phoenix que Sloan est rattrapée par le propriétaire de l'auto, un play-boy notoire. D'abord furieux contre elle, Mercure Steele, touché par sa détresse, lui propose son aide pour lui permettre d'échapper à son destin d'héritière... Mais peut-elle se fier à lui alors qu'il accumule les conquêtes ?

Un mariage, un secret, de Maxine Sullivan-N°939

Épouser Tate Chandler ? À cette idée, Gemma sent sa poitrine se serrer, car il ne s'agit pas là d'un mariage d'amour. Après avoir découvert qu'elle a eu un bébé de lui, Tate est résolu à assumer ses responsabilités de père, voilà tout ! Hélas, Gemma n'a d'autre choix que d'accepter ses conditions. En effet, l'homme qui fait encore battre son cœur ne reculera devant rien pour obtenir ce qu'il désire – pas même à lui enlever son bien le plus précieux : leur enfant...

L'amant du Colorado, de Barbara Dunlop

Alors qu'elle croyait avoir trouvé la paix dans les montagnes du Colorado, Niki déchante. La distance n'a pas suffi à décourager les ennemis de sa mère, plus que jamais décidés à récupérer le document compromettant en sa possession. Quant à l'attirance qu'elle ressent pour Sawyer, son voisin, elle lui est interdite. Jamais elle ne devra céder à la tentation d'une aventure entre ses bras car, s'il découvrait sa véritable identité, Niki serait en danger...

Vengeance interdite, de Tracy Wolff - N°940

Nic est fou de rage. La belle inconnue avec qui il a passé une nuit de passion quelques mois plus tôt s'est jouée de lui. Desi se trouve être une journaliste et l'accuse aujourd'hui de vendre des diamants de sang ! Mais, au cours de leur confrontation, le ventre rond de la jeune femme lui apprend qu'elle est enceinte de lui. Dès lors, Nic n'a plus le choix : au lieu d'assouvir sa vengeance, il lui faut protéger Desi envers et contre tout...

Fiancée à son patron, de Joss Wood

Mais qu'est-ce qui lui a pris ? Sous le coup de la panique, Jaci s'est jetée dans les bras de son patron et l'a fougueusement embrassé. Tout ça pour se débarrasser d'un homme qui lui faisait des avances un peu trop poussées. Provoquer un scandale était bien la dernière chose dont elle avait besoin... Mais il est trop tard. Désormais, elle n'a qu'une seule solution pour réparer son erreur : se faire passer pour la fiancée de son patron, afin de lui permettre de sortir de l'embarras...